감겨진 눈 아래에

브릿G
단편
프로젝트

감겨진 눈 아래에

정도경 김인정 이산화 양원영 유월 김이삭 전혜진

황금가지

차례

황금 비파

정도경

연세 대학교 인문학부를 졸업하고 예일 대학교에서 러시아 동유럽 지역학 석사, 인디애나 대학교에서 슬라브 문학 박사를 취득했다. 중편 「호(狐)」로 제3회 디지털작가상 모바일 부문 우수상을, 단편 「씨앗」으로 제1회 SF 어워드 단편 부문 본상을 수상했다. 작품으로는 『죽은 자의 꿈』, 『문이 열렸다』, 『저주 토끼』, 『붉은 칼』 등이 있으며, 옮긴 책으로는 『안드로메다 성운』, 『거장과 마르가리타』, 『구덩이』, 『유로피아나』, 『일곱 성당 이야기』, 『그림자로부터의 탈출』 등이 있다. 현재 대학에서 러시아와 SF에 대해 강의하고 있다.

0

해마다 가을이면, 서늘한 바람이 풍요와 휴식을 약속하는 무르익은 9월의 어느 밤에, 마을 사람들은 문과 창문을 꽁꽁 걸어 잠그고 집 안에서 숨을 죽였다. 그 밤에 자정이 지나면 하얀 물거품이 창문을 적셨고 문틈 사이로는 싸늘하고 축축한 습기의 냄새를 풍기며 얼음 바늘로 찌르듯이 차가운 물방울이 스며들어 왔다. 어른들은 창밖을 내다보려는 아이들의 눈을 가리고 억지로 돌려세웠다. 해마다 9월이 되면 마을은 그렇게 하룻밤 모든 집을 닫고 눈과 귀를 막고 등을 돌렸다. 언제부터 그렇게 해 왔는지, 어째서 그렇게 해야 하는지, 무엇을 그토록 두려워하는지 아무도 말해 주지 않았다. 아무도 알지 못했기 때문이다. 9월의 그

밤에 대대로 문은 단단히 잠겨 있었고 가장 호기심 많은 어린아이라도 창밖에서 잠깐이나마 엿볼 수 있는 것은 하얀 물거품뿐이었다.

그러나 물거품과 함께 덮쳐 오는 흐느끼는 듯한 노랫소리, 그리고 맑고 선명하게 하늘을 채우는 탄식하는 듯한 음악소리는 마을을 뒤덮은 채 밤이 지나고 동이 터 올 무렵까지 내내 울려 퍼졌다. 그 노래는 사람의 마음에 파고들어 슬픔과 아픔을 앙금처럼 남겨 주었다. 그래서 그 노래를 한 번이라도 들은 사람은 그 알 수 없는 노래의 곡조는 잊을지언정 그 노래가 남긴 묵직하고 차가운 슬픔만은 평생 잊지 못하였다.

1

여자는 비파를 가지고 있었다. 그 악기가 무엇인지 아는 사람은 많지 않았다. 사람들은 줄이 여러 개 달린 길쭉하고 둥글고 낯설고 아름다운 물건을 신기해했고, 그래서 여자는 못 이기는 척 비파를 켜기 시작했다. 능숙한 손가락이 현을 튕길 때마다 선명하고도 감미로운 음색이 배 위에 흘러 넘쳤다. 사람들은 감탄했다.

여자는 비파를 계속 켰다. 한 곡, 또 한 곡, 음악이 끝날 때마다 사람들은 박수를 치고 소리를 지르며 계속 그 황홀한 음색을 들려줄 것을 요구했다. 여자는 지치지도 않고 그 요구에 따라 가느다란 줄 위에서 하얗고 가느다란 손가락을 움직였다.

여자는 호수 건너 잔칫집에 가는 길이라고 했다. 큰 부잣집, 높으신 재상댁 잔치에서 비파를 켤 것이라고 했다. 돈을 많이 벌어 고향에 돌아가서 부모님을 봉양하고 평생을 언약한 남자에게 시집갈 준비를 할 것이라고 했다. 사람들은 환호하며 계속해서 연주할 것을 요구했다. 배에서의 첫날은 그렇게 떠들썩하게 흘러갔다.

밤하늘의 어둠은 먹구름을 가려 버렸다. 날이 흐려진 것을 사람들이 깨달은 것은 다음 날 아침이었다. 해는 구름에 덮여 노르스름하고 하얀 점처럼 보였다. 낮이 지나면서 그 조그만 점이나마 보이지 않게 되었다.

뱃사공이 자꾸 하늘을 쳐다보았다. 사람들은 술렁거렸다. 모두가 불안해하는 것을 눈치 채고 여자는 다시 비파를 켜기 시작했다. 귀를 휘감는 황홀하고 명징한 음색이 아니라 우는 아기를 달래 주는 엄마의 나지막한 노랫소리 같은 차분하고 조용한 곡조였다. 사람들은 이번에는 환호하지 않았다. 하늘을 쳐다보며, 하늘을 향해 달래는 듯, 애원하는 듯 퍼져 나가는 여자의 비파 소리를 들으며 아무도 아무 말도 하지 않았다. 배는 흐린 하늘 아래 하얗게 구름

낀 듯한 호수 위를 묵묵히 흘러갔다.

저녁은 짧았다. 오후가 지나자 순식간에 한밤중처럼 사방이 어두워지더니 비가 쏟아졌다.

사람들은 배에 고이는 빗물을 퍼냈다. 남녀노소 할 것 없이 팔을 걷어붙이고 달려들었다. 그러나 비와 함께 바람이 불기 시작했다. 배가 흔들렸다. 뱃전이 호수를 향해 기우뚱할 때마다 퍼낸 것보다 더 많은 물이 배를 덮쳤다.

여자도 연주하던 비파를 놓고 물을 퍼냈다. 여자의 팔은 가늘고 섬세했으나 손은 오랫동안 딱딱한 줄을 만지고 튕기고 가다듬고 갈아 끼웠기 때문에 단단하고 두껍고 힘이 셌다. 여자는 비파가 물속으로 떨어지지 않도록 천에 묶어 등에 메고 열심히 물을 퍼냈다. 배가 왼쪽으로, 오른쪽으로, 앞뒤로 출렁일 때마다 모두 그렇듯이 여자의 입에서도 놀란 비명이 새어 나왔다.

여자의 비명을 들은 뱃사공이 돌연히 여자를 가리키며 외쳤다.

"저년이다! 저년 때문이다!"

사람들은 처음에는 이해하지 못했다. 바람이 휘몰아치고 배가 흔들렸다. 사람들은 비명을 지르며 지탱할 곳을 찾아 팔을 버둥거렸다. 뱃사공은 굳건히 버티고 서서 여자를 노려보았다.

"저년 때문이야! 요사스런 음악을 연주해서 비바람을

부르고 호수의 신을 화나게 했다!"

그 말에 사람들은 뱃사공이 가리키는 손가락을 따라 여자를 쳐다보기 시작했다.

"배 밖으로 던져라! 호수에 던져 버려!"

뱃사공이 외쳤다. 사람들은 서로 얼굴을 마주 보았다.

"호수의 신에게 바쳐야 한다! 그래야 우리 모두 살 수 있어!"

뱃사공이 주장했다.

모두가 한순간 굳어졌다. 여자도 함께 굳어졌다. 아주 짧은 순간이었다.

다음 순간 여자는 도망칠 곳을 찾아 주위를 둘러보았다. 그러나 배는 좁았고 그 바깥은 사방이 물이었다. 여자는 다시 고개를 돌려 배에 탄 사람들을 쳐다보았다. 여자의 눈에 들어온 것은 비바람과 어둠 속에서 험악하게 번득이는 눈빛뿐이었다. 물이 잔잔하고 순한 햇볕이 내리쬐고 하늘이 맑았을 때 여자가 연주하는 비파 소리를 들으며 박수 치고 칭송하던 바로 그 사람들이라고는 믿을 수 없는 사나운 눈빛이었다.

뱃사공이 먼저 여자를 향해 달려들었다. 누구라 할 것 없이 수많은 사람들의 팔이 여자를 향해 뻗어 왔다. 자신을 밀치는 수십 개의 팔에 제대로 저항도 해 보지 못하고 여자는 뱃전을 넘어 밀려 떨어졌다. 여자의 비명 소리는 바람에 지워졌고 비파를 등에 진 여자의 모습은 곧 출렁이는 호수의 물결 속으로 사라졌다. 여자가 마지막으로 본 것은 자신을 파도치는 호수의 깊은 물살 안으로 밀어 넣으며 입술을 말아 올리고 짐승처럼 이유 없이 웃고 있던 사람들의 얼굴이었다.

2

여자는 죽지 않았다. 여자가 눈을 뜬 곳은 푸른 물 밑이었다.

여자는 놀랐다. 답답하기는 해도 숨을 쉴 수 있었고, 물살에 흔들리면서도 움직일 수 있었다. 주위를 둘러보다가 여자는 문득 등 뒤를 더듬었다. 소중하게 묶어서 등에 지고 물에 빠지면서도 놓지 않았던 비파가 사라진 것을 깨닫고 여자는 어쩔 줄을 몰랐다.

— 제물은 들어라!

갑자기 우렁우렁한 목소리가 주위를 울렸다. 여자는 깜짝 놀라 몸을 떨었다.

— 호수의 왕을 알현할 준비를 하라!

호수의 왕이 누구인지, 무엇을 어떻게 준비하라는 것인지 여자는 알지 못했다. 여자가 어리둥절하여 허둥거리는 사이 갑자기 사방에 비린내가 진동하며 앞뒤 좌우에서 검은 뱀 같은 것들이 나타나 여자의 몸을 휘감았다. 여자는 발버둥을 쳤으나 소용없었다. 숨이 턱턱 막히는 비린내 속에서 여자는 검은 뱀들에게 사지를 휘감긴 채 어디론가 끌려갔다.

검은 뱀들은 눈부시게 번쩍이고 숨 막히는 곳에 여자를 내팽개치고, 나타났을 때처럼 어디론가 사라졌다. 여자는 간신히 정신을 차리고 주위를 둘러보았다. 그곳은 넓은 마당 같았다. 번쩍이는 빛과 일렁이는 물살 때문에 잘 보이지 않았지만 지붕과 처마, 현판과 그 아래 계단 같은 것이 어렴풋이 눈에 들어왔다.

다시 그 숨 막히는 비린내와 함께 검은 뱀이 나타났다. 여자는 겁에 질려 몸을 움츠렸다.

검은 뱀은 여자를 휘감지 않았다. 대신 여자의 앞에 황금 비파를 내려놓았다.

— 비파를 켜라.

다시 우렁우렁한 목소리가 주위를 울렸다.

여자는 겁에 질려 떨면서 비파를 손에 들었다. 황금 비파는 여자가 언제나 켜던 나무 비파보다 훨씬 무거웠다. 여자는 현을 고르기 위해 손가락으로 만져 보았다. 비파의 줄도 모두 황금이었다. 황금 줄은 무겁고 딱딱했으며 손가락으로 뜯어도 튕겨도 쉽게 소리가 나지 않았다.

— 어서 비파를 켜지 못할까!

우렁우렁한 목소리가 위협적으로 고함쳤다.

여자의 손가락은 이제까지 흔한 나무 비파의 명주실 현에만 평생 길들여져 있었다. 여자는 손가락 끝에 힘을 주어 억지로 금줄을 타기 시작했다.

황금 줄은 명주실보다 굵었고 둔한 소리가 났다. 여자의 손가락 끝은 금방 멍들고 살점이 너덜너덜하게 찢어져 피가 흐르기 시작했다. 그러나 잠시라도 연주를 멈추면 비린내가 사방을 채우며 검은 뱀과 우렁우렁한 목소리가 위협했기 때문에 여자는 이를 악물고 계속 비파를 켰다.

여자의 손가락은 끝이 모두 갈가리 찢어졌고 황금 줄은 붉은 피로 덮였다. 굵고 둔한 황금 비파 줄의 소리는 여자의 손가락이 상할수록 점점 더 위태해지고 불안정해졌다. 마침내 보이지 않는 우렁우렁한 목소리가 화를 내며 고함쳤다.

— 제물로 바쳐진 주제에 주인이신 호수의 왕 앞에서 감히 저런 보잘것없는 연주를 하다니! 저것을 당장 옥에 가두어라!

또다시 순식간에 검은 뱀들이 몰려왔다. 여자는 깜깜하고 비린내가 진동하는 무섭고 숨 막히는 구덩이 속에 내던져져 정신을 잃었다.

3

누군가 손을 조심스럽게 만지는 느낌 때문에 여자는 정신을 차렸다. 주위는 여전히 깜깜하고 비린내가 진동했다. 짙은 어둠과 그 어둠을 내리누르는 물의 무게 때문에 여자는 숨이 막히고 온몸이 짓눌려 터져 버릴 것만 같았다.

"움직이지 말아요."

조그만 목소리가 옆에서 속삭였다.

"조금 지나면 몸이 물의 무게에 익숙해질 거예요."

목소리가 침착하고 친절했기 때문에 여자는 그 말에 따르기로 했다. 여자가 움직이지 않고 가만히 몸이 물의 압력에 적응하기를 기다리는 동안, 누군지 모를 조그만 목소리는 여자의 상처 입은 손가락을 하나씩 하나씩 뭔가 부드럽고 매끄러운 것으로 감싸 주었다.

"여기는 어디죠?"

여자는 치료가 끝나기를 기다려 소리 죽여 물었다.

"호수의 밑바닥이에요."

조그만 목소리가 역시 소곤소곤 대답했다.

"호수 밑바닥? 하지만……."

여자가 놀랐다. 조그만 목소리는 이미 알고 있었다는 듯 재빨리 대답했다.

"어째서 물에 빠져 죽지 않느냐고요? 호수의 왕이 걸어 놓은 주술 때문이에요."

그리고 조그만 목소리는 한숨을 쉬었다.

"차라리 죽는 편이 나을지도 모르죠……."

"왜요? 호수의 왕이 누군데요? 왜 나를 여기에 가둬 둔 거죠?"

여자가 한꺼번에 물었다. 조그만 목소리는 다시 한숨을 쉬었다.

"호수의 왕은 오래되고 사악한 물고기의 정령이에요. 뭍의 버려진 여자들을 데려다가 자기 시녀로 삼고 괴롭히죠."

"하지만 난 버려지지 않았어요!"

여자가 항의했다.

"타고 가던 배가 풍랑을 만났고, 그래서 물을 퍼내고 있었는데……."

"사람들이 재수 없는 여자라며 물속으로 밀었죠?"

조그만 목소리가 말했다. 여자는 다시 깜짝 놀랐다.

"어떻게 알았어요? 어떻게……."

조그만 목소리는 또다시 깊이 한숨을 쉬었다.

"이곳에 온 뭍의 여자들은 모두 다 그렇게 버려졌어요. 배에서 버려지기도 하고, 계집애는 필요 없다며 부모가 던져 버리기도 하고, 가끔은 원하는 사람과 맺어질 수 없어 절망하거나 끔찍한 일을 당해서 괴로워하다가 스스로 몸을 던지기도 하죠. 모두 물 바깥의 세상에서는 살아갈 수 없었던, 버려진 여자들이에요."

조그만 목소리는 한숨을 섞어 말을 이었다.

"하지만 이곳에 들어오면 평생 다시는 나가지 못해요. 차라리 뭍에서 죽는 편이 나은데, 당신처럼 이곳에 던져진 사람들은 불쌍할 뿐이죠……."

"어째서요?"

여자는 다급하게 물었다.

"여기가 뭐 하는 곳인데요? 난 어떻게 되는 거죠?"

그때 갑자기 물살이 흔들리기 시작했다. 둔하고 무겁고 더러운 물을 가르고 더 지독한 비린내가 진동했다.

"호수의 왕을 즐겁게 해 줘요."

조그만 목소리가 다급하게 말했다.

"뭐든 시키는 대로 하고, 가능하면 오랫동안 정신을 쏙 빼놓아야 해요. 그래야만 살 수 있어요."

그 말이 채 끝나기도 전에 여자는 또다시 비린내 나는 검은 뱀들에게 휘감겨 어디론가 끌려갔다.

4

— 네 죄를 네가 알렷다!

어둡고 답답한 구덩이에서 벗어나 다시 눈부시게 번쩍이

는 곳으로 끌려오자마자 우렁우렁한 목소리가 위협적으로 외쳤다.

— 감히 제물의 몸으로 호수의 왕을 거역하다니!

"제 비파를 돌려주세요."

여자가 용기를 내어 말했다. 호수의 괴물이 역정 내는 것을 가로막았다가는 죽을 수도 있다는 생각이 들지 않은 것은 아니었으나, 구덩이 속에서 들었던 조그만 목소리의 이야기에 따르면 이곳에서 제물로 지내느니 차라리 죽는 편이 낫다고 했다.

"쇤네는 육지의 천것이라 호수의 왕께서 내려 주신 귀한 황금 비파는 천한 손에 익지 않아 잘 타지 못합니다. 쇤네가 등에 지고 있던 나무 비파를 돌려주시면 호수의 왕께서 이제까지 들어 보신 적 없는 음악을 연주해 드리겠습니다."

여자는 말을 마치고 기다렸다.

눈부시게 밝은 처마 아래로부터 뭔가 휙 날아왔다. 여자는 눈을 질끈 감았다. 당장이라도 검은 뱀들이 몸을 휘감고 우렁우렁한 목소리가 죽음을 명령할 것이라 생각했다.

그러나 여자는 둥그렇고 딱딱한 것이 품에 안기는 감촉에 감았던 눈을 살짝 떴다. 친숙한 나무 비파가 품에 안겨 있었다. 명주실 현은 여자가 감아서 팽팽히 고르고 가다듬은 그대로였고 물속에 있었을 텐데도 나무 몸통도 명주실 현도 전혀 젖지 않았다.

여자는 숨을 깊이 들이쉬었다. 조그만 목소리가 치료해 준 손가락을 비파의 현에 대었다. 손가락을 움직여 현을 타며 노래하기 시작했다.

달빛 아래 새들이 날아가네
날아가네
갈대가 흔들리며 작별의 인사를 하네
인사하네
바람은 불어 곡식 익은 벌판의 냄새를 전해 오건만
사랑하는 내 님은 어이하여
어이하여 소식이 없을까

'달빛'과 '곡식 익은 벌판의 냄새'라는 가사를 노래하며 여자는 돌연히 물 바깥의 세상에 대한 강렬한 그리움에 휩싸였다. 물 바깥의 하늘, 계절이 변해 가는 달빛, 가을바람이 스치고 지나가는 벌판의 흙냄새, 그 모든 것을 다시 느끼고 싶었다. 당장이라도 몸을 돌려 이곳에서 나가면 두고 온 자신의 세계가 그 모습 그대로 기다리고 있을 것만 같았다. 여자는 눈물을 삼키며 목소리가 떨리지 않도록 숨을 조절하면서 계속해서 손가락을 움직였다.

햇살 아래 구름은 흘러가네

흘러가네
낙엽이 떨어지며 작별의 인사를 하네
인사하네
국화 꽃잎은 저 멀리 산 너머의 향기를 전해 오건만
사랑하는 내 님은 어이하여
어이하여 소식이 없을까

여자에게 사랑하는 님은 없었다. 물 밖의 세상에 여자를 그리워해 주는 사람은 없었다. 배에서 사람들에게 했던 이야기는 절반은 사실이었지만 절반은 거짓말이었다. 부모가 없다고, 남편이 없다고, 아무도 없다고 사실대로 이야기하면 세상 사람들은 홀로 떠도는 여자를 얕보고 함부로 대하려 들었다. 비파를 연주하는 여자는 세상 사람들의 눈에 광대였고 여자 광대는 곧 창녀였다. 여자를 보호해 줄 남자도 가족도 없으니 세상의 눈에 여자는 사람이 아니라 주인 없는 물건이었다. 여자는 몇 번이나 기억하기 싫은 일을 당했고 때로는 무서운 위기에서 아슬아슬하게 도망치기도 했다. 그러면서 여자는 언제나 누군가에게 속해 있다는 인상을 주려고 애쓰는 것이 버릇처럼 되어 버렸다.

물 바깥의 그곳은 험난했고, 물 밑의 낯선 이곳만큼이나 사납고 무도했다. 그러나 여자에게 그곳은 고향이었고 여자가 아는 유일한 자신의 세계였다. 그래서 여자는 돌아가고 싶었다.

텅, 하는 소리와 함께 사방이 진동했다. 여자는 깜짝 놀라 비파를 놓칠 뻔했다. 그러나 다행히 비파는 여자의 양손에 굳게 잡혀 있었다. 여자는 자기도 모르게 습관적으로 손가락을 계속 움직였으며, 비파는 맑고 선명한 특유의 음색을 계속 울리고 있었다.

그렇게 손가락을 움직이며 여자는 보았다. 여자가 앉아 있는 궁궐의 마당으로 뛰어내린 것은 거대한 물고기의 모습에 머리에는 지푸라기가 삐죽삐죽 솟은 듯 괴이한 형체였다. 얼굴과 몸통에는 부스럼 같은 붉은 비늘이 덮였고 팔다리 대신 길쭉한 지느러미가 흐늘거렸다. 괴물은 여자가 연주하는 비파의 음악에 맞추어 머리에 솟은 지푸라기와 팔다리 대신 달린 길쭉한 지느러미를 움직이며 춤추고 있었다.

놀랍고 역겨워서 여자는 더 이상 목소리가 나오지 않았다. 그러나 손가락은 이전과 다름없이 민첩하게 움직였다. 여자는 곡조를 바꾸어 가며 끊임없이 비파를 연주했다. 청아하고 황홀한 소리가 물결을 타고 흘렀다.

음악이 계속될수록 호수의 괴물은 더욱 격렬하게 춤추었다. 주위의 물이 흔들리기 시작했다. 호수의 괴물은 흉측한 지느러미를 흔들며 겅중겅중 뛰었다.

호수 전체가 흔들렸다. 무겁고 짙은 물이 여자를 휘감았다. 숨이 막혀 왔다. 손가락을 움직이기가 점점 힘들어졌다.

그러나 여자는 연주를 그치면 무슨 일이 일어날지 두려워 계속해서 비파를 연주했다. 호수의 괴물을 따라 물고기들이 춤추기 시작했다. 검은 뱀들도 춤추었다. 비린내 나는 물이 여자를 덮쳐 왔다. 여자는 괴로워하면서도 숨을 참고 연주를 계속했다.

— 제물이다!

거칠고 쇄된 목소리가 돌연히 외쳤다.

— 물 밖에서 제물이 들어온다!

곧이어 주위가 어두워졌다. 여자는 위를 올려다보았다.

머리 위의 수면으로부터 사람들이 내려오고 있었다. 물에 빠진 사람들이 수없이 내려오고 있었다.

5

연주는 중단되었다. 비린내를 풍기는 검은 뱀들이 다시 궁궐 마당을 가득 채웠다. 물에 빠진 사람들 중에는 어린아이도 있고 어른도 있고 노인도 있었고 여성도 있고 남성도 있었다. 그중 물속에 떨어지면서 혹은 호수 밑바닥으로 가라앉으면서 절명한 사람들은 검은 뱀들이 그 자리에서 먹어 치웠다. 흉악한 냄새를 풍기는 검고 미끌미끌한 괴물들이 물에 빠져 죽은 사람들을 물어뜯고 씹어 삼키는 것은 지옥 같은 광경이었다. 여자는 비파를 꼭 껴안은 채 숨도 크게 쉬지 못하고 두려움에 몸을 떨었다.

죽지 않은 사람들은 여자가 그러했듯이 검은 뱀들에게 휩싸여 어디론가 끌려갔다. 마치 검은 안개처럼 뱀들은 순식간에 살아남은 사람들을 휘감았고 사람들은 비명조차 한 번 질러 보지 못하고 한순간에 사라졌다.

마침내 궁궐 마당에 비파를 껴안은 여자만이 남았을 때, 호수의 왕이 여자에게 다가왔다.

— 잘했다. 너의 음악에 맞추어 내가 흥겹게 춤을 춘 덕분에 호수가 크게 흔들렸으니 전에 없이 많은 제물을 얻을 수 있었다.

괴물의 눈은 노란색이고 얼굴도 몸통과 마찬가지로 부스럼 딱지 같은 붉은 비늘로 뒤덮여 있었으며 지푸라기와 같다고 생각했던 머리털은 그 하나하나가 살아서 꿈틀거리는 촉수였다. 괴물이 입을 열어 말할 때마다 뿜어 나오는 독기에 여자는 숨을 쉴 수 없었고 역겨워 토악질이 저절로 올라왔다.

호수의 괴물은 아랑곳하지 않고 만족스럽게 말을 이었다.

— 그 공로를 인정하여 너를 나의 신부로 삼겠다. 이제 너는 이 호수의 왕비가 되어 나의 곁에서 언제나 그 비파를 연주하며 매일같이 제물의 고기를 먹고 피를 마시는 호

화로운 삶을 살게 될 것이다.

말을 마치고 호수의 왕은 무척 기쁜 듯이 입을 크게 벌리고 웃었다. 그 입 안에 여러 줄로 뾰족뾰족하게 솟아난 날카로운 이빨을 보고 여자는 마침내 정신을 잃고 말았다.

6

여자가 깨어난 곳은 금과 은으로 치장한 호화로운 방이었다. 천장과 바닥은 대리석이었고 벽에는 보석이 박혀 있었으며 여자는 어느새 금실과 은실로 짠 화려한 옷을 입고 있었다.

여자는 놀라서 사방을 둘러보다가 침상 옆에 비파가 놓여 있는 것을 보고 조금 안심했다. 여자는 몸을 일으켜 똑바로 앉았다. 비파를 가져다가 무릎 위에 놓았다. 손가락으로 현을 만져 보았다.

마음을 위로해 줄 노래가 필요했다. 언제나 타인을 위해 연주했지만 지금은 자신을 위해 연주하고 싶었다.

손가락을 현에 댔으나 여자는 망설였다. 호수의 왕이 두려웠기 때문이다. 음악 소리가 들리면 호수의 왕은 또 춤을 출 것이었다. 그러면 호수의 물이 흔들리고, 호수를 건너가던 사람들이 더 많이 물에 빠지게 될 것이었다. 그렇게 생각하니 여자는 더 이상 비파를 켤 수 없었다.

문간에서 바스락거리는 소리가 났다. 여자는 퍼뜩 고개를 들었다. 검은 옷을 입은 나이 든 여성이 방을 가려 놓은 장막을 걷고 안으로 들어왔다.

"호수의 왕께서 찾으십니다."

여자는 검고 숨 막히는 구덩이 안에서 들었던 조그만 목소리를 알아보았다. 여자의 얼굴에 반가워하는 기색이 비치자 나이 든 여성은 눈에 띄지 않게 살짝 고개를 저었다. 그래서 여자는 말없이 비파를 들고 몸을 일으켰다.

"결혼식을 올려서는 안 됩니다."

여자가 문가에 다가섰을 때 나이 든 여성이 뒤따라오며 조그만 목소리로 재빨리 말했다.

"식을 올리면 이곳에서 영원히 떠날 수 없게 돼요."

여자는 고개를 끄덕였다.

방 안과 마찬가지로 금과 은과 비단과 보석으로 장식된 호화로운 복도를 걷는 동안 여자는 비파를 켜지 않고 결혼식을 올리지 않고 살아남는 법을 궁리했다. 비파를 켜면 여러 사람이 죽는다. 그러나 비파를 켜지 않으면 자신이 위험했다. 결혼식을 올리면 이곳에서 살아 나갈 수 없다. 그러나 결혼식을 올리지 않겠다고 말하면 호수의 왕이 자신을 얌전히 뭍으로 돌려보내 줄 리 없었다.

복도는 길었으나 여자가 마땅한 꾀를 생각해 낼 정도로

충분히 길지 않았다. 여자는 되도록 천천히 걸으면서 살그머니 손을 움직여 비파의 줄을 풀었다.

호수의 왕은 여자가 걸어 들어오는 것을 보고 한껏 입을 벌려 활짝 웃었다. 날카로운 이빨이 뾰족뾰족한 모습을 드러냈고 토악질이 날 정도로 비린내 나는 숨결이 풍겨 왔다. 여자는 다시 한 번 역겨움에 몸을 떨었다.

"호수의 왕께서는 부디 용서하시옵소서……. 비파의 줄이 끊어져 연주를 할 수 없사옵나이다……."

여자가 떨리는 목소리로 말했다.

—무어라 했느냐? 비파를 켜지 않겠다고?

호수의 왕이 고함쳤다. 주위의 물살이 세게 흔들리고 흉측한 입에서 뿜어 나온 역겨운 냄새가 사방으로 퍼져 나갔다.

"켤 수 없사옵나이다……. 비파의 줄이……. 부디 용서를……."

여자는 기어들어 가는 목소리로 다시 말하며 떨리는 손으로 줄이 풀어진 비파를 보여 주었다.

호수의 왕은 잠시 말없이 여자를 노려보았다. 그리고 고개를 돌려 누군가에게 명령했다.

—여봐라! 황금 비파를 대령하라!

여자는 절망하여 눈을 감았다. 비파를 켜지 않을 도리

는 없었다. 호수의 왕이 춤을 추고 또다시 사람들이 물에 빠질 것이었다.

여자는 검은 뱀들이 안겨 주는 황금 비파를 받아 들었다. 손가락을 금줄에 얹고 여자는 황금 비파를 연주하기 시작했다. 호수의 왕이 춤을 추고 싶지 않도록, 몸과 마음이 느긋하게 풀어지고 눈꺼풀에 잠과 꿈이 스며 무거워지도록, 여자는 낮고 조용하게 비파를 켰다.

호수의 왕은 고개를 끄덕이며 몸을 좌우로 흔들다가 졸기 시작했다. 호수의 왕이 코를 골기 시작했을 때 여자는 살그머니 연주를 멈추었다. 그러나 여자가 금줄에서 손가락을 떼자마자 호수의 왕은 그 무시무시한 노란색 눈을 떴다. 그래서 여자는 다시 연주하기 시작했다.

황금 비파의 금줄은 처음 손가락을 얹었을 때처럼 무겁고 단단하고 날카로웠다. 여자의 손가락에서는 다시 피가 흐르기 시작했다. 여자는 이를 악물고 계속해서 비파를 켰다.

다음 날도, 그다음 날도, 여자는 매일같이 호수의 왕에게 불려 갔다. 그때마다 여자는 현이 풀어진 나무 비파를 호수의 왕에게 보여 주고 대신 황금 비파를 연주했다. 황금 비파는 나무 비파보다 통이 크고 무겁고 단단하고 줄이 굵어서 더 어둡고 낮고 멀리까지 울리는 소리가 났다. 여자는 나무 비파로 연주했을 때 호수의 왕이 일어나 춤추었지만 황금 비파를 연주하면 호수의 왕이 고개를 떨어뜨리고 졸다가 금방 잠든다는 사실을 발견했다.

한 달이 지나고 두 달이 지나고 석 달 열흘이 지나도록 여자는 매일같이 호수의 왕 앞에 줄이 풀어진 나무 비파를 보여 준 뒤에 검은 뱀들이 가져다주는 황금 비파를 켰다. 황금 비파의 굵은 금줄에 여자의 손가락에서 흘러나온 피가 스몄다. 황금 비파는 백 일 동안 여자의 피를 먹으며 여자의 품에 안겨 낮게 달래듯이 노래했다. 백 일 동안 황금 줄을 손가락으로 튕기며 여자는 단단하고 날카롭던 줄이 점차 손가락에 길들어 부드러워지고 무겁고 낯설던 황금 비파가 엄마 품에 의지하는 어린아이처럼 가만히 안겨 오는 것을 느꼈다.

여자의 손에 완전히 길든 황금 비파의 낮은 노랫소리에 취해 호수의 왕이 곤히 잠든 어느 날, 여자는 아무도 모르게 황금 비파의 단단한 황금 줄 하나를 풀어내어 나무 비파에서 떼어 낸 명주실로 바꿔 끼웠다. 황금 비파에서 풀어낸 황금 줄을 소매 속 왼손목에 감아 숨기고 여자는 호수의 왕이 노란 눈을 뜨려 할 때 마치 아무 일도 없었다는 듯이 다시 연주를 시작했다.

7

결혼식이 다가왔다. 호수의 왕을 시중드는 물뱀들의 비늘 색깔과 같은 검은 옷을 입은 여성들이 여자의 몸을 씻기고 머리를 감기고 빗질을 해 주었다. 새로 지은 황금과 보석으로 장식된 비단옷을 입히고 얼굴과 손발과 머리카락을 마찬가지로 황금과 보석으로 한껏 치장해 주었다. 여자의 시중을 드는 검은 옷의 여성들은 나이가 많기도 하고 적기도 하고 아름답기도 하고 그렇지 않기도 했으며 장애가 있기도 하고 없기도 했다. 모습과 연령은 각양각색이었으나 그들이 누구인지 묻는 여자의 질문에 검은 옷의 여성들은 한결같이 이렇게 대답했다.

"저희는 물 밖의 세상에서 버려진 여자들입니다."

조그만 목소리의 나이 든 여성은 아들을 낳지 못해 시부모와 남편에게 구박받다가 호수에 몸을 던져 호수의 왕의 제물이 된 뒤로 평생 물속에 갇힌 채 나이 들도록 검은 뱀들의 시중을 들며 살아왔다. 얼굴에 칼자국이 있는 어린 소녀는 이웃 청년에게 몇 번이나 무서운 일을 당하고 부모가 그 청년에게 시집보내려 하자 호수에 몸을 던졌다. 머리가 긴 처녀는 어머니가 돌아가시고 어린 동생들을 돌보다가 아버지가 도박 빚을 갚지 못해 무뢰한들에게 팔아 버리려 해서 호수에 몸을 던졌다. 그리고 배가 남산만 하게 부른 아낙은 조각배를 타고 호수를 건너다가 물살이 거칠어지자 애 밴 여자는 재수 없다며 사람들이 물속으로 던져버려 이곳으로 떨어져서 제물이 되었다.

"미안해요."

여자가 말했다.

"미안해요……."

배부른 아낙은 조그맣게 한숨을 쉬고 고개를 저을 뿐 아무런 대답도 하지 않았다.

8

결혼식은 성대하고 떠들썩했다. 호수의 물고기들, 크기도 다양하고 모양새도 눈이 어지러울 만큼 서로 다른 물고기들이 궁궐 마당을 빼곡히 채웠다. 그러나 그 물고기들이 이상하게도 모두 회색이거나 검은색이라는 사실을 여자는 눈치 챘다. 궁궐의 대문과 계단 주변은 검은색 물뱀들이 삼엄하게 늘어서서 지키고 있었다.

여자가 앉은 상 앞에 가지각색 잔치 음식들이 먹음직스럽게 차려졌다. 검은 옷을 입은 여성들이 계속해서 음식을 날라다가 상에 늘어놓았다. 그러나 음식을 담은 그릇에서는 모두 비린내가 심하게 풍겼다. 여자는 겉보기에 구미를 당기는 그 음식들이 사실은 물에 빠져 '제물'로 희생된 사람들의 뼈와 살이라는 사실을 알고 있었다. 그래서 여자는 화려한 족두리 아래 눈을 내리깔고 조용히 앉아서 아무것도 입에 넣지 않았다.

호수의 왕이 비린내를 풍기며 여자의 옆으로 다가왔다.

—신부는 주인의 말을 들어라.

호수의 왕이 붉은 비늘로 뒤덮인 역겨운 얼굴에 노란 눈을 번득이며 거만하게 말했다.

—흥겨운 음악을 연주하라. 왕의 결혼식을 축하하러 이곳에 모인 모두를 즐겁게 하라!

여자는 명주실이 하나 없는 나무 비파를 꺼내 왕에게 보여 주었다.

"이곳에는 비파를 수선하는 장인이 없어 끊어진 현을 영영 고쳐 끼우지 못했나이다. 황금 비파를 주시면 모두가 즐거워할 음악을 선사해 드리겠습니다."

호수의 왕은 못마땅한 표정으로 현이 하나 없어진 나무 비파를 몇 번이나 만져 보았으나 마침내 마지못해 고개를 끄덕였다. 여자는 검은 뱀들이 가져온 황금 비파를 손에 쥐었다. 황금 비파는 다소곳이 여자의 품에 안겼다.

여자는 조용히 황금 비파를 켜기 시작했다.

금줄 하나를 나무 비파에서 떼어 낸 명주실로 바꿔 끼웠기 때문에 그 현만 소리가 유난히 선명하고 날카로웠다.

그래서 여자는 나머지 네 개의 현으로만 조용하고 무거운 단조의 음악을 연주했다.

호수의 왕은 가라앉은 음울한 곡조가 흐르자 화를 냈다.

— 흥겨운 음악을 연주하라 하지 않았나!

여자는 머릿속에 생각나는 대로 둘러댔다.

"너그러운 마음으로 용서하시옵소서. 기왕 켜기 시작했으니 이 곡만 마치고 흥겨운 곡으로 선사해 드리겠나이다."

호수의 왕은 투덜거렸다. 여자는 조마조마한 마음을 숨기며 정성껏 손가락을 움직였다.

몸과 마음을 어루만지는 듯한 느린 곡조가 물속을 휘감았다. 여자의 손가락이 계속 움직이고 황금 비파가 슬픈 듯이 노래했다.

호수의 왕이 슬그머니 눈을 감으며 고개를 떨어뜨렸다.

주위에 늘어선 검은 물뱀들도 하나둘씩 드러눕기 시작했다.

결혼식에 모인 물고기들도 모두들 몸에서 힘을 빼고 흐리멍덩해진 눈으로 물살에 아무렇게나 몸을 싣고 졸음에 겨워 둥실둥실 떠다녔다.

여자는 점점 더 소리를 죽여 점점 더 느리게 비파를 연주했다. 황금 비파는 자장가를 부르며 속삭이듯 흥얼거리듯 무겁고 나른한 곡조를 물속으로 흘려보냈다. 호수의 왕이 완전히 옆으로 쓰러져 코를 골기 시작했을 때 여자는 비파에서 손을 떼었다.

황금 비파는 연주를 멈추지 않았다. 여자의 손가락이 현을 튕기던 그대로 낮고 무겁고 몽환적인 곡조를 조용히 계속 연주했다.

여자는 손목에 몰래 감아 두었던 황금 줄을 풀었다.

곯아떨어진 호수 괴물의 목에 황금 줄을 감았다.

그리고 여자는 호수의 괴물이 노란 눈을 뜨기 전에 양손으로 힘껏 황금 줄을 당겼다.

황금 비파는 여자가 온 힘을 다해 호수 괴물의 목을 조르는 동안 이제까지 그 누구도 들어 본 적 없는 꿈결 같은 곡조를 혼자서 연주했다.

9

호수의 괴물은 좀처럼 죽지 않았다.

목이 졸려 소리를 낼 수 없었기 때문에 호수의 괴물은 노란 눈을 부릅뜨고 입으로 역한 비린내를 풍기는 거품을 뿜어내며 몸부림쳤다. 굵고 단단한 황금 줄이 여자의 손바닥을 파고들었다. 손바닥 살이 찢기는 고통 속에 여자는 이를 악물고 더욱 힘을 주어 줄을 당겼다. 그런 여자의 곁에서는 황금 비파가 나른하고 느릿한 자장가를 끝없이 연주하고 있었다.

그러다가 호수 괴물이 입에서 뿜어낸 구역질 나는 거품이 여자의 얼굴에 튀었다. 여자는 진저리를 치며 고개를 흔들었다. 여자의 손힘이 잠시 약해진 틈에 호수의 괴물은 호수 전체와 물 바깥의 땅과 하늘까지 뒤흔드는 고함을 질렀다.

여자도 함께 고함을 질렀다. 황금 줄을 쥔 손에 다시 힘을 주었다. 딱딱한 황금 줄이 손바닥의 살을 베고 뼛속까지 파고드는 고통을, 까무러칠 것 같은 아픔을 견디며 여자는 젖 먹던 힘까지 끌어 모아 호수 괴물의 목을 졸랐다.

황금 비파의 줄이 호수 괴물의 목에 파고들어 그 머리를 몸통에서 베어 내는 순간, 호수 괴물의 목에서 솟아 나온 피가 비명인지 고함인지 알 수 없는 함성을 지르는 여자의 입 안으로 튀었다.

10

호수의 괴물은 죽었다.

여자는 피투성이가 된 손에 황금의 비파 줄을 꽉 쥔 채 목이 떨어져 나간 호수 괴물의 시체를 내려다보았다.

호수 괴물의 목이 잘려 나간 순간, 검은 물뱀들은 모두 호수 밑바닥의 진흙 속으로 파고들어 순식간에 도망쳐 사라졌다. 남은 물고기들은 회색과 검은색 옷들을 벗어 버리고 본래의 다채로운 비늘 색깔을 드러냈다. 답답하고 기운 없는 무채색 가면을 벗어 버린 물고기들은 색색의 지느러미와 꼬리를 가볍게 흔들며 모두 자기 갈 곳으로 흩어져 버렸다.

여자는 황금 비파를 집어 들었다. 나무 비파에서 떼어 낸 명주실을 풀고 본래의 황금 줄을 제자리에 맸다.

"너도 이제 자유다."

여자는 황금 비파에게 말했다.

"우리는 모두 자유야."

여자는 주위를 둘러보며 검은 옷의 여인들에게 말했다.

황금 비파가 노래하기 시작했다. 여자도, 주위에 둘러선 검은 옷의 여인들도, 세상 그 누구도 이제까지 한 번도 들어 보지 못한 맑고 아름답고 경쾌하고 흥겨운 음악이었다.

여자들은 춤을 추기 시작했다. 호수의 괴물을 즐겁게 하기 위해 억지로 추는 춤이 아닌, 두려움도 고통도 없는 진실한 기쁨의 춤이었다.

황금 비파의 곡조에 불려 온 호수의 물결이 기뻐 춤추는 여자들을 휘감아 수면을 향해, 물 밖으로, 육지로, 고향으로 실어 날랐다.

11

여자는 눈을 떴다. 아주 오래전, 호수를 건너기 위해 배를 탔던 그 물가였다.

여자는 힘겹게 몸을 일으켰다.

머리부터 발끝까지 물에 흠뻑 젖었지만 다친 곳은 없었다. 황금 줄이 깊이 파고들었던 양 손바닥의 상처는 어느새 손금처럼 보이는 깊은 자국만을 남긴 채 아물어 있었다.

그리고 옆에는 황금 비파가 놓여 있었다. 여자는 비파를 끌어당겨 들여다보았다. 황금 줄에는 여자의 손가락과 호수 괴물의 목에서 흘러나온 피가 스며든 자국이 거무스름한 무늬처럼 새겨져 있었다. 여자의 피를 먹고 여자의 손가락에 길들여진 황금 비파는 여자의 손바닥 안에서 다소곳하게 목을 기대 왔다.

"처자는 뉘시오?"

여자는 화들짝 놀라 고개를 돌렸다. 사납게 생긴 남자가 의심 가득한 눈으로 여자를 바라보고 있었다.

"어디서 갑자기 나타났소? 허…… 귀한 물건을 들고 계시네."

사납게 생긴 남자가 말하고는 탐욕스런 웃음을 지었다. 여자는 오래전 배를 타고 호수를 건너던 때에 "저년 때문이다!" 하고 손가락질하던 뱃사공의 얼굴을 알아보았다.

"여자 혼자서 이런 곳에…… 얼굴도 반반하고 몸매도 삼삼하겠다……? 게다가 금덩이를 쥐고 있어……? 필시 하늘이 내린 선물이렷다?"

남자가 중얼거리며 위협적인 웃음을 흘리며 점점 다가왔다.

여자는 한 걸음씩 뒤로 물러섰다. 남자는 빙글빙글 웃으며 천천히 계속 다가왔다. 그러다가 남자도 여자도 누가 먼저랄 것 없이 뛰기 시작했다. 그러나 물에 젖은 치마에 휘감긴 여자의 다리는 호숫가의 모래사장에 익숙한 우락부락한 남자가 뛰는 발걸음을 이기지 못했다. 여자는 넘어졌고, 남자가 뒤에서 덮쳐 왔다.

"그러면 그렇지, 네까짓 게 도망가면 어딜……!"

흥분해서 중얼거리며 여자의 치마를 다급하게 걷어 올리던 남자가 갑자기 말을 멈추었다. 여자는 등에 올라탄 남자의 무게가 돌연히 사라진 것을 느꼈다. 잠시 얼굴을 모래 속에 파묻고 있다가 여자는 조심조심 고개를 들어 몸을 일으켰다.

뱃사공은 목이 잘린 시체가 되어 모래사장에 나뒹굴고 있었다. 그 목 잘린 시신 옆에서 피 맛에 길들여진 황금 비파가 모래 속으로 스며드는 뱃사공의 짐승 같은 피를 한 방울도 남김 없이 빨아 먹었다.

여자는 황금 비파가 양껏 피를 빨아 먹을 때까지 조용

히 기다렸다. 마침내 모래사장에 뒹구는 목 잘린 시신에 피가 한 방울도 남지 않게 되었을 때 여자는 황금 비파를 조심스럽게 집어 들었다.

"집에 가자."

여자가 말했다.

12

여자는 집에 가지 못했다.

고향 마을에 도착했을 때 여자를 반겨 주는 사람은 아무도 없었다. 황금 비파를 노리고, 여자의 몸을 노리고, 혹은 양쪽 다 노리고 덤벼드는 남자들은 모두 황금 비파의 줄에 목이 잘리고 피를 빨렸다.

여자가 살던 오두막은 불타서 잿더미만 남아 있었다. 그 앞에 망연자실 서 있는 여자의 모습을 보고 동네 아낙들은 재수 없는 년이라고 눈을 흘기며 침을 뱉었다.

"너 때문에 사람이 얼마나 죽었는지 알아!"

이웃 노파가 눈을 부라리며 여자에게 삿대질을 했다.

"이 물귀신아! 도로 물속으로 썩 꺼져! 다시는 오지 마! 귀신 같은 년!"

여자는 대답하지 않았다. 남자들의 세상에서 아직 버려

지지 않은 여자들은 앞으로도 버려지지 않기 위해 쉴 새 없이 애써야만 했다. 여자도 그 사실을 알고 있었다. 그래서 여자는 그녀들을 탓할 수 없었다.

여자는 황금 비파를 손에 들고 울면서 돌아서서 마을을 떠났다.

13

마을을 떠난 여자는 다른 버려진 여자들, 뭍에서 받아들여 주지 않은 모든 여자들과 함께 물속으로 돌아갔다.

호숫가에서 물속으로 걸어 들어가는 검은 옷의 여자들, 그 행렬의 맨 앞에 선 흰 옷 입은 여자와 여자가 손에 든 번쩍이는 황금 비파를 두 눈으로 똑똑히 보았다는 이야기가 여러 사람들 사이에서 전해진다. 자결하려는 여자들을 구하려고, 혹은 흰 옷 입은 여자가 손에 든 황금의 물건을 빼앗으려고, 혹은 양쪽 모두를 목적으로 다가가려던 사람들은 돌연히 하늘까지 솟아오른 물길에 겁을 먹고 발걸음을 멈추었다. 물기둥이 가라앉고 호수 표면이 다시 거울같이 잔잔해졌을 때 여자들의 모습은 어디서도 찾을 수 없었다.

그 뒤로 호수를 건널 때면 사람들은 평온한 물길을 빌며 명주실을 바쳤다. 배에 탄 사람들 중에서 특히 여성이 명주실을 호수 속으로 던지면 그 배는 아무리 날씨가 거칠어도 절대로 해를 입지 않았다고 한다. 반대로 날씨가 험할 때나 배가 흔들릴 때 배에 탄 사람들이 여성을 제물로 바치려 하면 당장 배 전체가 뒤집혀 모두 죽고 제물이 될 뻔했던 여성만 혼자 살아남았다.

평온한 뱃길을 기원하며 명주실을 바쳤던 여성들은 가끔 배를 타고 가는 도중에 호수 안에서 들려오는 음악 소리를 듣는 일도 있었다. 그 음악 소리는, 들어 본 사람들의 말에 따르면 평생 한 번도 들어 본 적 없는 즐겁고 감미로운 곡조였으며 듣는 사람의 마음속을 구석구석 기쁨으로 채웠다고 한다.

그리고 해마다 가을이 오면, 여자가 비파를 안고 배를 탔던 그 운명적인 9월의 어느 날, 해가 지평선 아래로 기울고 어둠이 땅을 덮은 뒤에 여자는 밤하늘을 물들이는 달빛 아래 하얗게 부서지는 물거품을 타고 황금 비파를 연주하며 마을로 돌아왔다. 고향이라 여겼던 그곳, 검고 차가운 물 밑에 갇힌 채 한 번만이라도 다시 보기를 원했던 그 땅에 일 년에 단 하룻밤 다시 돌아가서 여자는 자신의 피로 길들인 황금 비파를 연주하며 그리움과 탄식의 노래를 불렀다. 그 노래를 들은 사람은 평생토록 잊지 못하고, 하얀 물거품 위에서 비파를 연주하는 여자의 모습을 자기 눈으로 본 사람은 어김없이 그 길로 집을 나서 홀린 듯이 여자의 뒤를 따라 호수 속으로 사라진다고 한다.

괴물을 죽인 남자는 영웅으로 대접받지만 괴물을 죽인 여자는 괴물로 취급받는다. 그래서 괴물을 죽이고 호수의 여왕이 된 여자는 버려진 모든 여자들과 함께 차갑고 고요한 물 밑에 머무르며 피를 먹는 황금 비파를 연주한다. 갈 수 없는 고향을 그리워하고 가질 수 없었던 땅 위의 삶, 평범한 인간으로서의 삶을 애도한다. 그러나 여자의 존재를 애써 잊어버리고 눈과 귀를 막고 일부러 등을 돌린 뭍의 사람들은 매년 가을이 오면 달빛 아래 울려 퍼지는 슬프고도 황홀한 여자의 노랫소리를 영원히 듣지 않는다, 들을 수 없다.

망선요 望仙謠

김인정

『화조풍월』로 제3회 황금드래곤 문학상 장편 부문 본심상을 수상했다. 환상문학 웹진 거울에서 독자 우수 단편에 선정된 후 필진으로 합류하여 작품 활동을 이어 왔다. 동양적, 서정적 세계관을 바탕으로 한 환상소설 작품집 『홀연』을 출간하였으며, 『아직은 끝이 아니야』 등 다양한 앤솔러지에 단편을 수록했다.

"너 또 봉사인가 뭔가 그거 갔다 오니?"

"네, 좀."

"손하고 어깨에 그거 뭐야? 더럽게…… 어이구, 산이라도 타고 온 줄 알겠네. 꼴하고는. 코트 얼른 벗어서 내놔라, 그거 드라이해야 되는데 세상에."

"……내일 나가면서 맡기고 올게요."

"내가 장 보러 가면서 맡기지 뭐. 좀 앉아라. 멀뚱하니 서서 넋 빼놓고 뭐하니? ……그래서 봉사하는 건 재밌니?"

"그냥 그래요."

"너 그거 뭐랬냐? 후배, 그…… 목포 산다던 걔가, 그."

"지영이."

"그래 지영이가 부탁한 거지?"

"갑자기 휴학한다고 대신 좀 가 달래서요."

"몇 번이 아니구만. 일하느라 바쁜 애한테, 응, 걔는 참 하늘 같은 선배더러 시키니?"

"겨우 뭐 일주일에 한 번 가지고 왜. 인제 석 달인데."

"지영이 걔가 사범대랬나? 선생님 한대?"

"화학과."

"그러니까. 선생님 한대냐고."

"아니."

"안 하는 애가 웬 공부방인지 뭔지. 우리 때 야학 있던 거 그런 건가?"

"비슷해요. 저소득층 자녀를 위한 공부방. 아, 왜? 얘기 전에 내가 했잖아요, 계속."

"궁금하니 그렇지. 엄마가 묻는데 너는 천날만날 짜증만 내구. 그래서 너 그거 쫓아다니고 회사는 어떤데? 할 만해?"

"응, 그냥. 뭐."

"그냥 뭐, 뭐? 너 말 똑바로 하라고 내가 몇 번을 그래도 또 그러니?"

"그냥. 그냥 똑같다고, 매일. ……별로 잘 안 되는 거 같아. 확 관둘까."

"나쁜 쪽으로만 생각하면 안 되지. 넌 왜 그렇게 매사에 부정적이니?"

"……."

"긍정적으로 생각해야지."

"……엄마, 우리 옛날에 살던 집 기억나요? 그 왜, 대우 다니는 아저씨네 집 밑에 있잖아. 반지하 거기."

"거기가 왜."

"공부방 하는 동네에 아직도 그런 집 많더라. 손바닥만 하게 빛 들어오고."

"그러니까 느덜은 행복한 줄 알아라. 부모 잘 만나서……."

"화장실 들어가는 데 높구."

"옛날 집 그렇지. 다 이렇게 턱이 높구, 응?"

"공부방 하는 데가 살림집 하나 빌려서 하는데, 거기 내가 좀 일찍 가서 서 있으면 여자애가 하나 빠끔하게 올려다보고 그래. 몇 번 눈 마주쳐서."

"마주쳐서?"

"배우러 다니는 앤가 해서 보니까 아니야. 애들한테 물어보니까 원래 집에서 잘 안 나온대. 학교도 잘 안 오고. 큰일이지."

"에그. 그런 걸 부모가 챙겨야 되는데."

"이름이 초희래. 부모 다 일 나가면 혼자 있나 보더라."

"몇 살인데?"

"초등학교 3학년인가. 아무튼 걔한테 초콜릿도 주고 저번에 껌도 주고 그랬는데. 처음엔 안 먹고 애가 숫기가 없더니 처음 한 달 지나선가, 곧잘 받고 그러더라고요."

"공부방이라도 오래지 왜. 안 온대?"

"오라고 또 그랬는데 안 와. 저번엔가, '언니.' 하고 불러서 말을 못 하는 앤 아니구나 하고 내려가서 집 안을 쓱 봤는데 바로 보이더라. 화장실이 이렇게, 턱이 높은 거 보고 딱 옛날에 팔팔 올림픽 하고 그럴 때 우리 집 생각나서."

"너 어려 갖고 뭐 제대로 생각이나 나겠니? 이거 사과나 받아."

"그때 엄마 밤 깎는 거 했잖아. 부업으루."

"다 먹고사느라 뭔들 안 했니. 뜨개질도 하고 뭣도 하고. 어린 것들 덜렁 놓고 나갈 수가 없으니 맨 집에다가 들고 와서 하는 일. ……얼른 사과 먹어."

"그만 깎아요."

"이제 안 깎는다."

"안 먹는다니까."

"까 놓은 건 먹어야지 너 먹으라고 깎아 놓은 걸 누가 먹니?"

"아, 정말. 옛날에 밤 깎다가 꼭 배부를 때만 요만큼씩 요만큼씩 잘라서 나를 주고. 왜 주는 걸 안 먹냐고. 아무튼 똑같아."

"배 안 곯으라고 그러지, 엄마가."

"엄마가 밤 깎다가 벌레 먹은 데나 그런 데 있으면 쓱 베어서 먹고 그랬잖아. 그거 내가 보고 있었던 거 기억나는

데. 맨 쪼그만 것만 줘서, 그래서 내가."

"테레비 틀어 봐라. 뭐 하나."

"내가 왜 큰 거 먹으면 안 되냐고 그랬더니 그건 파는 거니까 먹으면 안 된다고. 엄마가. 이만 한 그릇에다가 물 받아서 거기 밤 담가 놓구. 기억 안 나? 응?"

"기억나, 기억나. 왜!"

"초희 말이야."

"초희?"

"엄마 내 얘기 안 듣지."

"듣잖아. 얘가 왜 짜증이야?"

"그래, 초희가."

"그래그래. 쪼꼬렛 받은 애. 너 공부방 가는데 옆에 개가 왜."

"개, 지난주에 갔더니 없잖아. 매번 문간에 서 있었는데 이상해서 보니까 새시로 된 문도 다 열려 있고 안에 보니까 화장실 문이 닫혀 있는 거야. 내가 딱 이상해서 이름 불렀더니 진짜 거기 안에 있더라, 그래서……."

"거기?"

"화장실 안에. 문이 안에서 잠그는 건데 지가 안 나오고 거기 있는 거야. 기억 안 나?"

"……너 사과 남은 거 빨리 먹어."

"기억 안 나? 그때, 팔팔 올림픽 하고 그때. 엄만 밤 되게 많이 깎았지, 응? 하루 종일 온 집 안에 밤 냄새 났었는데. 난 달라는 말도 안 하고. 주인 아줌마가 보면서 애가 다 집어먹겠네, 그랬더니 엄마가 난 얌전하다구. 달라고 하지도 않는다고."

"넌 워낙 조용한 애였어."

"초희네 온 집 안에 이상한 그 하수구 냄새. 환기를 하나도 안 시키는지 퀴퀴한 냄새하고, 이상한, 그, 밤 냄새가 나서. 생각나서. 내가 문을 두드리면서 '초희야, 왜 안 나와, 왜 안 나오는데, 아파?' 그랬더니."

"테레비 뭐 하냐. 뉴스 하겠네."

"화장실 문은 안에서 잠그는 건데 지가 안 나오고 있더라, 초희가 말이야, 지가 거기 있는 거야. 맨발루. 엄마가 나오지 말랬대. 어린 게 볼이 이만 하게 부어 가지고 반팔에다 맨발이야. 화장실 슬리퍼에 온기가 남아 있는 거 보니까 그거 신고 그 안에 쭈그리고 있었던 거 같아. 근데 내가 부르니까 그것도 벗어 놓구, 맨발루."

"리모컨이 어딜 갔나."

"듣고 있어? 응? 맨발루 서 있더라니까."

"그래, 애가 주눅이 들어 가지구. 그래, 그게 왜."

"초희가 맨발루 서서 문만 요만큼 열어. 빠끔 내다보면서 '언니, 엄마가 나 여기 있으랬거든요?' 그러는 거야."

이명박 대통령직 인수위원회가 마련한 정부 조직 개편안이 오

늘⋯⋯ 한나라당은 오는 28일까지 정부 조직법 개정안을 처리한다는 방침이지만 통일부 등의 폐지에 반대하는 예비 야권은⋯⋯.*

“뭐 재밌는 게 없냐. 사과 하나 더 깎을 테니까 저녁 먹기 전까지 그거 먹고 있어.”

“초희는. 걔 글자 잘 못 쓰더라. 구구단도 제대로 못 외우고. 나한테 글자 좀 가르쳐 달래. 공부방 나오라 그러니까 엄마가 집에 가만히 있으랬다고. 학교도 잘 안 가.”

언니. 진짜로 나한테 글 가르쳐 줄 거지?

“⋯⋯.”

“글자를 잘 모른다고. 초희가. 그림인지 글자인지 뭔지 모를 정도야. 비뚤배뚤하고 어수룩하고, 불안정해. 걔 글자 쓸 때 몸 이렇게 꼬고 쓰는데 어디 불편한 애 같아. 어깨가 한쪽만 축 처져서 뼈가 튀어나올 거 같은 게 글자하고 똑같아. 엄마, 낙원, 선녀, 이런 거만 쓰더라. 그러더니 뭐래는지 알아? 고 조그만 게? 초희 걔 엄마가 그랬대, 걔한테. 넌 선녀님이다, 하늘나라 선녀다, 그랬대. 미치겠어. 청소고 뭐고 제대로 된 게 없는 집에 들어가니까 나부터 미치겠어, 거기. 좁고 냄새나는 반지하 방에 쬐그만 게 혼자 앉아서 나보고 뭐래는지 알아? 언니, 괜찮아? 왜 울어? 그러는 거야. 세상에, 내가, 내가 왜 울었지?”

---

* 이하 등장하는 기사 부분은 2008년 1월 21일 KBS와 MBC 뉴스를 차용한 것이다.

"개가 불쌍해서 그러겠지. 넌 애가 착해서."

"생각해 보니까 내가 스물일곱 살이 지난 거야. 스물일곱 살이. 벌써 지난 거 있지. 엄만 그때 스물일곱이었잖아. 나한테 허난설헌 얘기해 준 거 기억나? 이사하면서 그 노트랑 이런 거 다 버렸더라? 내가 만지기만 해도 막 소리 지르고 그랬으면서. '국어국문학과'라고 볼펜으로 표지에 적혀 있던 대학 노트, 끝에 청록색 띠로 된 거. 기억나지? 우리 망원동 아파트로 이사할 때, 내 유치원 때 스케치북 링 풀어서 버리라 그러면서 싹 묶었잖아. 비닐 끈으로 표지 뜯어진 헤르만 헤세랑 김소월이랑 같이 다 해서."

"……."

"왜? 기억 안 나? 허난설헌이 유선시(遊仙詩)라는 걸 그렇게 많이 썼다고, 선녀가 되고 싶어서 그랬던 거라고, 엄마가 그랬잖아. 하염없이 쓰고 또 쓰고 낮에도 밤에도 향을 피워 놓고 꿈만 꾸면서 살고 싶었다고. 꽃잎 스물일곱 송이 떨어지는 날, 시 다 태우고 죽었다며. 난 그때 일곱 살이었는데, 엄마가 나한테 그랬잖아. 노트에 쓴 거 보여 주면서. 허난설헌, 낙원이 어쩌고 그러면서, 엄마가."

너 같은 거 낳지 말걸.

"리모컨이 소리가 안 되네. 자꾸 커진다, 야. 이거 왜 이러냐."

"……기억 안 나?"

"아유, 귀 아파. 채널 이거 아니니? 이거 좀 봐 봐라."

"기억 안 나냐구. 나한테 난설헌 얘기 주야장천 한 거. 그때 말이야."

"기억나! 안 난대, 누가?"

"엄마가 그랬지? '엄마도 인간이야. 엄마도 인간이란 말이야.' 그랬잖아? 응? 나 태어나서 대학 관뒀다며. 원래는 공부하고 싶었는데 내가 생겨서 집도 나오고. 아빤 만날 일 때문에 멀리 가 있고 하루 종일 나 하나 앞에 놓고 앉아서 밤 깎고 설거지하고 청소하고, 그러다 보면 미칠 거 같다며. 그래서?"

"너 엄마한테 그렇게 서러운 게 많니? 억울해 죽겠어?"

"그래서 애를 안 낳았더라면 하고 생각해 보면 괜찮았어? 꿈꾸는 난설헌처럼, 그러면 엄만 인간이 되는 거였어? 나 같은 거 없을 수도 있었는데, 그런 생각을 하면서 대학에 다니던 시절 꿈꾸면 허난설헌이 쓴 그 유선시처럼. 응, 엄만 그럼 겨우 행복했어?"

"엄만 그때. ……너 그거 봉사 언제까지 하려고?"

영동과 경북 북부 지역에 대설 특보가 발효 중인 가운데 곳곳에 많은 눈이 오고 있습니다. 어제부터 지금까지의 적설량은…….

"테레비 소리 좀 줄여 봐. 내 얘기 듣기 싫지, 응?"

"엄마가 그땐 어려서. 그땐 누가 뭘 챙겨 줄 사람두 없구. 애들하고 신랑만 보구 살자니 막막해서. 어디 지금 같았는지 아니? 부모가 와서 참견을 해 줘, 뭘 해 줘? 엄마 혼자서 온종일…… 테레비 왜 끄니?”

“정말, 산더미처럼 밤을 쌓아 놓고 깎고 또 깎고. 누가 버린 책 갖다가 놓고 내가 보고 있으면 사각사각사각사각. 어떤 밤은 하얗고 어떤 밤은 노랗고. 그러다가 소리가 멈춰서, 응, 지금처럼 아무 소리도 안 들려서 고개를 들 때 말이야. 난 그럴 땐 세상이 끝나고 나도 이미 딴 데 어디 멀리 가 있는 건가, 하고 생각했다? 알아? 그때 우리 집 지하여서 창이 참 내가 생각해도 되게 쪼그맸는데 저녁 되면 겨우 빛 좀 들어오고.”

“춥구 덥구. 사람 살라고 만든 집이 아니었지 뭘. 찬바람 불면 느이 아버지가 밭 덮는 비닐 갖다가 창문 싸매구.”

“그래도 해 질 때는 뜨겁고 빨갛고. 엄마 앉아 있는 창가 장판이 새빨간데, 엄마는 밤칼 쥐고 멍하니 나를 쳐다보다가 그랬잖아.”

“테레비 도로 켜 봐라. 연속극 할 시간 다 됐는데 느이 아버진 오늘 왜 이렇게…….”

“켜지 말아 봐. 엄마가 그때 나한테 그랬잖아, 나한테.”

“케이비에스 아니니, 이거? 리모컨이 왜 이러는지.”

“켜지 말아 보라고!”

“얘, 대체 느이 아버지 왜 이렇게 안 오신대니? 전화 좀 해 봐라.”

"지겹다고 그랬잖아, 그때. 그렇지? 나한테 한 소리 맞지?"

공공부문 취업에 빨간 불이 켜졌습니다. 새 정부가 공공 부문을 통폐합하거나 민영화하기로 하면서…… 서울 메트로는 오는 2010년까지 전체 직원의 20퍼센트인 2000여 명을 감축한다고 밝혔습니다. 이에 따라…….

"엄만 그때 종일 너 하나 앞에 놓고 불안해서, 앞으로 뭐가 어떻게 되는 건지 도저히 모르겠어서, 그래서 그냥 눈물이 막 나고 그랬어. 얘기할 사람이 있니 뭐가 있니. 너한테 정신 나간 사람처럼 떠들구."

"난설헌이 그랬다며. 다시는 자기처럼 불행한 여인이 없도록 시를 태우라 그랬다며. ……엄만 나한테 한참 떠들다가 그랬지. '지겨워.' 난설헌도 시에 나온 낙원에 못 돌아가서 서러운 게 아니라 아무리 쓰고 또 써도 아무한테도 닿지가 않으니까, 아무도 그 낙원을 똑같이 봐 줄 수가 없으니까, 그러니까 불행했던 거라고. 엄마가 그랬잖아."

"내가 어린애 상대로."

"초희가 말이야."

"너 그 봉사 그만둬라."

"초희만 그런 게 아냐. 애들 중에 보면 엄마 아빠가 돈 벌러 가거나 집 나가거나 해서 할아버지 집에 혼자 있고그래. 따로 챙겨 주기는커녕 툭하면 때리고, 욕하고, 그런 애도 많아. 부모가 애를 슬리퍼로 두들겨 패서 온몸에 멍인데 그 어린애들이 울지도 않아. 공부방 와선 별것도 아니란 듯이. 아무 일도 없었던 듯이. ……그래서 초희가 말이야."

"아유, 테레비 소리가 왜 이러냐. 이거 뭐 잘못 눌렀나 보다."

"그래서."

"너 엄마 얘기 귓등으로도 안 듣지? 이거, 이거 소리가 왜 이러냐는데."

"그래서. 오늘 수업 하는 날도 아닌데 갔다가 왔어. 좀 있음 설인데 신경이 쓰여서. 그 반지하 집에 들어가고 싶지 않은데 그래도 가야 될 거 같아서 혼자 갔어. 겨우내 눈이 오고 또 오고 얼고 또 얼었잖아. 길이 하도 미끄러워서, 누구 눈 치우는 사람도 없는지 아니면 이제 포기한 건지 온통 얼어붙어서……. 등산이라도 하는 기분이더라. 그 집에 도착하고 나서 그러고 보니까 누구 다른 사람이 나오면 뭐라고 하나, 누구라고 해야 되나, 모르겠더라. 내가 선생도 아니고 복지사 이런 거도 아니고."

"생판 남이. 너 봉사 관둬라. 일이나 제대루 하고, 뭐 영어니 요가니 이런 거라도 좀 배우러 다니고 그래. 너도 서른인데 언제까지 대학 후배들하고나 만나니? 친구 없어?"

"초희한테 색연필 주기로 해서 간 건데. 노트하고 스케치북하고 사 오는 걸 잊었잖아. 다시 내려갔다 올 수도 없고. 나중에 줘야지 그러고 그냥 오려고 했어, 집에. 돌아서는데 뒤에서 문이 삐익, 혼자서 울데. 뭐 바람 빠지는 소리 처럼. 낡은 새시 문을 억지로 열 때 나는 소리 있잖아, 그런 소리가 나. 이상해서 문틈으루 보니까 마루도 아니고 방도 아니고 아무튼, 그냥, 그냥 집도 아닌 거 같은 그 바닥에 뭐가 있어. 구겨진 게. 빨지도 않고 던져 놓은 수건 같은 게. 그런데 그게. 그 더러운 게, 만지고 싶지도 않고 알고 싶지도 않은 게. ……그게 초희야. 초휜 거야."

"……가서 씻어. 얼른. 지금 시간이."

"씻어야 돼, 그러더라."

"느이 아빠한테 전화해야겠다. 자시고 오나 어쩌나."

"씻어야 돼, 그랬다고, 초희가. 반지하에 오래된 건물이라 화장실이 어지간히 높잖아. 벽지는 누렇고, 다 뜯어져서, 문짝도 제대로 잠기지도 않는 걸 그리로 가려다가 엎어져서 애가 기진맥진인 거야. 내가 이름을 부르니까 애가 '씻어야 돼, 언니야, 가야 돼.' 그러면서 비실비실 일어나. 내가 개를 꼭 안았어. 머리통이 요만 해, 축구공만 한데 상처가 어찌나 많은지 몰라. 애가 화장실 문을 한 번에 열지를 못하는데 난 개의, 상처가 열 개도 넘는 거 같은 머리…… 막 피딱지가 앉아서 귓가에 갈색으로 말라붙은, 그 머리를 꼭 안고 있었어."

"……자구 오신댄다. 또 힘든 거 같더니 요즘 일이 잘 돼서 다행이지 뭐냐."

"걔가 중얼거려. '더러워, 언니, 나 더러우니까 씻어야 돼.' 걔네 엄만 걔를 화장실에 가둬 놓고 걔네 아빠한테 맞았대. 애가 안 보는 게 좋다고 생각했나 봐. 걔는 화장실 안에서 쭈그리고 앉아서 엄마가 문을 열어 줄 때까지 기다렸대. 숨을 죽이고. 우는 소리가 밖에 들리면 아빠가 엄마를 죽일 거 같았대. '초휜 아빠 딸이 아니니까, 선녀니까, 들키면 아빠가 화내는 거예요.' 하는 거야. 난 걔네 엄마가 뭘 애한테 말하고 싶었던 건지 모르겠어. 앞으로도 모를 거야. 걔 엄만 집에 안 온 지 오래됐거든. 집을 나간 거 같아. 공부방 오는 애가 그러는데 걔 아빤 새아빠래. 어떤 사람인지 난 몰라. 걜 때린다는 거밖에. 슬리퍼로 때리고 손으로 때리고 발로 때리고. 초희가 글자 연습을 한 종이가 막 흩어져 있었어. 죽은 벌레가 들러붙은 걸레랑 구멍 난 비더레즈(Be the Reds) 티셔츠랑 원래 무슨 색인지도 모를 만큼 더러운 러닝셔츠랑 여자애 내복 밑에. 바퀴벌레와 라면국물 밑에. 나는, 도대체 걔한테 뭐라고 해야 되는지 몰라서 그냥 걔를 꼭 껴안고 있었어. 선녀니까 하늘나라 얘길 엄마한테 해야겠다는 거야. 그래서 글자 쓰는 법을 나한테 알려 달라고 했었는데, 내가 그런 걸 가르칠 수 있을 리가 없잖아. 난, 못 봤으니까. 안 그래? 본 건 걘데, 아니면 걔네 엄마거나, 스물일곱 살의 엄마거나. 그렇잖아? 말해 봤자 모르니까 절망한 거라구. 아무리 대단한 시를 써 봤자 전해질 리가 없다구.

……난, 그때 일곱 살이었어. 화장실에서 문을 열고 바깥으로 나왔더니 방 안이 깜깜했어. 낮잠을 자다 깼을 때처럼 온몸이 찌뿌듯하고 꼭 내가 있어서는 안 될 곳에 있는 거 같았어. 초횐 그럴 때 낙원을 보고 왔다지만 난 아니었어. 난설헌도 스물일곱 살의 엄마도 꿈에서 낙원을 보고 왔는데 나는 아니었어, 그냥 화장실에서 나온 어린애였어. 엄만 자고 있었어. 깎은 밤톨이 그릇에 수북하고, 깔아 놓은 신문지 위에는 밤 껍질이 널려 있었어. 나는 발이 저려서 비틀비틀, 오늘 본 초희처럼 되게 불안하게 걸어서 신문지 앞까지 갔어. 화장실에서 나던 나프탈렌 냄새랑 하수구 냄새가 났어. 반지하 방에서 삼백육십오 일 내내 나던 후텁지근한 공기 냄새가 섞였어. 신문지 냄새. 깎아 놓은 밤 냄새. 어떤 밤은 하얗고 어떤 밤은 노랬어. 투박한 밤칼로 대충 잘라 놔서 그 어떤 것도 완전히 동그랗진 않았어. 밤 껍질 중엔 벌레가 들어앉은 것도 있었잖아, 기억나지? 벌레가 든 부분까지 두껍게 잘라 놓은 껍질을 가만히 보고 있는데 파르스름한 단면에서 벌레가 꾸물거렸어. 움직인 거 같았어. 밤칼도 거기 그냥 있었고. 나는 코를 훌쩍거렸어. 벌레가 더 이상 움직이지 않아서 나는 밤칼을 만져봤어. 차갑고 단단하고 두꺼운, 날씬하지 않은, 칼. 자루는 물기 먹어서 시커멓고 날이 뭉툭해서 별로 위험하게 보이

지도 않는, 그 칼을 만졌어. 나는 밤을 집어 먹을 수도 있었는데 칼을 집었어. ……아니야, 날이 아니야. 날은 안 만졌어. 칼 배를…… 자르는 부분 말고 살짝 누울 때 밤에 닿는 그 배 부분 말이야. 거길 핥았어. 이상한 맛이 났어, 괴상한…… 아주 달콤하기도 하고 씁쓸하기도 한 물맛이. 밤 껍질을 핥을 때도, 그리고 엄마가 가끔 아주 조그맣게 잘라서 내게 먹으라고 주던 밤 조각을 입 안에서 오래오래 빨아 먹을 때도 나지 않던 그런 맛이었어. 난 그게 어떤 맛인지 몰랐어. 오늘 초희가 '가야 돼, 언니, 난 더러우니까 씻어야 돼.' 해서 걔 뺨을 핥아 줄 때까진. 걔한테선 그때랑 똑같은 맛이 났어. 초희 뺨에서. 이마의 상처에서. 손가락 사이에 낀 시커먼 땟국물에서. 눈물 맛. 피 맛. 쇠 맛. 짜디짠, 다디단 온갖 맛 말이야. 그래서 난 걔를 힘껏, 아주 힘껏 안아 줬어. '가라, 초희야, 가서 오지 마라.' 그랬어. 왜냐면."

"……엄만 그때 말이다. 엄만."

"너네 엄만 안 온다, 그럴 순 없잖아. 네 엄마한테 네가 본 낙원 얘길 아무리 써서 보여 주려고 해도 안 된다고, 그렇게는 차마 얘기할 수가 없잖아. 찬 타일 위에 맨몸으로 앉아 무너지지도 않는 천장을 올려다보던 너를, 피멍이 열어지는 소리를, 피가 흐르는 속도를, 아무도 이해할 수 없다고는. 비뚜름한 모양새의 그 작은 화장실이 얼마나 추운

지, 엉성한 벽 한 겹 너머에 틀림없이 존재하고 있을 저 바깥세상의 소리들이 얼마나 눈부시고 또한 서글픈지, 결코 전할 수 없다고. 나도. 너에게도. '엄마'에게도. 심지어 엄마들에게도 무엇 하나 닿을 수가 없을 거라고 내가 어떻게 말하겠어? 그냥 버티라고도, 잊으라고도, 이렇게 피 흘리면서도 여기 그냥 얌전히 있으라고도 나는 할 수가 없었어, 엄마. 걔 엄마처럼 걔를 화장실에 밀어 넣고 문을 닫고 가만히 있어야 된다고 말하면, 그러면 안 되잖아. 괜찮다고, 아마 이를 악물고 버티다 보면 절규도 원망도 상처도 언젠가 다 옛날이 되지 않겠냐고 하면, 그러면 거짓말이잖아.

걔는 피 흘리고 있었어. 울고 있었어. 걔는 혼자였어. 화장실 안에 얌전히 기다리는 걔를 다치게 하면 안 되는 거였는데. 걔가 버둥거렸고, 울부짖었고, 내 목소리를 조금도 듣고 있지 않았다고 해서 내가…… 걔를 때려야 했을까? 밀어내야 했을까? 걔는 선녀가 아니고, 그냥 어린애야. 걔는 혼자서 걔의 아빠를 피해 화장실에 있었어. 난 어른인데, 어린 걔를 꽉 안아 주는 것밖에 할 게 아무것도 없었어. 다른 말을 할 수가 없어서 나는 걔한테 '가라, 초희야.' 그렇게 말했어."

가. 가서 네 낙원을 찾으면 절대로 돌아오지 마…….

"엄만 그때 우울증이었어. 그땐 엄마가 어려서 잘 몰랐어. 혼자 너무 힘들고 괴로워서 상담할 데도 없었다고. 요즘 와서 생각하니까 산후우울증이야, 그게 너무너무 길게 갔어. 넌 학교 들어가야 되는데 돈도 없지, 목도 못 가누는 갓난쟁이가 또 딸렸지, 몸은 퉁퉁 부었는데 일은 해야지, 아빠 회산 잘 안 되는데 힘들어서."

"초휜 안 갔어. 간다고 했는데. 난 개를 데려오지 못했어."

"엄마 얘기 듣고 있니? 널 낳았을 때 난 스무 살이었고 네 동생이 태어났을 때도 스물일곱 살이었어. 지금 너보다도 어렸어."

"힘들어서."

"엄만 힘들어서."

"내가 뭐라고 했어야 하지? 개를 안아 주고, 그리고 또?"

"네가 뭘 해 줘. 너도 애야."

"경찰이 와서 개를 데려갔어. 난 선녀가 아니니까, 개나 걔네 엄마가 뭘 봤는지, 무슨 이야길 하고 싶었는지 모르겠어. 내가 무슨 말을 해 줬어야 하지? 난 본 적도 없는데, 개 이야기를 듣고 스물일곱 살의 엄마가 해 주는 난설헌 얘길 듣고 책을 읽고. 난 몰라. 갈 수도 없다고, 낙원."

"경찰을 부른 건 잘한 거야. 너 할 만큼 다 한 거라구. 그래서 경찰서 갔다 온 거야? 뭐 잘못된 거 아니지?"

"뭘."

"뭐든. 넌 모른다고 해."

"……밤칼을 핥지 말고 나도 그대로 화장실 안에 있어

야 했을까? 엄마가 열어 줄 때까지. 날 기억해 낼 때까지. 그러면 나도 낙원을 볼 수 있었을까? 일생 그리워하면서 그리로 가야만 한다고, 쓰고 또 쓰고 꿈을 꾸면서 노랗고 하얀 밤이 아니라 불꽃들을 볼 수 있었을까. 그랬다면 초희에게, 난 오늘 다른 말을……. 엄마."

들판을 달리는 초희. 산을 오르는 초희. 초희의 낙원, 무릉, 도원향, 청학동이거나 아니면 조개껍질로 만든 아홉 궁궐. 은하수에 걸린 무지개 다리. 봉래의 구름. 채색 난새〔鸞鳥〕, 요지연에 날아 내리는 서왕모의 손님들. 붉은 이슬 비단으로 된 치마와 기린이 끄는 황금 수레. 동그란 술잔 속에 폭 잠긴 세 개의 산. 대륙들. 그리고 몹시도 찬란한 순백색의 빛들. 언어가 된 적도 없고 될 수도 없어 태워 버린 시어들 사이에서 태어나 긴 세월 내내 그림자 속에서만 가끔 회자되었을 뿌옇고 서느런 상흔들.

"엄만 어렸어. 힘들어서 어디 하소연할 데가 없었어. 어린 너한테 떠들고 울고 그러면 안 되는 거였는데. ……엄마 말, 듣고 있니? 그땐 다 그랬어. 지금처럼 애들 정서가 어쩌고 하는 걸 몰라서 다들 애 보는 데서 죽네 사네 머리채를 잡고 욕을 하고 그랬어. 엄마도……."

"씻을게."

"……그래. 씻어라. 씻고 밥 먹자."

"엄마."

"너 어딜 보면서 말하니? 애가 종일 넋을 빼 놓고."

"엄마. 기억나? 그때."

"또 뭐. 엄마가 말했잖아, 엄만 그때."

"잠에서 깨서 엄마가 나를 보곤 소스라치게 놀랐던 거. 꼭 여기 있으면 안 될 애가 여기 있다는 듯이. 내가 없는 세상이 엄마 낙원인 듯이. 꿈꾼 듯이. 엄마가 놀라며 내 손에서 칼을 뺏고 뺨을 때렸던 거 기억나? 왜 얌전히 있으랬는데 엄마 말을 안 듣느냐면서, 누가 맘대로 기어 나와서 칼 만지랬냐면서, 날 막 때리고 울었잖아.

……엄마가 화장실에 나를 집어 던진 그날, 만약에 문이 열릴 때까지 기다렸다면 나는 뭘 봤을까?

왜, 엄마? 왜 그래, 기억하고 있으면서. 사실은, 전부, 기억하고 있으면서. 응? 엄마."

아마존 몰리

이산화

GIST 대학에서 화학을 전공하였고 동 대학원에서 물리화학 석사 학위를 취득하였다. 단편 「증명된 사실」로 2018년 SF 어워드 중단편소설 부문 우수상을 수상했다. 작품으로는 장편 『오류가 발생했습니다』와 단편집 『증명된 사실』이 있으며, 『단편들, 한국 공포 문학의 밤』과 『전쟁은 끝났어요』 등 다양한 앤솔러지에 단편을 수록했다.

과학 잡지의 기자 일은 생각보다 만족스러웠다. 대학원 입학식 때 상상했던 미래 모습과는 분명 달랐지만, 흰 가운이나 라텍스 장갑으로부터 한 발짝 떨어져 있다는 게 그다지 아쉽지는 않았다. 전공을 살린 직장이었고, 적성에도 꽤 맞았고, 학술적으로 거의 완전히 무가치한 누더기였던 내 졸업 논문에 비하면 기사는 훨씬 보람차게 쓸 수 있었다.

의외의 즐거움도 있었다. 기사를 쓰기 위해 과학계 종사자들과 인터뷰를 할 일이 많았는데, 피곤에 찌든 대학원생이나 연구원들의 목소리를 듣고 있으면 어떤 사악한 우월감이 피어올라 나를 고양시키곤 했다. "나는 그만뒀는데, 너희도 그만두지그래?" 같은 종류의. 분명 유별나게 고통스러웠던 내 대학원 생활이 내 영혼을 뒤틀어 놓은 결과라고 생각한다.

과학자들을 대상으로 한 수많은 인터뷰는 그렇게 내 뒤틀린 정신에 단물을 제공해 주었을 뿐 아니라, 흥미로운 깨달음을 하나 던져 주기까지 했다. 매일같이 이 대한민국에서 가장 빛나는 과학계의 지성들로부터 이야기를 듣다 보니, 좁은 실험실에 갇혀 매일 똑같은 사람만 만날 땐 알 길이 없었던 진실이 눈에 들어오게 된 것이다. 바로 그 대단한 지성들, 그 누구보다 논리적이고 합리적인 것을 자랑으로 삼는 과학적 방법론의 사도들조차도 종종 터무니없이 이상한 믿음에 빠져들고 만다는 사실이었다.

이를테면 최근의 상가 건물 붕괴 사고에 대한 특집 기사를 싣기 위해 건축공학 전문가인 모 교수와 인터뷰를 했을 때, 나는 그의 책장에 줄지어 꽂힌 창조과학 관련 서적을 힐끔힐끔 보지 않으려고 굉장히 노력해야 했다. 교수가 과학자로서 자격이 없는 인간이라고 비난할 수는 없었다. 건물 붕괴에 대한 그의 설명은 역학적으로 더없이 정확했으니까. 다만 그는 지구가 1만 년 전쯤(플라이스토세 말기, 털매머드가 멸종하기 시작할 즈음)에 창조되었다고 굳게 믿을 뿐이었다.

또 한번은 비타민 음료에서 발암 물질인 벤젠이 생성된다는 이야기에 대한 설명을 듣고자 책을 여러 권 쓴 유명한 화학자에게 자문을 구했는데, 정작 들은 얘기는 30퍼센트가 화학이었고 나머지 70퍼센트는 세계를 뒤에서 주무르는 사회주의자 파시스트 악마 부자들에 대한 일장연설이었다. 생전 처음 보는 여자한테까지 이렇게나 열렬히 떠들어 대야 하는 이야기를 베스트셀러가 된 청소년용 과학책에는 어떻게 안 쓰고 참았을지, 그 점이 특히 마음을 울렸다.

"이상한 사람은 어디에나 있지 않나?" 그래, 그걸 누가 모르겠나. 하지만 내가 인터뷰한 사람들은 그냥 이상한 사람이 아니었다. 자기 분야에서는 그 누구보다 이성적인 인물들이었고, 정신은 명료하다 못해서 항성처럼 이글이글 타올랐으며, 망상증이나 여타 '이상한 소리 하는 사람' 하면 흔히 생각날 만한 정신질환의 기미라고는 전혀 보이지 않았다. 그 팽팽 돌아가는 두뇌 한쪽으로는 이론과 실험을 논리적으로 생각하고 또 가다듬으면서, 다른 한쪽으로는 도대체 말도 안 되는 믿음을 신줏단지처럼 모시고 있는 것이다.

과학계에 이상한 놈은 내 예전 지도교수밖에 없으리라고 생각했던 나는 이 새로운 발견에 열광했다. 곧 이성적인 과학자들의 이상한 이야기를 수집하는 것은 내 작은 취미가 되었다. 인터뷰 대상자의 사담을 웬만하면 막지 않았고, 때로는 일과 무관하게 단순히 이야기를 듣고자 개인 시간을 쪼개기도 했다. 아예 칼럼을 만들어 보자는 의견은 '잡지의 편집 방향과 맞지 않는다.'는 이유로 기각되었지만, 편집장이 바뀌면 또 모르는 일이라고 생각한다.

아무튼 그렇게 모인 이상한 이야기가 지금은 수십 편이 되었다. 대부분은 창조과학, 다국적 기업 음모론, 혹은 정치적인 횡설수설이다. 이런 것들은 아무리 머리 좋은 과학자가 논리적으로 말해도 도무지 믿을 생각이 안 든다. 하지만 가끔씩은 정말로 설득력이 있는, 그래서 '이건 진짜가 아닐까?' 싶은 이야기가 등장해 가슴을 뛰게 한다. 한국 지하철 시스템에 대한 수학 교수의 정교한 이론을 들은 뒤로는 지하철을 탈 때마다 노선도에 신경이 쓰이고, 몽골에서 공룡 화석을 캐내는 발굴팀의 연구원이 들려준 경험담에는 알려진 인류 문명의 역사를 뒤바꿀 만한 진실이 감추어져 있을지 모른다고 진지하게 생각하고 있다.

그리고 또 하나, 도무지 잊을 수 없는 이야기가 있다.

작년 겨울에 한 생명공학자로부터 들은 이야기다.

* * *

문제의 인물에 대해 알게 된 것은 인터넷 뉴스 기사에서였다. 내가 인터뷰하는 과학자들이 으레 그렇듯이 세계 최초로 뭐를 규명했다거나, 뭘 개발했다거나 하는 영광스러운 일로 뉴스에 난 것은 아니었다. 대신 그는 길을 가던 여성을 폭행하려다가 시민들에게 제지당했고, 그 과정이 동영상으로 생생히 찍히는 영광을 입었다. 덕분에 카페에서 갑자기 뛰쳐나왔다가 순식간에 제압당해 보도블록 위로 꼴사납게 엎어지는 그의 모습이 내 눈에까지 들어오게 된 것이다.

항상 그렇듯이 기사는 길을 가다가 휘말렸을 뿐인 여성에 대한 불필요한 정보로 가득했지만, 그래도 기사 말미에는 이 남성의 직업이 짤막하게 적혀 있었다. 안타까울만치 흔한 여성 대상 범죄자로밖에 보이지 않았던 그는 알고 보니 명문대에서 박사 학위를 받고, 최근에는 어느 대학 조교수로 임용되기까지 한 인물이었다. 스크롤을 내리다가 댓글을 보고 구역질을 하는 와중에도 이 정보는 내 머릿속에 반사적으로, 확실히 입력되었다.

물론 여자를 만만하게 보고 폭력을 휘두르는 건 학력과 직업을 가리지 않으니, 이것만으론 내 분노는 이끌어 낼 수 있을지언정 흥미를 자극하기엔 역부족이었다. 그 분노 때문에 몇 개 나오지도 않고 흐지부지된 후속 보도를 챙겨 보기는 했다. 범인과의 인터뷰 몇 줄이 실린 기사였다. 나는 그 인터뷰를 읽고, 다시 한 번 찬찬히 읽은 뒤, 범인에 대해 조금 더 검색을 해 보았고, 범인의 연락처를 알아낸 다음에는 주저하지 않았다. 인터뷰 요청을 따내는 건 몸에 익은 일이었다.

물론 명백하게 무모한 짓이었다. 위험할 수 있으리라는 사실도 아주 잘 알았다. 하지만 그 위험신호조차도 묻어버릴 만한 호기심이 이미 몸을 지배하고 있었다. 이상한 이야기를 찾아다니기 시작한 이래, 정말 흥미로운 무언가를 듣게 되리라는 직감이 그때만큼 명확하게 신호를 보내온 적은 처음이었으니까.

약속 장소인 한적한 공원에서 만난 그는 간신히 살아 움직이는 허수아비 같은 모습이었다. 키는 컸지만 말랐고, 푸석푸석한 머리카락은 제멋대로 뻗친 채. 옷은 단정하게 차려입고 있었지만 그 속의 불안한 흔들림까지 완전히 감춰 주지는 못했다. 내가 가까이 다가가지 않고 조심스레 거리를 재자, 그는 희미하게 웃으며 입을 열었다.

"무서워하시는 거 이해합니다. 그래도 걱정하지 마세요."

물론 자긴 안전하다는 남자 말을 곧이곧대로 믿어 줄 여자는 없다. 특히나 상대방이 여성 폭행을 시도했던 범죄자일 경우에는 더더욱. 그러니 내가 경계를 살짝 풀고, 여전히 눈치를 살피면서도 그에게로 다가간 이유는 따로 있었다. 인터넷 뉴스에 실린 인터뷰를 믿는 한 나는 그의 범죄 목표가 될 가능성이 없었는데, 그 이유가 무엇이냐 하면.

"쌍둥이가 아니니까요?"

그의 범행 동기가 '카페 창 너머에서 쌍둥이 여성을 목격했기 때문'이었으니까. 언니를 맞이하러 나온 동생을 보고 눈이 뒤집혀 뛰쳐나온 것이다. 기사에는 자세한 이유는 쓰여 있지 않았고, 그가 단순히 제정신을 잃은 것이 아니라 나름의 논리 때문에 분노했으리라는 암시만이 담겨 있었다. 내 직감을 자극하기에는 그 정도면 충분했다. 그리고 직감만으로는 얻을 수 없는 확신을 그의 대답이 굳혀 주었다.

"그때도 제가 잘못 생각한 겁니다. 두 사람이 나이가 비슷했으니까 그냥 쌍둥이 자매였던 건데……. 제가 찾던 것과는 다른데 말이죠."

분명 이 남자에게는 논리와 이유가 있었다. 박사 학위까지 따고 멀쩡하게 연구 생활을 하던 사람의 머릿속에, 어떤 연유에서인지는 몰라도 터무니없는 믿음이 둥지를 튼 것이다. 그런 것이야말로 바로 내가 찾아다니는 종류의 믿음이었다. 녹음기를 꺼내고, 귀를 쫑긋 세우고, '듣고 있다'는 인상을 심어 주자 그는 잠시 머뭇거리다 곧 이야기를 시작했다.

"제가 박사후과정에 있을 때 일입니다."

아아, 박사후과정. 내가 그 길로 잘못 들어서지 않아서 얼마나 다행인지. 하지만 '박사후과정'이라는 단어를 내뱉는 표정을 보고 판단하건대, 그의 연구 생활은 내 것보다는 훨씬 순탄했던 모양이었다. 그를 망가뜨리고 만 문제의 사건 하나를 제외하면.

"학회에서였죠. 무슨 대한 생명과학 학회였는데 그날따라 유난히도 지루했습니다. 그래도 뭔가 얻어 가는 건 있어야겠다 싶어서 포스터 구경하면서 설렁설렁 시간 때우다가, 유전체 전달 테크닉을 설명하는 포스터 앞에서 마주친 겁니다. 그 여자하고."

긴 생머리에 오뚝한 코에, 아무튼 남자들이 흔히 '예쁜 여자'를 묘사할 때 등장하는 진부한 표현이 길게 이어졌다. 요약하자면 결국 '내 눈에는 그 여자가 예뻐 보였다.'는 소리면서. 그렇다면 뒤에 이어질 말도 대강은 예측할 수 있었고, 과연 이야기는 내 예상과 크게 다르지 않게 흘러갔다.

"포스터 발표자한테 열심히 무슨 질문을 하는 중이더라고요. 그런데 아무래도 발표자가 뭘 잘못 알고 있길래, 끼어들어서 대신 설명을 해 줬죠. 뭐 그러다가 인사 나누고 얘기도 좀 하고, 학회 지루하다고 투덜거리기도 하고, 나가서 술 마시자는 얘기 하려고 용기도 좀 내고. 그래도 될 만한 분위기였거든요. 제 생각엔."

정말 그런 분위기였을까? 내가 판단할 수 있는 것이 아니었지만, 그의 말에 따르면 문제의 여자는 제안을 거절하지 않았다. 결국 두 사람은 꽤 늦게까지 함께 술을 마셨다. 그날 밤 술자리에서 나눈 이야기를 회상할 때 그는 약간 꿈에 잠긴 표정을 지었다.

"그땐 정말로 괜찮, 아니, 좋았어요. 정말로. 처음엔 그냥 연구 얘기였죠. 작은 기업체에서 일하는데, 유전체 전달 부분이 골치 아프다기에 설명도 더 해 주고. 그러다가 그냥 살기 힘든 얘기, 어쩌다 이 길에 들어섰는지 하는 얘기, 학부 때 얘기, 더 어릴 때 얘기, 뭐 그렇게 흘러갔죠. 정말 좋았습니다. 그렇게 말 잘 통하는 여자 찾기가 쉽지 않거든요."

"네, 그러셨군요."

알 게 뭐람. 내 관심은 그게 아니었다.

"정확히 무슨 얘기를 하셨는지 기억나시나요?"

중요한 것은 디테일이다. 디테일을 확보할수록 이야기의 사실성은 커지고, 돌이켜 볼 때 더욱 생생히 그려지고, 그 과정에서 때론 화자조차 놓친 것을 눈치 챌 수도 있다. 발굴팀 연구원과 이야기하면서 배운 사실이다. 갑작스러운 물음에 다소 당황하면서도 그는 내 욕구에 응답해 주었다. 그날의 이야기는 하나도 빠짐없이 기억한다는 듯이, 모종의 자신감조차 느껴지는 목소리로.

"그냥…… 서로 좀 두서없이 말했습니다. 시시콜콜한 것들까지요. 그런데 대학 들어갈 때 자기소개서를 어떻게 꾸며 냈는지 얘기하다 보니, 우리 둘 다 감명 깊게 읽은 책을 똑같이 적어 낸 겁니다. 『이중나선』이라고 혹시 아실까 모르겠네요. DNA 구조를 규명한 왓슨이라는 과학자가 쓴

자서전입니다."

고등학생 때 읽은 책이다. 위대한 생물학자 제임스 왓슨이 자신의 동료 과학자인 로절린드 프랭클린을 꼬박꼬박 '로지'라고 줄여 부르면서, 성격은 물론 옷차림에 대해서까지 시시콜콜 트집을 잡아 대는 책. '왓슨처럼 훌륭한 과학자도 우리와 똑같은 사람이라는 것을 알 수 있었다.'는 독후감을 써야 했던 건 내 인생 최대의 굴욕 중 하나다. 대입 자기소개서에 넣으려다가 '이것보단 좀 덜 알려진 책을 넣자.'는 입시 담당 교사의 전략에 따라 뺐던 기억도 생생하다. 그만큼 유명한 책이니, 두 사람이 똑같은 책을 적어 냈다는 건 그리 놀라운 일도 아니었다.

"그렇죠. 대단찮은 일이죠. 그런데 그걸 계기로 얘기하다 보니까 닮은 점이 더 나오는 겁니다. 이를테면 우린 어릴 때 똑같은 과학 만화를 봤습니다. 그, 남녀 꼬맹이랑 박사랑 로봇 나오는, 일본 만화 베낀 것들이요. 거기서 생명공학 편을 보고 처음으로 지금 전공에 대해서 알게 됐죠. 저는 초등학교 2학년 때였고, 그 여자는 5학년 때였다고 했습니다. 복제 양 돌리 설명이 나온 게 기억이 났는데, 그 얘기를 하니 자기도 그게 기억에 남는다더군요."

나도 그 비슷한 만화를 본 기억이 있었다. 그와는 달리 생명과학 편을 가장 싫어했지만. '가슴 세포를 이용해서 복제를 했기 때문에, 가슴이 큰 여가수 돌리 패튼의 이름을 따서 돌리라는 이름을 붙였다.'는 내용은 한창 성장해 가는 몸으로 고민하던 어린 여자애가 유쾌하게 읽을 만한 게 아니었다. 한편 가장 재미있게 읽은 건 화학 편이었는데, 그놈의 만화만 아니었으면 화학과에 가서 그 지도교수에게 걸리지는 않았으리라고 오래도록 생각해 왔다. 왜 내가 읽은 만화는 하필 화학 편에서만 여자아이가 주인공이었을까?

"또, 그래, 황우석 때 충격받은 거. 그때 얘기도 했습니다. 왜 그 얘기가 나왔더라? 회사에서 무슨 연구를 하는지 물었는데, 자기네가 무슨 '원천기술'을 갖고 있어서 발설하면 안 된다고 그러더라고요. 원천기술 소리를 들으니까 황우석이 그, 줄기세포 원천기술이 있단 얘기를 한 게 생각이 나서, 화제가 그쪽으로 흘렀죠. 화도 좀 내고 말입니다. 있을 수가 없는 일 아닙니까? 과학에서 논문 조작이라는 게, 난자 증여니 연구원 강압 같은 잘못은 다 덮는다 치더라도 과학자로서 사실을 조작해서는 안 되는 거죠. 그 사건 때문에 국제적으로도……."

"혹시 다른 이야기는 없었나요?"

시간은 무한하지 않다. 이런 이야기는 좀 끊어도 된다. 이야기는 그 후로도 몇 번이나 우왕좌왕했지만, 나는 어떻게든 그가 술자리에서 오간 대화를 전부 이야기하게 만들었다. 연락처를 교환하며, 밤이 너무 늦어 아쉽게 헤어지며 나눈 인사까지 전부. 그의 기억 속에서는 정말로 기분 좋은 술자리였다. 향후의 관계 발전을 기대해 볼 만한.

"그래서 그분께 다시 연락을 했나요?"

호기심으로 안달하는 내 물음에 그는 고개를 가로저었다.

"그 여자가 먼저 전화했습니다."

그리워 죽겠으니 당장 만나자, 같은 이야기는 아니었다. 연구와 관련해 물어볼 것이 있어 전화했을 뿐. 하지만 먼저 연락할 용기를 내지 못해 속으로 끙끙 앓고만 있던 그에게는 그 정도면 희소식 중에서도 최고의 희소식이었다.

"학회에 갔을 즈음에 고민하던 유전체 전달 문제는 어느 정도 해결되었는데, 이번에는 유전자 편집 부분에서 아직 난점이 있다지 뭡니까. 제가 그런 쪽 연구를 하고 있단 얘기를 기억하고서 전화를 한 거죠. 그래도 과학 잡지 기자시니까 크리스퍼(CRISPR)라고 아시려나? 한창 뜨거운 유전자 편집 테크닉입니다."

나는 크리스퍼 기술에 대한 기사를 쓴 적이 있다. 기존 기술에 비해 한층 진일보된, 그래서 '신의 영역에 도전한다.'는 섣부른 걱정까지 나오고 있는 유전자 조작 방법. 그 정도까지는 아니더라도 최근에 가장 주목받은 생명공학의 성과 중 하나다. 다 아는 설명을 다시 듣는 신세가 되기 전에 나는 한 번 더 재빨리 말을 끊었다.

"그 기술로 뭘 한다고 하던가요?"

"회사 기밀이라더군요. 또 '원천기술' 얘기 하면서. 기술 유출은 회사 입장에서도 심각한 문제니까, 뭐 그러려니 했습니다. 그래서 그냥 크리스퍼 테크닉 개선하려면 뭘 어떻게 써야 하는지 나름대로 조언해 주고, 요즘 어떻게 사는지 그런 얘기도 하고. 비슷한 통화가 그 후로도 네댓 번인가 더 있었습니다."

여자가 물어보는 주제는 매번 바뀌었고, 그는 그때마다 최선을 다해 대답을 해 주었다. 두 사람의 관계에 변화가 생긴 것은 몇 달 뒤의 일이었다. 이번에도 먼저 행동한 것은 여자 쪽이었다.

"만나자더군요. 내가 필요하다고. 보고 싶다고."

그 말을 듣고서 정말 뛸 듯이 기뻤다고 그는 회상했다. 물론 그랬겠지, 머릿속에서 상상으로만 허망하게 굴려 왔을 꿈같은 상황이 실현되려는 찰나였으니. 그가 회상하는 만남은 이번에도 매우 순조로웠다. 인터넷 게시판의 연애 이야기에서 읽은 것들, 이를테면 애태우는 밀고 당기기라든지 도무지 이해할 수 없는 여자의 변덕 따위는 없었다면서 그는 잠깐이나마 행복해하는 표정을 지었다.

"우린 같이 밤을 보냈습니다. 정말 아무런 문제도 없이."

그렇다고 두 사람이 사귀게 된 것은 아니었다. 이따금씩 전화나 메일로 연구 얘기를 하는 사이에서, 이따금씩 만나 연구 얘기와 섹스를 하는 사이로 발전했을 뿐. 물론 그 정도로도 박사후과정에 갇힌 연구원을 기쁨으로 가득 채우기에는 충분했다.

"항상 자기가 먼저 연락했습니다. 그, 매번 자기가 적극적으로 조르기도 했고요. 서로 바빠서 자주 만나지는 못했지만 두세 달에 한 번은 만나자고 연락이 왔죠. 만날 때마다 마냥 좋았습니다. 만나서 같이 자고, 연구 얘기도 하고, 그냥 이런저런 과학 얘기도 하고. 말씀드렸다시피 정말 이렇게까지 말이 잘 통하는 여자가 있나? 싶을 정도여서 그 점이 정말 마음에 들었습니다. 그때는 제가 드디어 운명의 짝을 찾았다고까지 생각했죠."

"그때 일 중에 특별히 기억나는 건 없습니까?"

"전부 생생히 기억나요. 어디서 언제 만났는지, 무슨 얘기 했는지……. 하지만 지금 돌이켜 생각하면, 그때부터 뭔가 이상한 낌새가 있었던 것 같습니다."

그렇게 말하는 그의 눈동자가 흔들렸다. 손도 떨리고 있었다. 지금까지는 평범한 연애 이야기였지만, 그 고치 안에서 무언가가 날개를 펴려는 것일까? 그건 과연 내 수고에 보답해 줄 만큼 흥미로운 이야기일까? 더욱 남자의 말에 집중하는 내 손도 흥분으로 떨리고 있었다.

"아무것도 아니라고 생각하면, 그냥 아무것도 아닌 얘깁니다. 하지만 분명히 수상하긴 수상했어요. 그 여자는 자기가 어디 사는지도 안 가르쳐 줬고……."

아직 사귀는 사이도 아닌 남자한테 사는 곳을 가르쳐 주는 데에는 위험이 따른다. 전혀 수상한 정황이 아니다. 이걸론 한참 부족하다. 다른 거, 다른 거.

"어느 회사에서 무슨 연구 하는지도 정말로 꽁꽁 감추더군요."

그래, 이런 거야말로 들을 가치가 있는 얘기다.

"기밀이라고 말은 들었죠. 근데 도대체 어디까지 기밀인 건지, 가끔은 엄청 궁금해질 때가 있었습니다. 제가 과학자다 보니까 그렇게 모르는 걸 못 참거든요. 그래서 계속 캐물었더니 애매모호하게 몇 가지 알려 주긴 했습니다만."

"어떤 걸 알려 줬나요?"

"어느 날은 불임 치료에 쓰일 수 있는 기술을 개발한다고 했습니다. 유전병 치료를 위한 유전자 대체 요법이 임상실험 단계에 들어갔다는 얘기도 했고요. 또 어느 날은 실험동물 얘기가 화제에 올랐는데, 자기는 처음에는 가재랑 물고기를 갖고 연구했다더군요. 그 가재가 위해우려종으로 지정돼서 수입이 금지되는 바람에, 먼저 들여와서 키우고 있던 애완동물 업자들한테 분양을 받았단 애길 했습니다. 도대체 무슨 연구기에 그런 가재를 쓰는지, 좀 의아하기도 하고 더 궁금해지기도 하고, 그랬는데 더 말은 안 해 줬죠."

물론 그는 고작 가재라든가 과학자의 호기심 같은 사소한 사안 때문에 대가 없는 섹스를 포기할 만한 사람이 아니었다. 덕분에 두 사람의 관계는 약 이 년 동안, 별다른 문제나 다툼 없이 유지되었다. 하지만 지방 대학의 교수직 제의를 받은 그가 홀가분한 마음으로 지긋지긋한 박사후 과정 생활을 정리하고 있을 즈음, 돌연히 파국이 찾아왔다.

"그 여자가 사라졌습니다."

사람은 떠나게 마련이다.

평생 연구실에 붙들려 고통에 몸부림치다가 망령이 될 것만 같았던 연구실 시절 선배는, 갑자기 놀랍도록 성공적인 논문을 쓰고서 보란 듯이 졸업했다. '과학자들의 이상한 믿음' 칼럼 자리를 절대 내주지 않겠다고 공언한 편집장도 언젠가는 물러날 것이다. 이 년 동안 섹스 프렌드로 지내 온 여자가 갑자기 마음을 바꿔 먹는 건 이상한 일도 아니고, 변덕이라는 카테고리에 넣는 것조차 망설여지는 일상에 불과하다. 자신의 일에 대해 말하지 않고, 사귀는 사이라고 못을 박지도 않고 언제든지 떠날 수 있도록 아슬아슬하게 연락만 취하는 관계. 두 사람은 애초에 그런 사이였던 것이다.

이것이 그의 이야기를 들으면서 내가 내린 결론이었다.

하지만 이야기를 조금 더 들은 뒤, 나는 이 결론을 수정할 수밖에 없었다.

"아무 연락도 없이 사라졌나요?"

"문자를 하나 보내더군요. 자기 임신했다고."

"피임을 안 했습니까?"

반사적으로 되묻는 내 목소리에는 날이 서 있었고, 덕분에 그는 안쓰러울 정도로 화들짝 놀랐다. 취조라도 받는 사람처럼 그의 얼굴에는 두려움과 당혹감이 반반 섞인 표정이 떠올랐다. 변명은 필사적이었다.

"그게, 그, 전 할 생각이 있었습니다. 그런데 그쪽에서 별로 신경을 안 썼다고 할까, 은근히 안 하기를 원하는 것 같았다고 할까……. 그래서 안 하고 했죠. 한두 번 만난 것도 아닌데, 걱정이 됐으면 자기가 약이라도 먹었을 것 아닙니까? 안 그래요?"

나는 동의하지 않았지만, 그는 내가 동의했다고 치고서 말을 이었다. 아무래도 좋았다. 중요한 건 그가 얼마나 무책임한 인간인지 깨닫게 하는 일이 아니었으니까. 어차피 내 관심은 그의 인간성 따위가 아니라, 그의 목구멍으로부터 나오는 이야기에 온통 쏠려 있었다.

"놀랐죠. 물론 놀랐고, 도대체 어떻게 해야 하나, 그런 생각도 들었습니다. 그런데 생각하면 할수록 뭔가 이상한 겁니다. 여자가 덜컥 임신을 했다면 보통, 뭐 양육비를 달라고 들러붙거나, 애를 지워야 하니 돈을 달라거나, 책임을 지라거나, 그런 말을 할 것 아닙니까?"

"아, 네, 뭐."

"그런데 그 여자는 안 그랬습니다. 그냥 임신했으니까 떠난다, 그 소리만 하고는 이후로 아무리 연락을 해도 대답이 없더군요. 얼굴 보고 얘기하자고도 했고, 내가 책임을 질 수 있으면 질 거라고도 했는데, 완전히 묵묵부답이다가 아예 핸드폰 번호도 바꿔 버렸습니다."

여기서부터는 나도 여자의 심정을 짐작할 수 없었다. 아마도 내가 하지 않은, 앞으로 할 생각이 없는 경험과 엮여 있기 때문이리라. 임신이라는 경험이 지금까지의 삶을 돌이켜 보게 만든 것일까? 자신을 임신시켜 커리어에 지장을 주었을 그를 싫어하게 된 것일까? 당시의 내가 추측할 수 있는 것은 그 정도였다. 그리고 그 어떤 추측도 쌍둥이에 대한 그의 기묘한 집착을 설명해 줄 수는 없었다. 정보가 더 필요했다.

"그래서 어떻게 하셨죠?"

"어떻게 했긴요, 미칠 지경이 돼 가지고는, 수소문하고 연락을 매일같이 넣고, 뭐 난리도 아니었습니다. 그런데 세상에 그 여자를 안다는 사람이 아무도 없지 뭡니까? 학계에서도, 뭐 기업체에 아는 친구 선배 후배들한테 물어봐도, 도대체가 단서라고는 없었습니다. 어디 연구실이든 회사든 소속이 되어 있으면 한 명 정도는 알아야 정상인데 말입니다. 상황이 그렇게 되니까 정말 이상하고 이상해서 견디지를 못하겠더군요. 같이 보낸 시간이 그럼 다 가짜였나 싶기도 하고, 내가 이상한 여자한테 놀아난 거 아닌가 하는 생각도 들고. 그러던 차에 문득, 머릿속에 번뜩이는 게 있었습니다."

그의 말에 따르면 여자가 사라지기 바로 며칠 전에 그의 차를 갑작스레 빌려 간 적이 있었다. 자기 차가 고장이 났는데 급히 회사에 가 봐야 한다면서. 그는 흔쾌히 승낙했고, 차는 다음 날 혹시나 했던 사고는 물론 긁힌 흔적조차 없이 돌아왔으며, 그는 그 일을 거의 잊고 있었다. 필사적으로 실마리를 찾아 헤매던 그의 머릿속에 빛이 비추기 전까지는.

"회사가 정확히 어디 있는지는 말해 주지 않았지만, 꽤 시골에 있단 얘기를 들은 적은 있습니다. 그럼 차를 몰고 갈 때 내비게이션을 켜고 가지 않았겠습니까? 그런데, 내비게이션 기록을 뒤져 보면 어디에 들렀는지 전부 저장이 되어 있거든요. 그 여자가 다닌다는 수수께끼 같은 회사가 어디인지를 찾아낼 수 있는 겁니다. 그 여자가 누구인지, 도대체 무슨 비밀스러운 연구를 하는 것이었기에 그렇게 꽁꽁 감추었는지, 지금은 어디 갔는지 드디어 알아낼 수 있겠다고 생각했습니다."

"알아냈나요?"

나는 잔뜩 흥분한 상태였다. 드디어 내 뒤틀린 영혼의 호기심이 충족되려는 순간이었으니까. 한편 이야기하는 그 역시 흥분하고 있기로는 마찬가지였다. 남한테 제대로 털어놓은 적 없는 이야기를 내뱉으려는 사람 특유의 떨리는 목소리로, 그는 단어를 하나하나 조심스럽게 쌓아 가며 대답했다.

이 대답이야말로 내가 그의 이야기를 도무지 잊을 수 없는 이유다.

"내비게이션을 확인해 보니, 네, 위치를 알아낼 수가 있었습니다. 정말 시골에 있더군요. 생명공학 기업은커녕 제대로 된 건물이나 있을지 의심스러운 곳이었습니다. 그래도 그 여자가 그곳에 갔던 것만은 부정할 수 없는 사실이니, 당장 차 몰고 출발했죠. 분명히 한참 걸렸을 텐데 가던 도중 일은 기억이 나지 않습니다. 온갖 생각으로 머릿속에 하도 복잡해 있어서 그런 거겠죠.

내비게이션이 말해 주는 위치에 도착하고 보니 제 생각보다 훨씬 더 허허벌판이었습니다. 원래는 농지였는데 뭐 개발을 하려다가 취소가 됐는지, 주변에 건물도 없고 아무것도 없는 곳이었죠. 회사 사람들한테 그 여자에 대해 물어볼 작정으로 연습까지 하고 왔는데 그렇게 허탈할 수가 없었습니다. 도대체 이건 무슨 일인가, 왜 나한테 이런 일이 일어나나 생각을 하면서 주위를 둘러보는데, 마침 황무지 한복판에 웬 컨테이너박스 몇 개가 서 있는 게 딱 보이더군요. 그 근처에 회사랑 제일 가깝게 생겨 먹은 게 그것뿐이라서, 조심스럽게 그쪽으로 향했습니다.

가까이 가서 보니 컨테이너박스를 이어 만든 것치고는 꽤 그럴듯한 가건물이었는데, 창문은 없고 문은 잠겨 있지 않았습니다. 인기척은 전혀 없었고요. 이게 그 여자가 말한 회사인가? 이미 망해 버린 건가? 그런 생각도 했는데, 뭐 간판도 없고 문패도 없고 회사라기에는 역시 이상했습니다. 점점 더 수상해지는 거지요. 그래서 주변 좀 살피고, 조심스레 문 열고 들어가 보았습니다.

컨테이너박스 안쪽은 거의 텅텅 비어 있었습니다만, 저는 그곳이 얼마 전까지만 해도 무슨 실험실이었으리라는 사실을 알 수가 있었습니다. 배수라든지 환풍 시설 흔적도 있고, 실험 후드가 어디쯤 놓여 있었는지도 대충 알겠고, 한쪽에는 텅 빈 수조가 잔뜩 쌓여 있었는데 아마 실험동물을 키우던 것 같더군요. 설비들이 다 제자리에 있었을 때는 나름 그럴듯한 실험실이었으리라는 생각이 들었습니다. 물론 제가 갔을 땐 비싼 실험기기들을 팔아 치우고 야반도주라도 한 모양새였지만요.

그 황량한 한쪽 구석에 캐비닛이 놓여 있었습니다. 그때 전 거의 혼이 빠진 상태였지만, 그래도 여기까지 왔는데 그 여자에 대한 단서를 뭐라도 얻어 가야겠다는 생각은 확실히 하고 있었지요. 알아낼 수 있는 건 다 알아내고 포기해야지 마음이라도 후련해지지 않겠습니까? 하지만 캐비닛은 거의 텅텅 빈 채였습니다. 딱 하나 빼면요. 맨 밑바닥에 있는 캐비닛에는 두꺼운 노트 한 권이 들어 있었습니다. '설마? 설마?' 하면서 열어 봤더니 과연 그 설마가 맞더군요. 실험 장비는 다 챙겨 갔으면서, 정작 연구 노트를 두고 간 겁니다."

대학원생 시절 받은 보안 교육 내용이 떠올랐다. 연구 노트에는 매일 자신이 한 실험 내용을 기록하게 되어 있어, 이후에 특허권이나 표절 문제가 발생했을 때 자신의 연구 사실을 증명하는 수단이 되어 준다는 내용이었다. 물론 내 노트는 나중에 부랴부랴 내용을 채워 넣은 짜깁기였지만, 꼼꼼히 적힌 노트라면 이야기가 다르다.

그는 우수한 생명공학 연구자였고, 남겨진 연구 노트를 읽어 보고서 내용을 파악하는 건 그리 어려운 일이 아니었다. 전공과 달라 모르는 것이 있더라도 간단히 검색해 보면 바로 알 수가 있었다. 텅 비어 버린 실험실에서 진행되던 기밀 연구의 정체는 곧 모습을 드러냈고…… 그렇게 알게 된 진실로부터 그는 끝까지 빠져나올 수가 없었다.

"지금부터 할 얘기는 그때 찾은 연구 노트 내용과 제가 조사해서 알아낸 사실을 합쳐다가 정리한 겁니다. 믿으실지 안 믿으실지, 그건 모르겠습니다. 저도 믿기 힘든 내용이니까요. 하지만 제가 본 것은 분명 진실입니다. 그것만큼은 전혀 찔리는 구석 없이 단언할 수가 있고, 맹세할 수가 있습니다.

아까 가재 얘기를 했었죠? 위해우려종으로 지정돼서 수입이 금지된 애완 가재? 그 실험실 수조에서 예전에는 가재를 길렀던 모양입니다. 노트에 무슨 가재인지 적혀 있더군요. 대리석무늬가재라고, 1990년대에 독일에서 발견된 돌연변이 민물가재인데, 그 이후로 여러 나라에서 생태계를 해치는 생물로 지정되었습니다. 그 이유가 뭔지 아십니까? 저도 찾아보고서야 알게 된 사실인데, 글쎄 이 대리석무늬가재라는 놈은 단성생식을 하더군요.

원래 자연에 살던 민물가재는 암컷과 수컷이 있습니다. 근데 대리석무늬가재는 암컷밖에 없는 겁니다. 수컷 없이 혼자서 새끼를 만들어서 낳을 수가 있죠. 그러니 한 마리만 풀려나서 정착해도 알아서 수가 막 불어나지 않겠습니까? 그 여자는 그런 동물을 가지고 연구를 하고 있던 겁니다. 불임 치료니, 유전자 대체 요법이니, 다 거짓말은 아니었습니다. 연구 노트에 따르면, 그 여자가 하던 연구는 단성생식을 가능하게 하는 유전적 메커니즘을 규명해서 사람에게 적용하는 것이었으니까요. 단성생식을 하는 인간을 만들려고 한 겁니다!

터무니없는 소리 같죠? 저도 그렇게 생각했습니다. 아니 무슨 성모 마리아도 아니고, 소설에나 나올 이야기죠. 그런데 그때 그 여자가 자주 하던 말이 생각이 난 겁니다. 자기 회사에서 연구하는 기밀이 '원천기술'이라서 말을 못 한다는 거요. 그 단어 갖고 황우석 얘기 했던 게 막 생각나는데, 그거 아십니까? 황우석이 최초의 인간 단성생식을 성공시킨 거?

황우석 본인이야 당연히 자기가 복제 배아를 만들었다고 우겼습니다만, 나중에 조사 결과는 달랐죠. 그가 만든 건 복제 배아가 아니었습니다. 난자가 어쩌다 보니 정자 없이 알아서 배아로 분화했는데, 그걸 배아 복제에 성공했다고 발표해서 전 세계를 속인 거지요. 세계 최초였고, 사람 배아 가지고 실험하는 덴 윤리적 제약이 많이 따르니, 그 이후로도 있었던 적이 없는 일이죠. 최초의 단성생식 인간. 아버지 없는 자식. 그게 황우석의 진짜 '원천기술'이었던 겁니다.

생각이 여기에 이르니까 멈출 수가 없더군요. 그 수수께끼 같은 여자가 황우석의 '원천기술'을, 어떤 경로로 얻어

냈는지는 몰라도 아무튼 손에 넣었다면? 그래서 인간 단성생식을 성공시키려고 이곳에서 홀로 실험을 했던 거라면? 간단한 일은 아니었을 겁니다. 유전자 편집, 유전체 전달, 그런 최첨단 생명과학 기술이 필요했겠죠. 학회에도 가서 최신 동향을 얻어야 했을 거고요. 관련 연구를 하는 현직 연구자와 아는 사이가 되면 더 좋았을 겁니다. 전 그냥 이용당한 거죠. 전부 그 미친 연구 때문에!"

이 시점에서 나는 지나치게 흥분한 그를 진정시켜야 했다. 하지만 가슴이 방망이질 치는 건 나 또한 마찬가지였다. 인간 단성생식, 남자 없는 생식. 이것이 가능해진다는 건 즉 번식을 이성에게 의존하지 않아도 된다는 의미이고, 그건 어떤 면에서는 정말로 꿈같은 이야기니까. 한 가지 현실적인 난점을 제외하면.

"도대체 왜 그런 연구를 했을까요? 제 말은, 단성생식하는 인간의 삶을 생각해 보면, 그게 의미가 있는 연구일까요? 지금이야 난자가 수정이 안 되면 생리를 하지만……."

"단성생식을 하는 생물은, 아마 생리를 하는 대신 계속 임신해서 아이를 낳겠죠. 계속 피임약을 먹지 않는다면요. 연구 노트에 그 이야기도 적혀 있었습니다. 인간에게 자신이 가진 기술을 적용하기 위해서는 먼저 이 난점을 해결할 방법이 필요하다고. 그 여자는 해답을 물고기에서 찾았더군요. 아마존 몰리. 혹시 아십니까?"

아마존 몰리. 학명 포에실리아 포르모사. 중남미 지역에 사는 작은 물고기로, 생김새는 평범하기 그지없지만 실제로는 자연계에서도 상당히 특이한 생활상을 자랑한다.

전설 속의 아마존 부족에서 따온 이름에서도 알 수 있듯이, 아마존 몰리는 종 전체가 암컷으로만 이루어져 있다. 수컷 아마존 몰리는 존재하지 않는다. 당연히 이들의 번식은 단성생식일 수밖에 없다. 하지만 개체수를 조절하기 위한 신비로운 진화의 결과물인지, 이들은 단성생식 과정을 통제할 수 있는 방법을 가지고 있다.

짝짓기 철이 되면 아마존 몰리는 비슷한 종의 다른 수컷과 짝짓기를 한다. 암컷이 알을 낳으면 수컷이 정자를 뿌리고, 얼마 후 알에서 새끼가 태어난다. 하지만 이렇게 태어난 새끼들은 두 종 사이의 잡종이 아니다. 아버지의 정자로부터 온 유전정보는 온데간데없이, 순수한 아마존 몰리가 태어나는 것이다.

아마존 몰리의 알이 수정되기 위해 필요한 것은 정자가 주는 자극뿐이다. 자극만 있으면 난자는 알아서 수정란이 된다. 정자가 소중하게 담고 있는 유전물질은 물론 버려진다. 그러니 아마존 몰리의 번식 과정에서 수컷은 단지 자극을 위해 이용당할 뿐이다. 생물학의 가장 근본적인 영역은 오롯이 암컷만의 것이 된다.

인간도 이런 치사한 방법을 쓸 수만 있다면.

그러면 모든 것이 바뀌지 않을까.

"노트에 전부 나와 있었습니다. 내 조언이랑 그놈의 '원천기술'을 바탕으로 마침내 빌어먹을 단성생식이 실현 단계에 이르니까, 자기한테 직접 유전자 대체 요법을 쓴 다음에 '화학적 자극 제공자'한테 연락을 했다고 말입니다. 정말로 그렇게 적혀 있더군요. 이름도 아니고, 화학적 자극 제공자라고. 전 그저 도구였던 겁니다. 정자 자극을 주는 실험 대상!

물론 실험이란 게 단번에 성공하는 게 아닙니다. 그래서 임신이 안 되면 뭐가 문제인지 밝혀내고 다시 대체 요법을 시작하고, 그게 최신 기술로도 두세 달은 걸리는 과정이니까요. 그러니 두세 달에 한 번씩 저를 불러낸 거죠. 지난번에는 안 됐지만, 혹시 이번에는 성공하는지 보려고.

그러다가 임신이 된 겁니다. 아마 유전자 검사 같은 걸 해 봤겠죠? 정말로 단성생식으로 수정된 게 맞는지? 그걸 확인한 뒤에는, 그럼 제가 무슨 필요가 있겠습니까? 실험은 끝났는데. 그러니까 홀연히 사라져 버린 겁니다. 실험동물들 처분하듯이 저는 그냥 버려 두고서. 애초부터 그럴 작정이었던 거지요. 이 년 동안 전 여자를 만나고 있던 게 아니라, 실험을 당하고 있었던 겁니다."

그는 말을 마치고도 한참 동안이나 흐느꼈다. 이 모든 이야기를 누구한테 털어놓을 수 있었다는 것이, 그리고 이야기를 마칠 때까지 내가 그를 미친 사람 취급하지 않았다는 것이 대단한 위안이라도 된 모양이었다. 물론 나는 그를 위안하려는 생각이 전혀 없었지만, 자기가 그렇게 느끼겠다면야 말릴 생각은 없었다. 중얼중얼 털어놓는 후일담을 가만히 듣기만 했을 뿐.

"그 후로는 길 가는 여자들이 무서워서 견디기가 힘들었습니다. 유모차 밀고 가는 여자를 보면, 애랑 엄마 얼굴이 조금만 닮아 있어도 의심이 끊임없이 들었죠. 단성생식으로 나온 아기는 아빠 유전자가 안 섞였으니 엄마의 클론인 셈이잖습니까. 어디선가 그 여자가 자기 클론을 기르고 있는 건 아닌지, 그 기술을 다른 여자들에게도 퍼뜨리고 있는 건 아닌지, 다른 남자들을 또 멋대로 이용해 먹고 있는 건 아닌지, 그 생각을 도무지 떨쳐 낼 수가 없었습니다. 그러다가……."

"쌍둥이 자매를 보신 거죠."

그 순간 그의 모든 이성은 공포와 분노에 사로잡히고 말았던 것이다. 조금만 더 냉정하게 생각해 보았으면 스스로를 멈출 수 있었을 텐데도. 그의 말마따나, 공격받은 쌍둥이 자매는 서로 나이가 비슷했으니까. 단성생식으로 태어난 모녀일 리가 없었으니까.

인터뷰를 마치며, 나는 그에게 마지막으로 질문을 하나 던졌다. 약간 안전장치 같은 질문이었다. 만일 나와의 인터뷰가 그의 믿음에 기름을 끼얹은 셈이 되어 나중에 또 범죄를 저지른다면, 그땐 내 책임이 없다고도 말할 수 없을 테니까. 그가 또 폭력을 행사하지는 않을지, 당장 어디 신고라도 하는 게 좋을지, 그 부분을 확실히 해 두고 싶었다.

"만일 그 여자와 다시 마주치게 된다면, 그땐 어떻게 하실 건가요?"

자신을 속이고 매정하게 버린 죄로 해코지하려고 할까? 아니면 예전의 인연에 어떻게든 다시 불을 붙여 보려고 구차하게 굴까? 내 두 가지 추측은 이번에도 보기 좋게 빗나갔다. 그는 조금 부끄러워하며 이렇게 대답했다.

"그 실험실에서 연구 노트를 읽고 나서, 전 완전히 망가졌습니다. 지금은 그렇게 생각합니다. 일부러 내 차를 빌려서 내비게이션 기록을 남겨 둔 건 아닐까? 일부러 연구 노트를 두고 간 건 아닐까? 아마 그럴 거라고 봐요. 문제는 도대체 왜 그랬는지 하는 것입니다. 그 노트를 읽으면 내가 어떻게 될지 알았을 텐데, 내가 이 지경이 되리라는 걸 결코 모르지 않았을 텐데.

우린 정말로 잘 맞았습니다. 술 마실 때도 즐거웠고, 정말 말도 잘 통했고, 공통점도 많았습니다. 저는 그 여자한테 논문도 찾아 주고, 실험 테크닉도 가르쳐 주었습니다. 그런데도 제가 미웠던 걸까요? 속이고 이용하고 실험동물로 쓰는 걸로도 모자라서, 모든 사실을 다 알려 줘서 완전히 망가뜨리고 싶을 정도로? 도대체 무슨 생각이었는지, 혹시 내가 뭘 잘못했는지, 그 이유라도 좀 명쾌하게 들으면 소원이 없겠습니다."

이 대답에 나는 가볍게 놀랐다. 분노보다는 슬픔에 차 있는 점이 인간적이라든가, 동정심이 든다든가, 아니면 이런 상황에서조차 사건의 원인을 알고 싶다는 점이 과학자답다든가, 그런 감상적인 이유 때문이 아니었다. 정말로 놀라웠던 것은 머리로는 누구에게도 쉽게 지지 않을 명석한 과학자가, 자신의 잘못이 무엇이었는지 추측조차 하지 못하고 있다는 사실이었다.

하지만 나는 추측할 수 있었다.

과학자가 실험동물을 거리낌 없이 잔인하게 대할 수 있는 정도는, 그 동물과 인간 사이의 분류학적 거리에 비례한다고 볼 수 있다. 이건 무가치한 졸업 논문을 위해 애꿎은 생쥐 몇 마리를 희생해 본 것이 전부인 나라도 유추할 수 있는 상식 수준의 이야기다. 인간과 매우 유사한 동물인 침팬지를 이용한 실험은 여러 국가에서 금지되는 추세이지만, 생쥐들은 지금도 온갖 방법으로 수도 없이 죽어 나가는 중이며, 예쁜꼬마선충쯤 되면 어떻게 고문해서 죽이든 그 누구도 신경조차 쓰지 않는다. 겨우 1밀리미터 길이의 벌레는 우리처럼 생각하지 않고, 우리처럼 행동하지 않는다. 우리와는 전혀 다른 존재기에 아무런 거리낌 없이 무슨 짓이든 할 수 있다.

그렇다면 나에게 있어 눈앞의 이 과학자는, 나와 같은 책과 만화와 뉴스를 접해 왔으면서도 나와는 전혀 다른 생각을 하는 것만 같은 이 남자는 어떤 존재가 되는 것일까. 정말로 좋았고 마음이 잘 맞았다는 그 술자리 이야기를 듣는 동안, 내가 어떤 과거의 모멸감과 수치를 떠올려야 했는지 그는 알지 못할 것이다. 아마 내가 그런 감정들을 느꼈으리라는 가능성조차 생각하지 않겠지. '이성과 객관이 지배하는 과학이라는 화제에서조차 이토록 생각이 다르다면, 그는 나와는 전혀 다른 존재다.' 그 여자도 문제의 술자리에서 이렇게 느꼈던 것이 아닐까.

이것이 나의 추측이었지만, 그에게는 이 내용을 말해 주지 않았다.

선충에게 실험에 대해 설명해 준들 무슨 의미가 있겠는가.

* * *

지금까지 수집해 온 각종 이상한 이야기와 마찬가지로, 이 이야기 역시 온전히 믿음이 가는 것은 아니다. 과학 잡지 기자라는 직업을 악용해 여러 전문가들에게 자문을 구해 본 결과, 작은 컨테이너 실험실에서 인간 단성생식 실험이 성공했을 가능성은 지극히 낮다는 결론을 얻을 수 있었다. 다만 '원천기술'이 있다면, 그리고 또 내가 모르는 몇 가지 변수가 있다면, 아주 불가능한 일만은 아닐 뿐이다.

그 사실을 알고 있기에, 나는 요즘도 아이를 데리고 가는 어머니를 보면 괜히 얼굴에 눈이 간다. 저렇게 닮았다면 혹시 클론은 아닐까? 단성생식의 결과물은 아닐까? 물론 그것은 지하철 노선도에 얽힌 수수께끼를 풀려는 시도만큼이나 부질없는 생각에 불과할 것이다. 그래도 세상 어디엔가 남성에게 생물학적으로 의존하지 않는, 인류와 비슷하지만 다른 종의 개체군이 존재할지도 모른다는 상상은 언제나 나를 즐겁게 한다. 단성생식을 하는 가재가 생태계를 파괴하듯, 그들 역시 인간 사회에 무시할 수 없는 위협이 될지도 모른다는 데에 생각이 이를 때면 더더욱.

어쩌면 연구실 생활이 내 영혼을 생각보다 훨씬 많이 뒤틀어 놓았는지도 모른다.

폐선로의 명숙 씨

양원영

나우누리, 하이텔 판타지 동호회에서 활동하며 글을 쓰기 시작했다. SF 단편집 『안드로이드여도 괜찮아』를 출간했으며, 앤솔러지 『한국 환상 문학 단편선2』, 『아빠의 우주 여행』, 『여성작가 SF 단편 모음집』 등에 단편을 수록했다. 현재 항구 도시에 살며, 환상문학 웹진 거울에서 활동하고 있다.

강이 니, 내가 밉제.

나는 그 말에 대답하지 않고 병실에 켜진 TV를 보는 척했다.

가시나, 독하기는 누굴 닮아 저래 독하노.

더 무시했다간 무슨 소릴 들을까 싶어 싫증 난 목소리로 대꾸했다.

제 얼굴에 침 뱉는 소리 하지 마시고 쉬세요.

마, 니. 내 죽거들랑, 아버지 방 정리 잘해라. 엄마 잘 부탁한데이.

그것이 그가 내게 남긴 마지막 말이었다.

* * *

아버지가 간암으로 돌아가시고 석 달이 지났다.

시한부 선고 이후 이럭저럭 마음의 준비를 한 덕에 크게 혼란스럽진 않았다. 하지만 아버지가 없어지고서야 빈 자리를 통해 남겨진 사람들이 정리해야 할 일은 도처에 산재해 있었다. 아마도 그렇게 죽은 사람의 주변을 정리해 가면서 남은 사람들은 슬픔을 잊어버리는 게 아닌가 싶을 정도로 정신없는 삼 개월이었다.

아버지가 돌아가신 순간 따라 죽을 것처럼 힘들어했던 엄마도 조금씩 아버지의 공백을 받아들이는 듯했다. 엄마의 아버지에 대한 애착은 딸인 내가 이해하지 못할 부분이 있었지만, 삼십 년 세월 동안 함께 살아온 정 때문인가 생각했다.

아버지는 건설직에 종사했다. 여느 경상도 남자처럼 무뚝뚝하고, 거칠고, 가부장적이며 체면을 중요시하고 이기적이던 사람. 아버지에 대해 돌이키면 복잡한 심경이 교차했다. 아버지가 당신의 의무를 다하지 못했냐면 그건 아니었다. 부유하진 않았지만 가난을 걱정할 만큼은 아니게 벌었고, 나와 엄마의 안전을 언제나 생각했고, 가족 간의 화목을 중시해서 가족 행사를 꼬박꼬박 챙겼다. 다만 철이 들면서 보이지 않는 것들을 보고 느끼기 시작하고, 아버지의 그런 행동들을 단지 구속이며 통제로 느낀 나는 조금씩 아버지의 행동에 저항하기 시작했다.

엄마와 나는 늦은 저녁에는 집 밖으로 나갈 수 없었다. 통금은 8시였고, 아버지는 학교에서 으레 하는 야간 자율 학습도 직접 학교와 담판을 지어 받지 못하게 했다. 엄마가 혼자서, 또는 부녀회 친구들과 어딘가 놀러 간다는 일은 있을 수 없었다. 도대체 왜 그러냐는 항의에 아버지는 어딜 여자들이 밖에 나돌려고 그러냐며 도리어 역정을 냈다. 도무지 말이 통할 상대가 아니었다.

내가 아버지를 거역하고 단단히 반목했던 고교생 시절에는 내 머리카락을 자르고 방에 가두어 이 주간 학교에 보내지 않았던 적도 있었다. 그때마다 엄마는 죽는 시늉을 하며 아버지에게 잘못했다 빌라고 나를 설득했다. 의무는 다했을지언정, 분명 좋은 아버지는 아니었다.

성인이 된 나는 결국 집을 뛰쳐나와 서울로 도망치기에 이르렀다. 엄마는 나를 말리다 결국 내 뜻을 존중해 보내주었다. 아버지가 이 일로 엄마를 얼마나 괴롭혔을지 생각하고 싶지 않았다.

나는 아버지가 언제라도 서울로 쫓아와 나를 잡아갈까 두려워 상경한 한동안은 친구 집에서 죽은 듯이 살았다. 몇 개월 뒤 "이제 괜찮으니 잘 지내라."는 엄마의 연락을 받고서야 나는 간신히 인간으로 살 수 있게 됐다. 그러길 십 년에 가까운 세월이 지났다.

일 년 전, 엄마가 떨리는 목소리로 아버지의 간암 소식을 알렸을 때에도 나는 무심하게 "그게 왜?"라고 대답했다. 영영 아버지를 용서할 수 있을 것 같지 않았지만, 엄마의 간곡한 부탁에 아버지를 만나러 부산에 내려왔다.

병실에 들어선 순간, 나와 부모님 간의 시간은 결코 공평하지 않았다는 사실을 목도했다. 엄마는 마지막으로 봤을 때보다 많이 말랐고, 흰 머리가 생겼고, 주름이 많이 졌다. 투병 기간 동안 아버지는 무력한 늙은이가 됐고, 내가 자업자득이라 모진 소리를 해도 예전처럼 화를 내지 않았다. 허무한 일이었다. 그토록 무서웠고 반목했던 사람이 죽을 날이 코앞에 닥쳐서 아무것도 아니었다는 걸 깨달았다.

측은지심이 없었다면 거짓일 것이다. 이러나저러나, 지긋지긋하지만 가족이었고 아버지와의 삶이 오직 나쁜 것만은 아니었으니까. 어차피 오래 못 살 사람이니 사람으로 할 도리를 하라는 엄마의 한탄을 받아들여, 가시는 순간까진 어쨌든 자식 도리는 다했다고 생각한다.

그 뒤 나는 회사에 사표를 내고 부산으로 돌아왔다. 아버지가 돌아가신 이상, 무리해서 서울에 붙어 있을 이유가 없었다. 엄마는 서른이 코앞인데 왜 멍청한 짓을 하느냐 타박했으나 내심 싫어하는 눈치는 아니었다. 또 지난 시간 내가 없는 동안 엄마가 받았을 고통을 생각하면, 그런 엄마의 희생으로 아버지의 손길에서 벗어날 수 있었던 내 죄책감은 이루 말할 수 없었다. 내내 가슴을 짓누르고 있었다.

아버지와 둘이서 살던 연산동 집은 엄마 혼자 살기에는 너무 넓었다. 아버지를 간병하는 동안 엄마가 정신적으로 부쩍 힘들었음을 알기에 가급적 혼자 두고 싶지 않기도 했다. 퇴직하며 받은 적지 않은 퇴직금으로 엄마와 둘이서 어딘가 여행이라도 다녀올까 생각했다.

* * *

강아, 강아.

방에서 짐 정리를 하던 늦겨울의 휴일이었다. 거실에서 엄마의 혼비백산한 목소리가 들려 나가 보았다. 소파에 누워 낮잠을 자던 엄마는 몸을 반쯤 일으키고 손을 허공에 휘저으며 내 이름만을 부르고 있었다. 나를 돌아볼 생각은 하지 않고, 손을 휘젓는 그 자리에 내가 있다고 여기는 모양새였다.

나는 너무 당혹해서 서둘러 엄마 곁으로 갔다. 엄마는 눈을 깜박거리지도 못하고 크게 뜬 채로 몸을 덜덜 떨었다. 경련? 간질? 온갖 불길한 생각이 뇌리를 스쳤다. 엄마의 어깨를 잡고 흔들었다. 엄마, 엄마 하고 계속 부르자 뻣뻣하게 굳어 떨리기만 하던 엄마의 몸이 느슨하게 풀렸다. 눈도 깜박일 수 있게 됐다.

엄마! 왜? 갑자기 와 이러노? 어디 아프나?

강아, 내 물 좀 갖다 도.

서둘러 찬물을 가져다주자 한 번에 들이켜더니 엄마는 하이고, 하이고 하며 숨넘어가는 시늉을 했다.

강아, 내 꿈 꿨다. 억수로 무서운 꿈 꿨다.

가위 눌렸나. 뭔 꿈이길래 이래 식겁하노.

기찻길에, 뱀한테 쫓겨서, 굴러떨어져서, 마 내가 죽어 버리는기라.

뭔 말이고? 뱀이 뭐?

하이고…… 가시나야. 뱀이 쫓아왔다 안 카나. 뱀이 막 쉭쉭거리면서 내 발목을 물라 하는데, 내 그거 피할라다가 발을 헛디디 가꼬, 떨어져 죽어 뺐다.

엄마는 내가 이해 못 할 말로 횡설수설했다.

엄마, 정신 챙기라. 요새 너무 맘 쓸 일이 많아서 꿈꿨나 보다. 여서 자지 말고 방에 들어가서 제대로 이불 덮고 자라.

강아, 아니다. 엄마가 진짜 한번 죽었던 기라. 니 태어나기 전에 내 진짜 죽고 다시 살아났니라.

뭔 소리고?

그렇게 말하는 엄마는 넋이 나가 멍해졌다. 퓨즈가 끊긴 것처럼 정지했다가 느릿하게 눈을 깜박거리며 나를 바라보았는데, 그 얼굴엔 경악과 두려움이 배어 있었다.

늦은 오후의 붉은 햇살이 엄마의 얼굴에 그림자를 드리

웠다. 저녁 무렵의 차가운 공기 때문인지 긴장에 들이켠 숨이 폐 속까지 얼어붙게 만드는 기분이었다. 방금까지 식은땀을 흘리며 자신을 주체하지 못하던 엄마가 돌연 정색했다. 탁했던 눈빛에 찌를 것처럼 날카로운 혐오가 깃들었다. 덜컹 듣기 싫은 소리를 내며 내 심장이 내려앉았다. 이제까지 살아오면서 엄마가 저런 시선으로 날 본 적은 단언컨대 단 한 번도 없었다.

엄마는 숨을 크게 집어 삼키고, 몸에 닿아 있는 내 손을 세게 뿌리쳤다. 그 반동으로 나는 바닥에 엉덩방아를 찧었다. 아주 강한 거부였다. 엄마가 왜? 이해가 되질 않아 내팽겨진 채로 우두커니 엄마를 올려다볼 수밖에 없었다. 나는 내가 숨을 제대로 쉬고 있는지 의문스러웠다. 시간이 그대로 정지해 버린 것 같았다.

이윽고, 엄마가 입을 열었다.

여기가 어디니? 너 누구니?

내가 알던 엄마의 목소리가 아니었다. 톤이 높고 날카로웠다. 그리고 아주 고운 서울 말씨였다. 귀신이 들러붙었나? 작금의 상황을 어떻게 받아들여야 할지 몰라 당황한 나는 입술을 어물거리며 말을 잃었다.

대답을 못 하는 나에게서 시선을 뗀 엄마는 잔뜩 경계한 채로 주변을 둘러보았다. 이윽고 자신의 손을 내려다보고 신경질적으로 손등을 벅벅 문지르기 시작했다. 뭔가 묻었나 싶었지만, 언제나와 다를 것 없는 거칠고 주름진 엄마의 손이었다. 저러다 피부가 벗겨지는 게 아닐까 싶을 만큼 강박적인 행동은 기괴함마저 느껴졌다. 엄마의 숨이 점점 거칠어지고, 목에서 뭉개진 소리가 났다. 이럴 리가 없어, 라고.

나는 뒤늦게 엄마의 질문에 대답했다. 뭔가 말해서 엄마의 신경을 돌리지 않으면 안 될 것 같았다.

여기 우리 집이다. 내가 누구긴 누구고, 엄마 딸. 강이. 강이 아이가.

우뚝. 엄마의 행동이 멈추고, 대신 표정이 크게 일그러졌다. 봐선 안 될 걸 보고, 들어선 안 될 걸 들은 사람인 양, 분노를 감추지 못했다. 온몸이 사시나무처럼 떨리더니 급기야 악, 하고 비명을 질렀다. 두 손으로 얼굴을 가리고 크게 소리를 내지른 뒤 잠잠해졌다. 이게 전부 무슨 일일까? 머릿속이 엉망진창이었다. 지금 나는 무슨 일에 휘말렸지?

한참 뒤 손을 내린 엄마는 언제나의 엄마였다.

속 시끄러워라. 이게 무슨 일이고.

엄마?

벌써 저녁이가? 밥 무야제. 밥 묵자.

주섬주섬 일어나서 부엌으로 향하는 엄마를 나는 잡지 못했다. 엄마처럼 느껴지지 않은 목소리며, 전혀 낯선 사람을 보듯 대하는 모습에 적잖게 충격을 받았다. 그 모습을 본 순간 내 안에 중요한 뭔가가 아예 사라져 버리는 끔찍한 기분이 들어 공황에 질렸다.

악몽을 꾼 사람은 엄마인데, 왜 내가 나쁜 꿈을 꾸는 기분이 드는 걸까?

도무지 놀란 가슴이 진정이 되질 않았다.

후들거리는 손으로 바닥을 짚었다. 바스락거리며 잡힌 것은 엄마가 읽던 신문이었다. 반사적으로 그쪽으로 눈을 돌렸다.

해운대~송정 구간 동해남부선 폐선로,

내달 시민의 품으로

혹여, 엄마가 기찻길 꿈을 꾼 건 이 때문이었을까. 그럴지도 모른다. 무의식에 남은 기억이 꿈으로 출몰할 때도 있으니까. 괜찮을 것이다. 엄마는 그저 피곤해서 가위에 눌렸을 뿐이리라.

저녁 밥상에 둘러앉아 나는 애써 화제를 바꿨다.

날 좀 풀리면 어디 여행 안 갈래? 요새 일본이나 중국 갈 만하다드라.

니나 가라. 내는 물 건너 그런 데 관심 없다.

그런 말 하지 말고. 물 건너기 싫으면 국내 좋은 데 가믄 되지. 청도라든가, 전주라든가.

엄마는 이래도 싫다, 저래도 싫다며 몇 번 싫은 척을 하더니 밥 한 수저를 뜨고 마지못해 말했다.

강아, 요새도 비둘기호랑 통일호가 있드나?

뭔 소릴 하노. 없어진 지가 언젠데. 요새는 무궁화만 있다.

글나? 그게 어데서 어데까지 가노?

서울 가는 거도 있고, 전주 가는 거도 있고, 대구랑 청량리 가는 거도 있고.

니 어릴 때 기억하나? 비둘기호 타고 포항에 느그 할매 만나러 간 거.

분명 초등학교에 입학하기 전, 딱 한 번 느릿느릿한 비둘기호를 몇 시간 타고 친할머니를 만나러 갔던 기억이 희미하게 있었다. 그쯤엔 해운대에서 살았기에, 해운대역에서 열차를 타고 동해남부선 바닷길을 낀 철로를 거슬러 포항까지 갔었다. 정확히 몇 시간이 걸렸는지는 기억나지 않지만 엉덩이가 아플 만큼 오래였다. 언제나 포항에 갈 때는 고속버스를 탔었는데, 묘하게도 그때 딱 한 번 기차를 타고 갔었다. 그러고 보니 그 이후엔 포항에 가는 일도 뜸해졌다.

엄마는 내 대답을 기다리지 않고 말했다.

요새 무궁화가 그거랑 똑같이 가나.

똑같이는 아닐걸. 해운대랑 송정 쪽 선로는 이제 안 쓴다대. 다음 달에 산책로로 개방한다더만.

아까 본 신문기사 꼭지가 생각나서 가볍게 말했으나, 엄마는 어딘지 불편한 기색을 띠었다.

왜, 가 보고 싶나?

엄마는 말없이 깨작깨작 밥을 먹는 둥 마는 둥 하더니 끝까지 대답하지 않았다. 가고 싶어 하는 듯도, 아닌 듯도 했다. 억지로 캐물으면 아까의 꿈 이야기를 되새기게 할까 봐 나도 강하게 추궁하지 않았다. 굳이 동해남부선을 달리던 기차에 대해 물었다면, 거기에 뭔가 걸리는 부분이 있기 때문일까. 내 의문과 함께 대화의 맥은 흐지부지 흩어져 버렸다.

나는 이 일이 그저 엄마의 피로에서 기인한, 단순한 해프닝이라 생각하기로 했다. 그렇게 생각하고 싶었다. 엄마는 그간 지쳤으니까. 정신적으로 불안정하기도 할뿐더러 갱년기 우울증이 왔을지도 몰랐으니까. 엄마는 완경이 다른 사람보다 빨리 온 편이었다.

* * *

엄마는 평범한 사람이었다. 모르는 데에서는 낯을 가리고, 약간 결벽처럼 청소하고, 이런저런 효소나 청을 만들기 좋아하고, 드라마나 예능을 보면서 누워 있기를 좋아하는, 그냥 어디서나 볼 법한 평범한 아줌마였다.

감정 표현을 잘 하지 않아서 어린 시절엔 그런 엄마에게 상처받은 적도 있었다. 하지만 아버지와 반목할 때 내 편을 들어 준 사람은 엄마뿐이었다. 결혼을 포기하고 독신으로 살겠다고 선언했을 때에도 아버지는 용납할 수 없다며 길길이 날뛰었지만, 엄마만큼은 내 인생이니 알아서 살라며 격려해 주었다. 아마도 당신의 인생과 다른 방식으로 살길 바라는 마음이리라 생각한다. 나는 그런 엄마를 지키고 곁에 있고 싶었다.

돌이켜 보면 엄마에 대한 내 감정은 나도 이성적으로 납득할 수 없는 부분이 있었다. 아무리 엄마가 내 편이었다 한들, 무조건적이고 맹목적인 감정이 꺼끌꺼끌하게 남았다. 이때의 일이 내게 준 감정은 무엇보다 공포였다. 가슴 깊은 곳에 남은 묵직하고 퀴퀴한 공포였다. 아니, 엄마의 곁에 있고 싶은 감정이 아니라…….

이대로 괜찮아지길 바라는 나의 마음을 배신하며 엄마는 죽음의 꿈을 종종 꾸곤 했다. 일주일에 한두 번은 꼭 비명을 지르며 잠에서 깨어, 미친 사람처럼 내 이름을 불렀다. 엄마와 함께 동래에 장을 보러 갔을 때, 지하철이 지상으로 올라오는 구간을 보고 엄마는 한번 이성을 잃었다. 차 안에서 오지 마라, 오지 마라 하면서 비명을 질러 댔다. 나는 길가에 차를 세우고 엄마를 진정시키느라 진땀을 뺐다. 꿈 이야기가 점점 선명해져서 엄마의 현실을 침범하기 시작한 것이다.

철길 위를 달리는 꿈이라고 했다. 철길 위를 달리다가 발이 걸리고, 몇 번이나 넘어져서 무릎이고 팔이고 성한 데가 없다고 했다.

후덥지근한 바닷바람이 부는 밤, 한 치 앞도 보이지 않는 어둠 속. 엄마는 그 길을 헤쳐 나가듯이 달렸다고 했다. 너무 무서워서 그렇게 달리지 않고는 버틸 수가 없었다고 했다.

뱀이 온다니, 시커먼 구렁이가 엄마 뒤를 쫓아오는 거라, 잡아먹힐까 봐 너무 무서워서 달리기만 했다. 어데가 어덴지 분간도 안 가고 어두워서 미치겠는데, 저 앞에서 경적 소리가 빵 안 나드나, 아, 기차가 오나 보다, 하는데 고마 발을 헛디디 가꼬…….

엄마의 꿈은 언제나 절벽 아래를 굴러 죽음을 맞이하는 것으로 끝났다. 의식이 끊기고 정말로 캄캄한 어둠 속에 떨어지고, 비명을 지르며 깨어났다. 이대로 두고 볼 수 없었다. 엄마가 미치기 전에 내가 미칠지도 모른다. 미친 사람 옆에 있으면 멀쩡한 사람이 미친다더니, 딱 그 꼴이었다.

엄마. 그거 아무리 봐도 신경성이다. 내랑 병원 가자.

니는 엄마를 정신병자로 만들 생각이가?

요새 신경정신과 간다고 정신병자라 누가 손가락질이라도 한다드나? 이러다간 엄마가 바짝 말라 죽는다. 뭔가 문제가 있으니 이러는 거 아이가. 내일이라도 가자.

하이고마, 치아라. 느그 아빠 그런 말 들으면 회까닥한다.

회까닥한 사람이 잘도 회까닥해서 뭐라 그러겠다. 아빠 이미 죽고 없는데 뭘 신경 쓰노?

안 된다. 느그 아빠가 절대로 그런 데 가지 말랬다.

죽은 사람 말 들을 필요 없다니까! 그 양반 무식해서 그딴 소리 했지. 사람이 아플 때 병원 가는 게 뭐가 이상하단 말이고?

나는 한사코 싫다며 저항하는 엄마를 그 길로 반쯤 끌고 가다시피 병원으로 데려갔다. 여러 검사와 진단을 통해 갱년기 우울증과 스트레스성 수면 장애 진단을 받고 약을 몇 종 처방받을 수 있었다.

엄마는 꿈 때문에 약을 챙겨 먹어야 한다는 사실을 받아들이지 못해 며칠 동안 나와 씨름해야 했다. 자식 이기는 부모 없다고, 엄마는 결국 내 강경한 의지를 받아들였고 싫은 티를 역력히 내며 약을 먹었다.

약은 악몽을 거둬들이진 못했지만 최소한 엄마가 꿈 때문에 정신을 놓는 일은 없게 해 주었다. 대신 멍하게 있는 시간이 늘었다. 신경안정제 성분 때문이었다.

강아. 내 이리는 못 산다.

꿈은 계속 엄마의 발등을 깨물고 있었다. 정신이 의지대로 움직이지 않는 시간이 얼마간 이어졌다. 움직이고 싶은데, 몸도 정신도 제대로 따라 주지 않는 답답함을 오래 견디지 못한 엄마는 반쯤 실성해 내게 사정했다. 이게 어디 사람 사는 건가, 이게.

손으로 가슴을 턱턱 두드리며 고통스러워하는 엄마를 지켜보기만 하는 내 맘도 맘이 아니었다.

강아, 내 아무래도 거기 가 봐야겠다.

어데?

엄마가 계속 달리는 그 철길. 엄마가 한번 죽었던 거기. 느거 아빠가 거긴 이제 못 들어간다고 절대로 가지 말라 했는데, 아무래도 내 가 봐야겠다. 청사포 가는 그 바닷길.

왜 거기서 아버지의 이름이 나오는 걸까? 영문을 몰라 눈만 깜박이는 나를 엄마가 간절하게 바라보았다.

그때 이야기했제, 비둘기호 타고 포항 갔던 거. 그때 한 번 갔다 왔다가 느거 아빠 내한테 경을 쳤지 않나. 앞으로 절대로 기차 타고 포항 갈 생각은 하지도 말라 하데.

그 양반 희한하네, 와 그랬다노?

내사 아나. 그 양반 속내는 지금도 모르겠니라. 여하튼지 가서 굿을 하든 뭘 하든, 분명 귀신이 들러붙은 게 분명하다.

이상한 소리 한다. 알았다. 내일이라도 가자.

엄마의 말들이 이상하게 가슴을 무겁게 했다. 어느 쪽의 불안이냐면, '가게 해서는 안 될 것 같다.'에 가까웠다. 근거도 없는 상념들이 불안으로 잠식했는지, 그날 밤 나도 악몽을 꾸고 말았다.

덜커덩, 덜커덩. 흔들리는 기차에 탄 꿈이었다. 요즘처럼 두 사람씩 앉는 좌석이 아니라, 지하철처럼 벽에 붙은 자리에 앉아서 나는 창밖을 내다보고 있었다. 기차 안에 사람은 거의 없었다. 나를 어디까지라도 데려가 줄 것 같은 그립고 평온한 분위기였다. 지나가는 건널목의 모습이 생경하고 신기했다. 머잖아 짧은 해송길을 지나 나타난 광경에 순간 눈이 부셔서 손등으로 눈앞을 가렸다.

태양빛이 수면에 닿아 눈부시게 빛나는 바다. 파란 하늘이 어디까지고 이어져 있었고, 수평선이 거의 보이지 않았다. 드문드문 높은 파도가 하얀 선을 만들었다 사라지길 반복했다. 느리지만 확연히 움직이는 넓은 대해였다. 난생처음 보는 광경에 나는 혼을 빼앗겨 입을 다물 줄 몰랐다. 그래서 누가 내게 뻗은 손을 눈치 채지 못했다.

누군가가 내 목을 뒤에서 콱 쥐었다. 강하게 힘주어 쥐었기 때문에 고개를 돌리지 못했다. 하얀 팔이 얼굴 옆을 지나 창문을 열었다. 물론 전부 열리지는 않았지만, 어린아이 정도라면 넘어갈 수 있을 만큼은 열렸다. 훅 바다 냄새

섞인 따듯한 바람이 들이닥쳤다.

창문이 열리자 목을 쥔 손에 힘이 실리고 나는 그대로 창밖으로 고개를 디밀게 됐다. 필사적으로 창문턱을 잡고 저항했다. 뭐라고 비명을 질렀던 것 같은데, 기차가 달리는 소리에 묻혀 내 귀에도 들리지 않았다.

저편에 폭이 좁은 터널이 다가오고 있었다. 눈으로는 저 굴을 지났을 때 내 몸이 안전할 거리가 확보될지 가늠할 수 없었다. 현실적으로는 넉넉했을 테지만, 공포에 미친 내가 거기까지 냉정하게 판단할 수 있을 리 만무했다.

아름다운 바다의 정경이 끝나고 터널이 엄습했을 때, 비명을 지르며 잠에서 깼다. 엄마가 내 비명에 놀라 달려왔지만, 나는 아무 말도 할 수 없었다. 어떻게 이런 개꿈을 꿀 수 있는지, 악몽에 고통받는 엄마에게 말해 봤자 부끄러울 뿐이란 생각이 미쳐 그만두었다. 너무나 생생한 공포의 감촉에 더 이상 잠을 이룰 수 없었다. 귓가에 덜커덩거리는 기차의 진동음이 맴돌았다.

결국 자도 잔 것 같지 않은 피로를 안고 나는 엄마와 함께 해운대로 갔다. 겨울 풀이 꺾이고 꽃샘추위도 가셔 바람도 햇빛도 봄 기색으로 완연한 백사장을 쭉 걸었다. 날이 얼마나 좋은지, 태양을 머금은 바다색은 마냥 푸르기보다 하얀색을 덧댄 에메랄드빛으로 빛났다. 모래가 고운 백사장을 천천히 걸으며 엄마와 나는 잔잔한 파도를 음미했다. 오랜만에 하는 외출이 썩 나쁘지 않은지 엄마는 평소보다 조금 들떴다. 떼 지어 날아다니는 갈매기가 신기하다며 내 팔을 끌기도 하고, 오륙도를 순회하는 관람 유람선을 타 보고 싶다며 흥미를 보이기도 했다.

길의 가장 끄트머리, 백사장이 끝나는 곳에 다다르자 횟집이며 카페가 자리한 작은 포구가 나왔다. 포구의 위쪽으로 문텐로드 고개 입구에 닿는 경사진 오르막이 있었다. 그 중간을 가로지르는 철로가 동해남부선 폐선로였다.

해운대역과 송정역을 잇는 이 바다를 낀 선로는 역사 이전으로 더 이상 쓰지 않는 길이 됐다. 지금은 산책로로 개방되어 사람들의 흔적이 매일 쌓여 가는 길이 되었다. 엄마와 나는 입구에 서서 쉬이 움직일 생각을 하지 못했다.

사람이 우예 이리 없노?

평일이기도 했거니와, 늦은 아침 시간이어서 그런지 눈에 닿는 선로의 끝까지 오가는 사람은 없었다. 그것이 엄마도 나도 불안했다. 처음 들어서는 길에 대한 낯섦과 좋지 않은 예감 탓이었다.

안 갈래?

내가 물었다. 엄마는 겁먹은 표정으로 고개를 절레절레 저었다.

아니다. 가자. 니 내 손 단단히 잡고 있그래이.

우리는 꼭 번지점프를 하러 가는 사람들처럼 긴장하여

행여 놓칠세라 손을 꼭 잡았다. 팬지며 키 작은 꽃들이 옹기종기 피어 있는 입구를 지나 길 끝까지 깔린 돌길과 선로를 번갈아 밟으며 걸었다. 길의 오른쪽은 바다 방면이었고, 왼쪽으로는 고갯길이 쭉 이어졌다.

건물을 낀 초입을 얼마간 넘어서자 금방 바다가 보였다. 눈이 시릴 만큼 하얀 빛으로 부서지는 황금색 바다의 그림을 보았다. 백사장에서 가까이 본 바다와는 또 전혀 다른 인상이었다. 이것은 꿈에서 본 것과 같은 풍경이었다. 기시감이라기엔 너무 강한 충격이 뇌리를 강타했다.

엄마…….

그게 정말로 꿈이었나? 손이 떨렸다. 정말로, 꿈이었나? 머리가 지끈거리며 벌어진 상처에서 피가 배어 나오듯 조금씩 돌이켜선 안 될 장면들이 새어 나왔다.

아지매! 와 이러는교!

애 잡겠소, 이러지 마이소!

덜커덩거리는 소리에 가렸던 목소리들이 환청처럼 들렸다. 그 사이에 아버지의 목소리도 들렸다.

명숙아, 니 미쳤나? 고마해라!

목덜미에 닿았던 차갑고 서늘한 손이 떨어진다. 기억이 끊겼다. 아아, 그랬다. 이건 기억이었다. 내가 잊어버리고 있었던 기억이다.

우뚝 서 버린 나를 엄마는 말간 표정으로 지켜보았다. 언제나 어딘지 텁텁한 표정인 엄마와는 다른, 내가 모르는 표정의 엄마였다. 본능적으로 나는 눈앞의 엄마가 내가 아는 엄마가 아님을 깨달았다. 엄마는 곧 표정을 일그러트리고, 고운 서울 말씨로 말했다.

너, 누구니?

나는 망설임 없이 대답했다.

강이다. 엄마 딸.

엄마는 말이 없다. 지난번처럼 혼란과, 두려움과, 증오와, 슬픔이 뒤범벅된 표정으로 나를 봤다가 내 손을 놓고 걸어갔다. 나는 비틀거리며 그 뒤를 따라갔다. 엄마가 나를 버린다. 버리고 혼자 가 버린다. 엄마의 뒤를 허겁지겁 따랐다.

엄마, 엄마.

뒤에서 계속 불렀지만 엄마는 돌아보지 않았다. 엄마가, 바다로 이어지는 낭떠러지에서 몸이라도 던질까 봐 무서웠다. 산책로를 오가는 사람들의 안전을 위해 세워진 그리 높지 않은 펜스가 유일한 벽이었다. 이 장소에 엄마와 나 단둘만 있다는 사실이 너무나 무서웠다.

엄마의 걸음걸이는 춤사위 같았다. 취한 사람처럼 규칙적이지 않고 허우적거렸다. 돌부리에 채여 넘어질 뻔하고, 그러다 일순 깔깔하며 웃음을 터트리기도 했다. 웃음에 욕

지거리가 실렸다. 엄마의 선명한 원망이 나를 향한 것인지, 아니면 내가 아닌 다른 무언가를 향한 것인지 알 수 없었다. 엄마를 붙잡으려 해도 자꾸 손을 뿌리쳤다. 무서워 죽을 것 같았다.

조금 더 걸어가자 해송이 우거진 길이 나왔다. 바로 깎아지른 절벽과 바다가 보이지 않게 되자 안도했다. 해송이 만드는 그늘로, 공기는 깨끗했지만 전신에 한기가 돌아 스산했다. 왼쪽 산을 깎아 내고 다듬어 둔 벽면에 친 그물 사이사이로 사람들의 기원이 담긴 색색의 리본이 매달려 바람에 나부꼈다. 사아, 하고 리본 사이를 스쳐 흐르는 바람이 뱀의 혓소리처럼 들렸다. 나는 참지 못해 울먹이며 말을 걸었다.

엄마, 어디 가노.

강아. 내 여기 오면 안 되는 거 아니가?

그제야 반응하는 엄마는 우리 엄마였다. 엄마의 얼굴이 백지장이었다. 엄마는 내 쪽을 돌아보더니 소리가 되지 못한 비명을 내질렀다.

엄마!

엄마가 털썩 주저앉아 보이지 않는 무언가를 향해 손을 내젓더니, 자신의 머리를 부여잡고 쥐어뜯기 시작했다.

오지 마라, 오지 마라!

그러다 눈을 뒤집고 까무러쳐 버렸다. 나는 완전히 혼란에 빠져 울면서 엄마를 흔들어 깨우려 했다. 머잖아 송정 방면에서 걸어오던 등산복 차림의 부부가 우릴 발견하지 않았더라면 나는 그 자리에서 엄마와 함께 미쳐 버렸을 것이다.

아저씨가 엄마를 업고 서둘러 청사포까지 달렸다. 청사포 입구에 다다르자 엄마는 정신을 차렸고, 힘없는 목소리로 구급차를 부르려는 나를 제지했다.

우리를 도와준 부부는 병원에 가셔야 한다고 엄마를 설득했다. 그러나 엄마는 벌떡 일어나 괜찮다 소리치더니 내 손목을 붙들고 서둘러 자리를 떴다. 놀란 맘에 너무 경황이 없던 나는 도와준 사람들에게 감사 인사도 제대로 전하지 못한 채 엄마에게 이끌려 청사포 마을로 들어섰다.

아직 문을 열지 않은 조개구이집들이 즐비한 길을 걷다 방파제 위로 갔다. 가족인 듯, 연인인 듯한 사람들이 빨갛고 하얀 등대 앞에서 바다의 정경을 자신들의 행복한 모습을 사진으로 찍고 있었다. 엄마는 그들을 고통스럽게 바라더니 내 쪽은 돌아보지 않고 말했다.

네 아빠를 여기서 만났어.

서울 말씨를 쓰는 엄마는, 엄마이되 엄마가 아닌 엄마를 나는 뭐라고 불러야 할지 알 수 없었다. 엄마의 이름은 명숙이었다. 그렇다면 이 사람은 명숙 씨였다.

날짜도 똑똑히 기억해. 1985년 10월 18일. 친구들과 놀러 서울에서부터 기차를 열 시간도 넘게 타고 왔었지. 네 아빠는 그냥 해운대에서 우연히 마주친 사람이었어.

나는 이제껏 두 사람이 어떻게 만났고, 어떻게 사랑했고, 결혼하게 되었는지 들은 적이 거의 없었다. 엄마가 서울 사람이란 이야기도 단 한 번도 들은 적 없다.

생각해 보면 이상한 점이 있었다. 나는 자라면서 외가에 가 본 적이 없었다. 명절에도 엄마는 언제나 큰집에만 갔었고, 고향이나 외가에 돌아간 적은 없었다. 기억 속에 외할머니와 외할아버지는 분명 만난 적은 있었으나 아주 어릴 적 한두 번뿐. 그 이후엔 소식을 듣거나 연락하는 모습을 본 적 없었다.

언젠가 외가에 대해 물었을 때 엄마는 사이가 좋지 않아서 인연을 끊었다고 이야기했다. 내가 아버지와 사이가 좋지 않았기 때문에 엄마도 어련히 그러려니 싶었다. 감정 표현을 잘 하지 않는 엄마, 다정한 모습을 보여 준 적이 드물었던 엄마. 돌이키니 가슴 철렁한, 아주 가끔 너무나 냉정하게 나를 내려다보는 엄마의 모습. 왜 이런 것들이 지금 떠오르는지 알 수 없었다.

별 인연도 아니었어. 네 아빠 친구들이 우리들에게 추파를 던졌고, 젊은 것들이 으레 그러듯이 말 몇 마디 섞고. 그랬는데.

명숙 씨의 말이 잘 와 닿지 않았다. 그는 공허하게 바다를 바라보다 엄마로 돌아왔다.

강아, 여기가 어데고?

……청사포.

내가 진짜 미쳤나 보다. 어째 기억이 하나도 안 나노.

엄마, 내 뭐 하나 물어봐도 되나?

뭔데.

꼬리에 꼬리를 물고 이어지는 의문이 목을 죄어 왔다.

엄마 내 낳기 전 일들 기억하나?

엄마가 이중인격이란 생각은 들지 않았다. 이건 드라마나 영화가 아니었으니까. 86년에 태어난 나, 명숙 씨는 85년을 이야기했고 죽었다고 했다. 그렇다면 엄마가 엄마였던 시간은 내가 태어나기 전후라는 의미였다. 엄마는 내 이상한 질문을 되묻지 않고 답했다.

아니.

너무나 당연한 일을 당연하게 말하는 목소리였다.

느거 아빠가 그러더라. 엄마가 여기서 크게 다쳐서 기억을 잃었다 하대. 아빠가 엄마를 구했다더라.

엄마의 목소리는 살아 있지 않았다. 그 목소리는 단지 알고 있는 일을 나열하는데 불과한 공허하고도 부질없는 기색이었다.

하나도 기억이 안 나드라. 내가 누구고, 어데서 왔고, 우째 살았는지 기억 안 나고, 기억할라면 눈앞이 캄캄해 갖고 억수로 무서운기라. 내한테 친구가 있었나? 진짜가? 외할매랑 할배 기억하나? 엄마는 그 사람들이 내 부모인지도 모르겠다. 남 아니가? 그 사람들이랑 살고 사랑받은 기억이 하나도 안 나는데. 엄마는 그때 죽었던기라. 죽고 다시 살아났다. 느거 아빠가 내를 책임지겠다고 하더라. 너무 무서워 가지고, 그냥 멍텅구리 백치가 돼서 아빠랑 결혼하고, 아빠가 알키 주는 대로 알고, 하란 대로 안 했나.

그럼에도 나는 그 목소리에서 가슴이 찢어지는 비통함을 느꼈다.

엄마. 엄마…….

아빠가 내를 집에서 안 내보내 주데. 밖이 그리 위험하다고. 내는 그게 맞다 생각했제. 진짜로 바깥이 위험해서 내 같은 백치가 나가면 큰일날 거라 생각 안 했나. 니 임신하고 낳으니까 그땐 나갈 수 있게 해 주더만은. 느거 아빠가 니캉 내캉 그래 모질게 대했어도 걱정이 많아 갖고 안 글나. 엄마가 그래 백치여서 안 그랬나. 너무 원망하지 마라.

엄마가 내 손을 꼭 잡았다. 그 손은 거칠고, 차갑고, 축축하게 식어 있었다.

엄마는 말 그대로 공백이었다. 사람이 자연스레 거쳐 가는 망각과 엄마의 단절은 전혀 달랐다. 엄마는 기억을 잃은 일로 살아온 인생을 잃어버렸다. 삶의 오랜 시간을 구성한 인생을 잃어버린 사람이 건강하게 살아갈 수 있는지 근본적인 의문이 들었다.

나는 엄마가 내 엄마가 아니라고 전혀 의심하지 않았다. 내가 기억하는 모든 일들이 내가 겪었는지 아닌지 의심할 이유는 없었다. 엄마와 아버지, 두 사람은 내 부모였고, 초등학교 시절, 중학교, 고등학교, 서울에서 만났던 친구들이며 사람들의 존재 역시 현재했다. 그러나 엄마에겐 그런 믿음이 없었다. 자신에겐 없는 기억을 누군가가 그랬다며 알려 주기만 한다. 검증할 여지도 없다. 모두 지워져 버렸기 때문이다.

그렇다면 내가 떠올린 기억은 무엇이었을까? 이 손처럼 차가웠던 손을 기억한다. 날 창밖으로 밀어 버리려던 그 손을, 기억한다. 돌아보지 못하고 그대로 의식을 놓았던 일을 기억했다. 기억하지 말았어야 할 일이었다. 이토록 끔찍한 일이라면 차라리 기억하지 못하는 편이 나았다.

고기잡이배가 들어오는 소리가 들렸다. 새벽부터 바다에 낚시를 간 사람들이 돌아오는가 싶었다. 나는 그 뒤의 이야기를 듣고 싶지 않았다. 내가 타고 돌아올 배는 어디에도 없었다.

엄마. 우리 맛있는 거 먹고 집에 가자.

그래.

나는 뭘 어떻게 해야 할지 모를 미아가 되었다. 망망대해에 버려져 익사해 죽을 일만 남았다.

엄마는 그 뒤로도 악몽에 시달렸다. 나와 엄마를 둘러싼 이 문제에는 아버지가 크게 관여해 있었다. 만약 진실을 알게 된다면, 누구보다도 아버지에게서부터 시작하리라 생각했다. 아버지의 흔적은 방에 그대로 남아 있었다. 아버지는 이 일이 일어나게 될 줄 예상했던가. 그래서 최후의 순간, 비겁하게도 내게 넌지시 암시를 줬을지도 모른다. 나는 차마 아버지의 유품을 찾아볼 용기가 나지 않았다. 알아서 뭘 어떻게 해야 한단 말인가? 엄마의 기억이 행여나 돌아온다면?

무엇이 엄마를 위한 일인지 확정하지 못하고 며칠 무의미한 시간을 보냈다. 불안정한 엄마를 계속 지켜보는 게 힘들어서 일부러 친구들을 만나는 약속을 잡기도 했다. 이대로 엄마를 내버려 두면 산 채로 죽어 버릴지도 모르는데도. 엄마가 엄마가 아니게 돼 버리기보다 차라리 엄마인 채로 죽어 버리면. 이런 생각 하면 안 되는데, 그렇게 생각하지 않으면 마음을 좀먹는 절망 때문에 내가 죽을 노릇이었다.

* * *

상황이 악화일로로 치닫던 날 큰숙모가 찾아왔다. 제사

준비를 상담할 겸, 우리 모녀의 상태도 확인할 겸 들렀다고 했다. 숙모는 친인척 중 가장 엄마에게 잘해 준 사람이었다. 명절 때만 간간이 얼굴을 볼 뿐인 다른 친척들과 달리 큰숙모는 집에 자주 들러 놀다 가곤 했다.

둘 다 얼굴이 와 이러노. 잘 먹고 사나?

서글서글한 웃음을 지으며 숙모는 우리 모녀의 사람 같지 않은 몰골을 우선 걱정했다. 제대로 못 자니 식욕도 없었고, 엄마는 약에, 나는 피로에 지쳐 반송장 신세였다. 엄마는 괜히 걱정 끼칠까 봐 한사코 괜찮다고 했지만, 숙모는 뭔가 문제가 있다고 짐작한 듯했다.

강아, 엄마 무슨 일 있나? 니는 왜 또 그러노. 엄마랑 싸웠나?

숙모는 최대한 엄마의 심기를 거스르지 않고 제사 준비에 대해 이야기했고, 따로 나를 불러 엄마의 용태에 대해 물었다.

몰릴 데까지 몰린 나는 누군가에게 의지하지 않으면 버틸 수 없을 것만 같았다. 그래서 숙모에게 모두 털어놓았다. 엄마가 꾸는 꿈, 전혀 다른 사람 같은 엄마, 그런 엄마가 없어질까 봐 몰려드는 두려움에 대해서까지 전부. 중간쯤부터는 눈물이 멈추질 않아서 통곡하며 이야기했다. 이도 저도 전부 뒤죽박죽 뒤엉켜서 풀어낼 엄두가 나지 않았다. 왜 이런 고통을 내가 감당해야 하는 걸까? 아버지는 왜, 책임지지 못할 일을 남겨 놓고 일찍 죽어 버렸단 말인가? 무섭다. 무서웠다.

이야기를 들은 숙모는 해괴한 표정을 지었다.

내 어째야 해요? 엄마 저대로 놔둘까요?

강아, 아가, 진정해라. 니 탓이 아니다. 명숙이가 아무래도 니를 버리겠나.

숙모는 뭐 알아요?

숙모는 몇 번이나 말을 삼키고 한숨을 쉬었다.

느거 아빠가 명숙이 데리고 왔을 때 들은 말이 있긴 하다만, 모르는 게 안 낫겠나.

선택권이 내게 왔다. 나는 무엇 하나 선택하고 싶지 않은데, 모든 결정권이 내게 있다는 식으로 들이밀어졌다. 내가 쉬이 대답을 못 하자, 숙모는 이야기해도 괜찮다는 의미로 받아들였는지 조심스레 말했다.

사실 명숙이 친정, 진짜 친가가 아니라대. 명숙이가 어디서 왔는지 아무도 모른다더라.

그게 뭔 소리예요?

들으면 안 된다는 경계심보다 숙모의 이야기가 충격적이라 나도 모르게 반문하고 말았다.

신분도 모르고, 누군지도 몰랐다더라. 기억도 없고. 그래서 행려가 아니었나 하대. 느거 아빠가 그런데도 명숙이 거둬 가지고, 부득불 결혼하겠다고 데리고 안 왔나. 사람이 행려면 주변 눈치도 있고 그러니 아는 분 딸로 해 달라고 부탁했다대. 니 외가 사람들 기억하나? 그 사람들이다. 결혼할 때 느거 친할매 할배가 얼마나 반대했는 줄 모른다.

어떻게 그런 일이 있을 수 있냐고, 도무지 믿기지 않아 말을 잇지 못하는 나를 숙모가 달래 주었다.

강아, 그래도 느거 엄마다. 니가 맘 단단히 먹고 엄마 잘 보살펴 주라.

숙모가 떠나갔다. 이야기만으로 본다면 출신도 기억도 없는 엄마를 아버지가 거둔 미담이었다. 그러나 이 미담에는 뒷면이 있었다. 엄마와 숙모가 말한 이야기, 그리고 나와 엄마가 아버지에게 억압당하며 살아온 시간은 결코 아버지의 행동이 올바른 방향이었다고 가리키지 않았다. 아버지는 분명 무언가를 의도적으로 은폐했을 것이다. 명숙 씨는 친구들과 해운대에 놀러 왔고 아버지를 만났다고 했다. 아버지는 명숙 씨를 돌려보낼 수 있었을 것이다. 그렇게 하지 않았던 이유는 무엇이란 말인가?

울다 지쳐 잠들었다 새벽에 깨었을 때에 엄마가 내 머리맡에 있었다. 어두운 방 안에서 엄마의 표정은 보이지 않았지만, 나는 그 표정이 엄마가 아닌 명숙 씨의 표정임을 예상할 수 있었다.

내가 미워요?

내가 물었다. 명숙 씨는 대답하지 않았다.

명숙 씨는 이십 대 그 나이에 한번 죽고, 잊힌 기억 속에 그대로 남아 버렸다.

너 때문에 내가 돌아갈 수가 없었어.

고운 서울 말씨를 쓰는 명숙 씨. 기억이 돌이켜졌다. 나 때문이었다. 그래서 나를 창밖으로 밀려고 했다. 나를…… 버리려고 했다. 내가, 엄마의 발목을 깨문 뱀이었다.

너 누구니?

명숙 씨가 물었다. 밤공기처럼 차가운 목소리였다.

엄마 딸. 강이.

그 외에는 아무것도 아니었다.

* * *

엄마와 나는 며칠 뒤 다시 동해남부선 폐선로를 찾았다. 그날 밤 이후 명숙 씨는 나타나지 않았지만, 엄마는 부쩍 말수가 줄어들고 어딘가 먼 곳을 바라보는 시간이 늘었다. 청사포 건널목에 다다라 잠깐 다리를 쉬고, 엄마는 남의 일을 옛날이야기 들려주듯 말했다. 칙칙한 구름이 하늘을 뒤덮어 금방이라도 비가 올 것 같았다. 후덥지근하고 습한 공기만큼 무거운 목소리였다.

누가 계속 쫓아오더라. 그때 술이 좀 돼 가지고, 속도 안 좋고 그래서 바람이나 쐴까 하고 민박집에서 나왔다 아이

가. 바닷가 좀 걷다 들어갈랬는데, 자꾸 누가 뒤에서 쫓아오지 않겠나. 그래가 무서워 가지고 도망친 게 이 길이었다.

엄마는 기억을 되찾았나? 엄마 안에서 무슨 일이 일어나고 있는지 짐작할 수 없었다. 그저 이 이야기의 끝에 엄마가, 엄마가 우리 엄마가 아니게 될까 봐 그 생각만으로도 정신을 차릴 수가 없었다. 그런 내 상태를 아는지 모르는지 엄마는 평온하게 이어 말했다.

내가 걸으면 걷고, 달리면 달리데. 야야, 생각해 봐라. 캄캄하고 아무것도 안 들리고, 파도치는 소리만 철썩철썩하고 을씨년스럽게 들리는데, 누가 자꾸 쫓아오면 혼비백산하지 않겠나. 내가 딱 안 그랬나.

청사포 건널목을 지나 구덕포로 이어지는 철길을 걸었다. 양옆으로 우거진 수풀이 바람에 사각거리는 소리를 냈다. 곧 보슬비가 내리기 시작했다. 앞에 안개로 닫힌 길이 쭉 이어져 있었다. 풍경에 취해 엄마가 겪었던 그때의 정경을 내 시야에 오버랩시켰다.

여자가 달려간다. 아마도 내가 닮았을, 생기롭던 이십 세 엄마의 뒷모습. 울퉁불퉁하고 돌이 잔뜩 쌓인 철길은 달리기에 여간 좋지 않았다. 발에 채여 넘어지고, 구르고, 돌부리에 손이며 무릎이며 모두 까여서 몸은 이미 넝마였을 것이다. 지금은 이토록 고요하고 평화롭게 버려진 잔해지만 그 밤은 그렇지 않았다. 최소한 엄마에게는 지옥 같은 밤이었다.

불빛은 어디까지 닿았을까?

짐을 실어 나르던 화물 기차는 그 시간, 철로를 공포에 질린 채 달리던 사람이 있었다고 짐작이나 했을까?

철로의 침목 간격은 한 칸 폭은 좁고 두 칸 폭은 넓어 한 걸음으로는 어떻게든 맞게 걷기가 힘들다. 어긋난 간격 위를 엄마는 목숨을 걸고 달렸다.

맞은편에서 기차가 오데. 나는 그게 사신(死神)처럼 보였다.

여자는 기차를 피해 바깥으로 몸을 틀었고.

다리에 힘이 풀려 가지고, 고마 비틀거리다가 저 바다 쪽으로 떨어져 버렸다.

거기서 죽었다.

피가 얼매나 났는지 모른다. 그래 갖고 눈 감고 뜨니까, 아무것도 기억이 안 나데.

거기 아버지가 있었나?

어. 느거 아빠 얼굴이 보이더라.

엄마는 기억이라는 날개옷을 잃어버린 선녀였다. 아버지는 그런 엄마를 기다리는 사람들에게 돌려보내지 않았다. 엄마가 잘못 들어선 이 길은 엄마의 모든 걸 빼앗았다. 이십여 년 살아왔던 시간, 가족, 친구들, 헤아릴 수 없는 단절이었다. 그리고 내가 태어났다.

1985년 10월 18일.

그다음 날인 10월 19일, 청사포 해안에 간첩선이 나타난다. 이 사건을 계기로 2014년 올해까지 엄마의 기억이 고스란히 버려진 길은 사람이 다닐 수 없는 길로 폐쇄된다.

미포에서 송정까지 육 킬로미터 남짓한 산책로가 거의 끝나 가고 있었다. 구덕포를 지날 쯤엔 번잡한 송정 바다의 기척이 느껴졌다. 포구의 갯바위에 높은 파도가 뭍을 잡아먹을 기세로 몰아쳤다. 나는 바닥을 보고 걸었다.

나무로 된 철로 사이사이의 침목에는 그간 지나간 사람들이 남겨 놓은 흔적들이 보였다. 누군가의 이름, 기념이 될 문구, 혹은 누군가를 추모하거나 기억한다는 메시지였다. 엄마의 기억은 이 길 위에서 흔적도 남기지 못했다. 기만당하고, 기만 위에 돌이킬 수 없는 삶을 살았다.

나의 꿈은 내가 은폐한 기억이었다. 덜컹거리는 비둘기호에서 창밖의 풍경에 시선을 빼앗긴 내 옆에는 엄마가 있었다. 엄마는 나와 같은 눈부신 바다의 풍경을 보았고, 기억 속에 잠긴 명숙 씨는 모든 걸 되돌리고 싶었으리라. 엄마가 흘려 버린 기억이 남은 철로, 멀리 보이는 반질반질한 몽돌 해변에서 손짓하는 이십 년의 세월이 엄마를 돌아오라고 불렀으리라.

그날 하필 포항으로 가는 버스표가 모두 매진되었고, 내가 태어난 탓으로 아버지는 조금 안심했을 것이다. 해운대역에서 비둘기호에 몸을 싣고, 아버지가 잠깐 자리를 비운 사이 명숙 씨는 깨어났다. 명숙 씨에게는 그때가 처음이자 마지막 기회였다.

엄마, 기억하나?

뭘.

비둘기호 탔을 때, 엄마가 나한테 한 일.

부러 엄마의 얼굴을 돌아보지 않았다. 엄마는 한동안 잠자코 있다가, 조심스러운 목소리로 물었다.

강아. 내 그거 꼭 기억해야 하나?

나는 대답하지 못했다. 하나 확실한 것은, 나는 그때의 일을 잊어버리기로 했다. 그래서 지금껏 잊고 살았다. 엄마의 곁에 있고자 함은 엄마를 붙잡고 싶었기 때문이었다. 내 엄마여서. 우리 엄마라서. 엄마로 남아 주기를 바라서. 어떻게든 엄마와 헤어지고 싶지 않아서. 돌려보내고 싶지 않아서. 잊어버린 주제에 엄마를 향한 갈망만은 이토록 선연하게 남았다. 그런 주제에 엄마를 팔 년간이나 버려 두고, 이제 와서 엄마가 아니게 된다고 무서워한다.

눈에 보이는 끝에 이제 길이 끊긴 낡은 송정역의 정경이 걸렸다. 엄마의 기억도, 내 기억도 저곳을 넘어서면 끝이었다. 그러길 바랐다.

어젯밤 엄마가 잠든 틈을 타 아버지 방에서 남은 짐을

정리했다. 제발 아무런 단서도 나오지 말았으면 하는 마음과 뭐라도 나오길 바라는 마음이 싸웠다.

아버지는 오래된 물건을 쉬이 버리지 못하는 성격이었다. 때문에 엄마와 자주 다투곤 했다. 엄마는 아버지가 언제나 불필요한 옛날 물건을 사용하지도 않으면서 쌓아 둔다고 화냈고, 아버지는 모든 게 다 쓸모가 있다며 반박했다. 엄마는 아버지가 투병 중일 때 '당신 죽으면 그 잡동사니들 다 내다 버릴 수 있어서 속이 시원하겠네.'라며 핀잔을 주곤 했다.

두 사람이 각방을 쓰기 시작한 건 언제였을까? 물론 이상한 일은 아니었다. 부부라는 이름, 나의 부모라는 이름이라는 의미 외에 당신들 감정은 살아온 세월만큼 많이 변했을 것이었다. 또 어느 정도 프라이버시를 지키며 사는 게 덜 싸우는 지름길이기도 했을 터다.

아버지의 방은 오랫동안 사람이 머물지 않아 건조하고 찬 공기가 물씬했다. 걸려 있는 옷, 쌓인 책이며 잡동사니에서는 아직 아버지의 냄새가 났다. 나는 그 방을 별로 좋아하지 않았다.

아버지는 존경할 구석이 별로 없었다. 그래서 아버지의 흔적을 뒤지는 일이 낯설고 생경했다. 내가 모르는 어떤 아버지를 보는 듯해서.

책꽂이를 살피고 책상 서랍을 하나하나 열었다. 낡은 필기도구, 젊었을 적의 흔적이 남은 군번줄, 녹슨 하모니카, 옛날 동전, 무슨 말이 적혀 있는지 알 수 없는 날림 글씨의 메모지들, 오래된 수첩들……. 엄마가 내다버리고 싶어 했던 마음을 십분 이해했다. 추억을 더듬는 일 외에는 무엇 하나 쓸모없는 잡동사니였다.

표지가 떨어진 오래된 사진첩엔 군인이었던 시절의 아버지의 사진과, 임신한 엄마와 용두산 공원에서 찍은 사진 몇 장이 들어 있었다. 엄마의 얼굴엔 우울이 가득했다. 단 한 장도 웃는 얼굴이 없는 사진이었다. 나는 끔찍함에 비명을 지르고 싶고, 사진을 찢어 버리고픈 충동을 억눌러야 했다.

그리고 서랍장 가장 깊은 곳에 아버지가 내게 남긴 편지가 있었다.

* * *

강아.

엄마가 부르는 소리에 정신이 들었다. 어느새 엄마와 나는 송정역에 다다라 있었다. 빗줄기가 굵어졌다. 엄마는 태연하게 우산을 펼쳐 썼다. 내 손에도 우산이 있었지만, 이상하게 몸이 움직이질 않았다. 엄마가 나를 본다.

니 결혼 안 할 거가, 진짜로?

안 한다. 앞으로도 엄마랑 있을 거다.

그 말을 꺼낸 순간 형언할 수 없는 감정이 터져 나와 눈물이 후두둑 떨어졌다.

강아. 네가 날 얼마나 원망하고 있는지 안다.

나는 네 엄마한테 크게 죄를 지었다. 지금 생각하면 내가 왜 그랬나 싶다. 그렇게 큰일이 될 줄은 정말로 생각도 못 했다. 그냥 엄마가 참 좋았을 뿐인데. 사람 맘이 참 그렇더라. 어째 그렇게 되돌리기가 쉽지 않은지 모르겠다. 엄마랑 사는 하루 하루 마음이 편했던 적이 단 한 번도 없다. 그래도 명숙이, 네 엄마다.

내가 분명 죗값을 받는다. 미안하다.

엄마를 부탁한다.

엄마, 기억하지 마라. 기억 안 해도 된다. 제발 하지 마라.

당신이 과거에 어떤 사람이었건, 당신이 설령 이 길 위에서 잃어버린 과거와 세월을 헤아려 나를 증오하고 죽이고 싶어 했고, 지금도 그렇다고 할지라도.

어디 가지 마라.

엄마의 손을 꽉 붙들고 허어엉, 하고 울었다. 눈물이 빗물과 섞여 엉망진창으로 흘렀다.

제발 내 버리지 마라.

엄마의 과거 따위 몰라도 좋았다. 이기심이었다. 오직 내 엄마이기만 하다면 아무런 상관이 없었다. 아버지가 엄마를 곁에 두려고 엄마의 단절을 단절로 버려 두었던 것처럼, 나 또한 엄마를 엄마로 두기 위해 엄마의 단절을 인정하고 싶지 않았다.

아버지의 편지 사이에 당시 엄마가 가지고 있던 신분증이 있었다. 이름도, 생년월일도, 서울 주소지도 확실히 적혀 있는 빛바랜 엄마의 형태였으며, 아버지가 품은 죄책감의 버리지 못한 형태였다.

나는 그것들을 갈기갈기 찢어 변기에 흘려보내 버렸다. 변기 물을 두 번, 세 번, 계속 내리면서 제발 되돌아오지 말라며 빌었다. 이제 엄마의 단절을 아는 사람은 나뿐이기를.

가시나 이래 갖고 어디 보내겠나. 고마 울어라. 미친년.

엄마가 웃음 섞인 목소리로 핀잔을 줬다. 달래 주지도 않고 상냥한 말도 없었다. 비를 맞으며 정신 나간 사람처럼 우는 내가 넌더리가 나서 보기 싫다는 표정이었다. 엄마가 원래 이런 사람이었는지, 아니었는지 모르겠다.

더 이상 기차는 오가지 않는 철길 위에서, 단지 엄마는 두 번 다시 놓치지 않을 것처럼 내 손을 꼭 잡아 주었을 뿐이었다.

사형 집행인
비르길리아의 하루

미숙한 20대. 괴팍하고 괴이하고 괴상한 글을 쓰고 싶어 한다. 내세울 만한 작품은 이번이 처음이다. 1등의 영광에 가려진 2등, 승자의 그늘 뒤편의 패자를 사랑한다. 남들이 안 하는 것만 굳이 골라 하면서 튀어 보이려 하는 것도 좋아한다. 모든 종류의 치즈를 매우 좋아하며, 프로필에 적으면 누군가가 사 줄지도 모른다고 은근히 기대한다.

"끄응……."

비르길리아는 휴게실의 벽에 등을 기대어 쪽잠을 자다, 창틈으로 들어오는 서광을 받고는 눈을 비비며 깨어난다. 일이 있을 때마다 생각하는 바이지만, 감옥탑은 수감자는 물론, 죄 없는 관계자에게도 불친절한 장소인 것이다. 통풍이 제대로 되지 않아 언제나 고기 썩는 냄새가 풍기고, 축축한 공기는 여름에는 달아오르고 겨울에는 얼어붙어 그를 괴롭힌다.

비르길리아는 졸린 눈을 여러 차례 끔뻑거리고는 자리에서 부스스 일어나 헝클어진 머리칼을 대충 손가락으로 빗어 넘긴다. 그러고는 벽에 기대어 세워 둔 제 키와 비슷한 길이의 묵직한 칼을 집어 든다. 칼끝이 넓적하여 벽에 기대어 놓아도 넘어지지 않는 커다란 칼은 그의 도구이며,

언제나 그의 곁에 있어야만 하는 것이다.

그는 잠시 눈을 감고, 지금까지 거기에 묻혀 온 피를, 그리고 오늘 묻을 피를 떠올린다. *아니, 그런 생각은 하지 않기로 했잖아. 그런 상념에 잠기려고 이 일을 시작한 게 아니야.* 십여 년 전, 사람의 목을 베는 일에 죄책감 같은 것은 가지지 않기로 결의한 일을 떠올리며 불요한 잡념을 덮어씌우고는, 등에 칼을 메고 휴게실을 나서 감옥탑의 정상으로 향한다.

최상층의 자물쇠를 풀고 안으로 들어선 그의 시야 한구석에 벌써 여러 차례 보았던 것이 비친다. 지푸라기를 쌓아 만들어진, 침대라고 말하기에도 볼품없는 것 위에 흰 드레스를 입은 여성이 옆으로 누워 새우잠을 잔다. 비르길리아는 그가 여전히 잠들어 있는 것을 보고는, 잠을 깨우지 않기 위해 발소리를 죽여 그에게 다가선다.

"으음."

그러나 비르길리아의 인기척을 감추는 솜씨가 모자랐던 탓인지, 아니면 누워 있던 자가 선잠을 자고 있던 탓인지, 그는 별안간 눈을 뜨고는 구부린 몸을 일으켜 세운다.

"아아, 실례했습니다, 코헨체른 부인. 잠에서 깨워 버린 모양이군요."

비르길리아는 고개를 숙여 부인에게 사과한다. 부인은 고개를 가로젓고는 미소를 지어 보인다. 몇 번이고 보았던 익숙한 표정이다. 부인이 사형을 선고받고 이곳에 갇혀 죽을 날을 기다린 지 오늘로 일주일째. 그리고 오늘 오후, 부인은 비르길리아의 손에 죽을 것이다. 그런 관계의 두 사람이거늘, 그들 사이에 흐르는 공기는 어색하지만은 않다. 감시라는 명목으로 일주일 동안 바짝 붙어 있던 탓인지도 모르겠다.

"오늘이, 그날이군요."

"그렇습니다."

체념한 것인지 달관한 것인지 모를 부인의 한마디에, 비르길리아가 제법 예법이 담긴 동작으로 답한다. 면전의 여성이 비록 죄인이라고는 하나, 비천한 신분의 비르길리아로서는 고귀한 백작부인에게 예를 표하지 않을 수 없는 것이다. 푸른 피라 불리는 고결한 이들의 목을 여러 차례 자른 비르길리아는 그들의 피 또한 붉다는 사실을 잘 알지만, 궁중이 아닌 감옥에서조차 부인의 행동거지는 푸른 피라 일컫기에 부족함이 없다고 그는 생각한다.

"이 일이 끝나면, 그대는 어떻게 되는 것인가요?"

"다시 국왕의 명을 기다리다가, 신성하고 정당한 심판을 받아 마땅할 죄인의 명을 거두러 갑니다."

십여 년간 여러 죄인에게서 여러 차례 들어 본 질문에, 비르길리아는 준비된 대본을 읽어 내리듯 답한다. 정말이지 그에게는, 고귀한 이들과 대화할 적에는 연극을 하는 기분이 드는 것이다.

"'신성'에 '정당'이군요."

'무언가 잘못되었습니까?' 하고 물어보려다, 비천한 자신이 함부로 고귀한 자의 잘못을 지적하는 것이 옳은가 하여, 비르길리아는 말을 삼킨다. 그것을 눈치 챈 듯, 백작부인은 웃으며 말한다.

"그렇죠. 국법에 의한 심판은 신성하고 정당합니다. 국법은 폐하께서 만드신 것이고, 폐하의 말씀은 하느님께 받은 것이니까요."

지당하다. 상식 있는 자라면 누구나 알 법하며, 누구나 동의할 말이다. 실제로 비르길리아는 준엄한 재판의 자리에 수도 없이 출석하여 공명정대한 심판이 내려지는 일을 보았다. 하지만 부인의 표정이 썩 밝지 않은 것을 보고, 비르길리아는 그가 아직 모종의 미련을 떨쳐 내지 못했다는 사실을 깨닫는다. 경험적으로 보건대, 그것은 죄인이 흔히 품는 다가올 죽음에 대한 공포와는 다른 것이라고 비르길리아는 판단한다.

"무언가 잘못된 일이라도 있는지요."

결국 비르길리아는 잘못이라는 단어를 입에 담고야 만다. 그런 발언을 하는 것이 틀린 일은 아닐 것이라고 그는 생각한다. 부인은 고개를 숙이고 아무런 말도 하지 않는다. 부인은 일주일 동안 계속 이런 식이었다. 몇 마디 말을 하다가도, 자신의 생각이나 경험을 드러내지는 않는다. 그것이 고귀한 여자의 미덕인가, 하고 비르길리아는 넘겨짚었지만, 이제 부인의 말을 들을 시간이 몇 시간 남지 않은 것이다.

죄인은 죄인일 뿐, 망나니가 베어야 할 수많은 인간 중 하나일 뿐. 그런 자의 사정을 물을 이유는 없다. 그러나 비르길리아는 철칙을 다시 어기고 만다. 지금은 저세상에 있을 그의 아버지가 본다면 틀림없이 한심하게 여길 터이다.

"부인, 저는 여태까지 여러 명의 백작의 목을 베어 왔습니다. 그들이 심판을 받는 이유는 하나같이 반역 따위의 중죄입니다. 하지만 백작부인이라는 분께 그러한 일을 하는 것은 처음이라. 부인께서 어떠한 일을 겪으셨는지, 이 비천한 망나니에게 들려주시지 않겠습니까."

어떠한 일을 겪었는지 물은 것은, 어떠한 일을 저질렀는지를 묻는, 비르길리아 나름의 완곡한 표현이었다. 그 속뜻을 제대로 알아들은 듯, 부인은 굳은 표정으로 비르길리아를 똑바로 쳐다보며 큰 소리로 말한다.

"그대도 알지 않습니까. 나는 남편을 죽였습니다. 그 죄로 오늘 그대에게 처형당하는 것입니다. 그뿐입니다."

비르길리아는 고개를 끄덕인다. 부인의 말대로, 그는 부인이 남편, 즉 코헨체른 백작을 살해했다는 사실을 안다. 그러면서도 비르길리아는 다시 말을 잇는다.

"알고 있습니다. 하지만 재판에 출석했을 때, 모두가 붉은 법의를 입고 선고를 내리는 근엄한 법관을 쳐다볼 때, 부인의 표정을 저는 보았습니다. 죄인에게 어떤 벌을 내릴지 결정하는 재판에 사형 집행인이 출석했다. 재판 따위는 처음부터 할 필요도 없었다는 뜻이죠. 죄인을 농락하는 셈이 아니겠습니까."

어차피 사형으로 결정된 재판에 매번 번거롭게 사형 집행인을 불러내는 데에 대한 불만을 담아, 그는 나름으로 열변을 토한다. 그 끝에, 그는 몇 마디를 덧붙인다.

"그때, 부인과 제 시선이 마주쳤죠. 부인께서는 저를 굉장히 원망하는 표정으로 바라보셨습니다. 고귀하신 부인께서는 망나니에 불과한 저를 향해 원망을 품을 만할 분은 아니라고 믿습니다. 살인죄에 내려지기에 마땅한 벌에 대한 원망이라고도 생각하지 않습니다. 그것이 무엇을 향한 원망이었는지 그 누구에게도 말씀하지 않으셨다면, 먼 길을 떠나시기 전, 이 비천한 망나니에게라도 들려주실 수 있겠습니까."

비르길리아가 내뱉은 혼신의 언변에 흔들린 것인지는 모르겠으나, 부인은 고개를 숙이고는 잠시 그대로 아무런 말도 하지 않는다. 비르길리아는 그런 부인을 그대로 지켜본다.

"그대에게도 부군이 있는지요."

부인은 고개를 숙인 채로 비르길리아에게 묻는다. 비르

길리아는 빠르게 그의 질문에 답한다.

"어떤 남자가 여자 망나니와 결혼을 하려 하겠습니까."

"그렇다면 내가 겪은 일을, 그리고 나의 심경을 전부 알아주지는 못할지도 모르겠습니다."

"괜찮습니다. 말씀해 주시기만 한다면."

비르길리아가 그렇게 말하자, 부인은 다시 고개를 들어 그를 똑바로 쳐다본다.

"코헨체른 백작은, 나의 남편은, 악마였습니다."

'악마'라는 단어에 비르길리아는 조금 놀란다. 그는 부인이 주먹을 꽉 쥐는 것을 보며, 부인의 이야기를 조용히 듣는다.

"그는 많은 사람에게 칭송받는 선한 남자였습니다. 국왕 폐하의 충직한 신하였고, 여러 가문의 듬직한 후견인이었으며, 사교계의 예의 바른 미남이었습니다. 그야말로 적이라 할 자가 없는, 완벽한 인간이었습니다. 그래요, 앞면에서는 말이죠."

"무언가 다른 뒷면이 있다는 말이군요."

"나와 두 딸에게 그는 재앙이었습니다. 집에 있을 적에 그의 손에는 항상 회초리가 들려 있었습니다. 그는 우리를 마소처럼 부리려 했습니다. 아니, 우리를 부리는 것이 목적이 아니었습니다. 그는 그저 우리가 괴로워하는 것을 즐겼을 뿐입니다. 이 나의 혀로 나와 딸들이 그에게 당한 모든 수모를 어찌 읊을 수 있을까요! 그가 탄 마차의 말발굽 소리가 들려올 때마다 가련한 딸들은 공포에 떨며 벽장에 숨어야 했고, 나는 내 이마의 벌어진 흉터를 감추기도 전에 매질에 부은 큰딸의 다리에 붕대를 감아 주어야 했습니다."

비르길리아는 부인의 표정에서 증오 비슷한 것을 느낀다. 그러나 그는 그것이 정말 증오가 맞는지 알지 못한다. 다만 부인을 똑바로 바라보며, 부인이 하는 모든 말을 듣는 단 한 사람이 되어 줄 따름이다.

"그날 그는 작은딸의 목에 부엌칼을 들이대었습니다. 마침 부들부들 떨며 그것을 지켜보던 제 바로 옆에도, 그가 내게 던진 부엌칼이 벽에 박혀 있었습니다. 저는 그것을 뽑아 그에게 달려들었습니다."

"그렇게 된 일이군요."

"그래요. 이것이 전부입니다. 들을 수 있어서 만족하셨는지요."

비르길리아는 고개를 끄덕이지도, 가로젓지도 않고 그대로 눈을 감는다. 지금 이 순간, 비르길리아는 부인의 증언을 들은 유일한 인물일 것이다. 그는 부인에게 조심스레 묻는다.

"그렇다면 이 사실을 왜 재판정에서 말하지 않으셨습니까? 충분히 참작될 여지가 있다고 봅니다만."

"그렇게 말할 줄로 알았습니다."

부인은 한숨을 내쉬고 비르길리아를 향해 체념 섞인 말을 던진다.

"재판정에 누가 있었는지 기억하시는지요."

"거야, 부인과 재판관들, 참관인 여럿에, 사제 몇 명하고, 증인, 그러니까 백작의 동생 되는 분 아닌지."

"그렇죠. 죄인인 나를 빼면 모두 아내를 둔 남자들입니다. 그들은 모두 못난 부인을 정당한 이유로 때리는 남편이지, 남편의 짜증을 해소하기 위해 얻어맞는 아내가 아닙니다."

"그래도, 말은 해 볼 수 있는 게 아닙니까. 외람되지만, 어차피 사형이 결정된 마당에 변론 정도는 해 볼 수 있는 것이 아닌지."

"증인으로 그의 남동생이 출석했죠. 아까 말했듯, 그는 완벽한 남자였습니다. 그의 동생에게도 좋은 형이었죠. 그 자리에 출석한 그대도 들었겠지만, 당연하게도, 동생은 그에게 유리한 증언을 했습니다. 살인을 목격하지조차 않은 자가 말이죠. 그런 자가 증인이라는 이름으로 출석했다는 점만 보아도, 내가 그 자리에서 어떠한 고백을 할 가치조차 없었다는 말입니다."

비르길리아는 할 말을 잃는다. 눈앞의 부인은 굉장히 복잡한 표정을 지은 채로 비르길리아에게서 눈을 돌려 허공을 바라본다. 이러한 이야기를 부인에게 시켜서, 그가 얻은 것이 도대체 무엇이란 말인가. 비르길리아는 문득 부인에게 굉장히 미안한 마음이 든다.

"죄송합니다, 부인. 마음을 어지럽힌 무례, 깊이 사죄드립니다."

비르길리아는 부인에게 고개를 숙여 사죄의 의사를 밝힌다. 그러자 부인은 다시 그를 바라보며 쓴웃음을 짓는다.

"아니, 괜찮아요. 아무것도 변하지 않았으니까요. 그대는 아무것도 망치지 않았어요. 그래요, 모든 것이 그대로죠. 내가 그를 죽였다는 사실도, 그리고 그대에게 죽을 것이라는 사실도."

비르길리아는 자신이 괜한 호기심을 품었다고 여긴다. 지금은 이미 병으로 죽은 그의 스승이자 아버지의 가르침을 떠올린다. 죄인과 가까워져서는 안 된다. 죄인에게 동정심을 품어서는 안 된다. 그들은 사정이 어찌되었든 신성하고 정당한 국법에 의해 마땅히 심판받아야 할 자들이며, 그 일을 묵묵히 해내는 것이 너의 일이다. 사람을 죽이는 일에 죄책감을 갖지 말라.

그래, 방금 이야기는 못 들은 것으로 하자. 내가 무시하기만 하면, 아무것도 변하지 않아. 어쨌든, 그는 살인자야. 자신의 부군을 살해한, 변호할 수 없는 살인자. 나는 내가 할 일을 할 뿐이야.

"그러고 보니, 제가 이른 아침에 이곳에 올라온 것은 괜한 폐를 끼치기 위한 것이 아니었는데 말이죠. 부인께서 원하시는 식사를 여쭈러 왔습니다. 부인께 마지막으로 제공될 식사를 말입니다."

"그렇군요. 그대의 그 말이 마지막이 다가왔다는 것을 실감하게 해 주는군요. 그렇다면 길게 고민하지 않고 원하는 바를 말하겠습니다. 바짝 익힌 양고기 스테이크와 포도주를 가져다주시겠습니까."

"이곳에서 제공할 수 있는 것이라면 가져다 드리도록 하겠습니다. 요리사에게 다녀올 테니, 잠시 기다려 주시기를."

비르길리아는 고개를 꾸벅 숙이고는 방을 나선다. 아까 풀었던 묵직한 자물쇠를 다시 채우며 그는 한숨을 내쉰다. *아니, 이상한 생각은 하지 않겠어.* 그는 직무 수행에 아무런 도움이 되지 않는 잡념을 떨치며 나선 계단을 걸어 내려간다.

백작부인에게는 참 다행스럽게도, 비르길리아의 물음에 감옥탑 전속 요리사는 곧 양고기를 공수해 올 수 있다 답한다. 요리를 기다리며, 비르길리아는 주방 한구석에 앉아 있기로 한다. 등에 멘 칼을 풀어 헤쳐 벽에 기대어 놓고, 의자에 앉아 깜빡 졸려는 때에, 옆에서 누군가가 그를 부른다.

"집행인."

비르길리아는 감은 눈을 번쩍 뜨고 옆을 돌아본다. 두꺼운 경전을 손에 든 사제가 그를 내려다본다. 비르길리아는 자신이 죄인의 목을 벨 적에, 언제나 곁에 선 사제가 무슨 경구를 외던 것을 기억한다. 그렇게 하는 것이 죄인의 영혼이 구제받고 하느님께 가까이 다가가는 데에 도움이 되는 일일까. 어찌 되었든, 비르길리아는 망나니인 자신에게 말을 걸어 주는 이 사제가 그러한 역할을 맡은 자일 것으로 짐작한다.

"사제님, 무슨 일로."

"아니, 별일은 아니오. 오늘 처형될 자의 마지막 고해성사를 보러 가려던 참인데, 자네가 이곳에 있는 것을 보니 죄인은 최후의 식사를 기다리는 모양이군. 성사는 식사가 끝난 뒤에 행해도 괜찮겠지."

"요리는 시간이 조금 걸릴 겁니다. 식사도 마찬가지죠. 그래도 기다리실 건가요."

"기다림도 하나의 미덕이네."

사제는 그렇게 말하고는 비르길리아의 옆자리에 털썩 앉는다. 기다리는 것을 좋아할 리는 없을 테니 수양이라도 하나 보다, 하고 바르길리아는 생각한다. 둘은 그저 의자에 앉아 아무것도 하지 않고 주방을 둘러보거나 딴생각을 할 뿐이다. 사제가 의자에 앉은 뒤로 둘은 서로 이야기를 나누는 일이 없다. 아주 딴 공간에 앉아 서로가 보이지 않는 듯 행동하는 모습에는 어색함마저도 느껴지지 않는다. 사형 집행에 참관하는 망나니와 성직자란 그런 관계인 것이겠지.

시간이 한참 지나고 나서야 누군가가 들어와 고기를 가져온다. 귀한 신분의 죄인이 갇히는 곳이라고는 해도, 신선한 양고기를 금방 구해 오는 것은 힘들 터이니, 이해할 만도 하다. 요리사가 붉은 고기를 바짝 익혀 내는 데에는 그리 오랜 시간이 걸리지 않았다.

"그리고, 포도주 한 병요. 아무거나 주세요. 사제님, 포도주랑 잔 좀 들어 주실 수 있나요?"

"알겠네."

몇 시간 만에 처음으로 둘이 나눈 대화는 건조하고 빠르게 이루어진다. 비르길리아는 등에 다시 도구를 메고 따끈한 김이 올라오는 스테이크와 식기가 놓인 쟁반을 들고는, 음식이 식을세라 잰걸음으로 탑의 계단을 걸어 올라간다. 사제는 말없이 그 뒤를 따른다.

자물쇠를 다시 열고 최상층에 들어서자, 작은 탁자 앞에 앉은 백작부인의 모습이 보인다. 비르길리아는 소박한 탁자 위에 정중하게 쟁반을 올려 두고, 사제에게서 술잔을 받아 포도주를 따른다.

"고마워요. 요새 며칠 동안 언제나 그대가 식사를 가져다주었죠. 이번이 마지막이라는 것이 조금 아쉽기도 하네요."

"저는 부인의 일생을 스쳐 지나간 수많은 비천한 자들

중 하나에 불과합니다. 너무 마음에 두지 마시고, 편안한 식사를 즐기시지요."

비르길리아와 사제는 뒤로 물러서 부인의 식사를 지켜본다. 뒷모습만이 보이는 탓에 식기를 다루는 모양은 볼 수 없지만, 비르길리아는 부인이 틀림없이 절도 있고 고결한 식사 예절을 지키고 있을 줄로 여긴다.

"집행인."

부인은 식사를 조금 하다 말고, 비르길리아를 부른다. 집행인, 그것이 부인이 언제나 그를 부르는 호칭이었다. 그 말을 입에 담을 때마다 부인이 어떤 생각을 할지를 비르길리아는 신경 쓰게 된다. 아니, 아버지의 가르침을 떠올리자. 죄인의 속내를 읽으려고 하지 말라. 나와 죄인은 그저 스쳐 지나갈 뿐인 작은 인연에 지나지 않으니. 비르길리아는 고개를 살짝 가로저으며 부인에게 다가간다.

"앉으시지요."

비르길리아는 조금 망설이다가, 부인의 맞은편 의자에 앉는다. 부인의 등 너머로 홀로 남은 사제의 쓸쓸한 미소가 보인다. 부인은 비르길리아에게 다정한 말투로 말을 건넨다.

"내가 어찌하여 양고기 스테이크와 포도주를 구했는지 궁금하지 않은가요."

"말씀해 주신다면, 감사히 듣겠습니다."

부인은 포도주를 한 모금 마시고 비르길리아에게 이야기한다.

"결혼하기 전, 친정에서 마지막으로 먹었던 요리이기 때문입니다. 귀족 가문의 요리치고는 소박하죠. 그것이 지옥으로 향하기 전, 저의 마지막 추억인 것입니다."

'그런 이야기를 왜 저에게.'라고 당장에라도 묻고 싶은 비르길리아는 끓어오르는 질문을 억지로 참아 낸다. 그의 의중을 아는지 모르는지, 부인은 잔을 들어 다시 포도주에 입을 대고 나서는, 잔을 내려놓고 비르길리아의 눈을 바라보며 묻는다.

"방금 전에는 그대의 청에 따라 나의 이야기를 했으니, 이번에는 내가 그대에게 그대의 이야기를 구하고 싶습니다. 그대는 어찌하여 사형 집행인이 된 것인가요."

망나니와 죄인은 스쳐 지나갈 뿐. 망나니는 그것을 배우지만, 죄인은 배우지 않기에, 간혹 망나니의 사연을 묻는 죄인도 있다. 비르길리아는 그럴 적에는 죄인과 어느 정도는 어울려 주게 마련이다. 죽음을 앞둔 그들에게는 식사 정도를 빼면 사람과의 대화가 유일한 낙인 것이다. 그 낙을 제공하는 것은 동정심 탓이 아니라고 그는 생각한다.

"망나니란 일은 가업이게 마련이죠. 아버지의 일을 이어받았을 뿐입니다."

"집안에 남자가 없었나 보군요."

“오라버니가 있었습니다만, 어린 나이에 병으로 죽었기에, 후사(後嗣)는 저뿐이었습니다.”

정말이지 어린 시절의 기억이다. 비르길리아의 오라버니라는 사람은 정말이지 어린 나이에 죽었고, 그렇기에 얽힌 추억도 아쉬움도 없다. 다만 그 죽음으로 인해 망나니의 딸이 될 운명이 망나니가 될 운명으로 변했으니, 오라버니가 많은 것을 주고 떠나갔다는 사실만은 그 또한 자각한다.

“흉보는 소리를 많이 듣겠군요. 여자가 사형 집행인이 되는 일은 들어 본 일이 없으니.”

나이프로 능숙하게 고기를 썰며 부인은 비르길리아에게 자꾸 말을 건다.

“고결하신 부인께는 어울리지 않는 이야기지만, 많은 일이 있었죠.”

비르길리아는 남자 망나니들에게 당한 여러 수모를 떠올린다. 떠올리고 싶지 않은 일이다. 여자가 해서는 안 될 일. 그들은 그들의 일에 대해 그렇게 생각하고 있었다. 그럴 때마다, 비르길리아는 자신에게 일을 가르친 아버지의 뜻을 생각하고는 했다. 어째서 그를 가르친 것인지, 결국 아버지가 죽을 때까지 답을 듣지 못한 것이 그는 마음에 걸린다.

다시 그는 자신을 처형할 자가 여자라는 사실에 분개하

던 죄인을 떠올린다. 여자의 손에 죽는 것이 그렇게도 분했을까. 여자라서 자신을 제대로 죽이지 못할 줄로 알았던 것일까. 그렇거나 말거나, 비르길리아의 큰 칼은 죄인의 목을 단번에 절단했고, 마지막 순간까지 그를 불신하던 죄인의 머리는 어김없이 그의 손에 들려 흐리멍덩한 눈길로 그를 바라보았다.

"검을 쓸 때 힘이 모자라지는 않나요?"

이 부인도 나를 믿지 못하는 걸까. 아니, 그렇게 보이지는 않는다. 그저 순수한 호기심으로 묻는 것이다. 비르길리아는 그렇게 받아들이고 거기에 성실히 답한다.

"힘보다는 기술이니까요. 마음만 먹으면 짧은 칼로도 단번에 목을 절단할 수 있습니다."

"대단하군요."

부인은 그렇게 답하고는 다시 식사를 시작하고, 비르길리아는 앉은 채로 그것을 지켜본다. 정적. 이제 두 사람 사이에 더 이상의 대화는 필요가 없어진 것이다. 비르길리아가 몇 번이고 되새긴 대로, 두 사람의 관계는 둘의 삶에서 아주 잠깐 스쳐 지나가는 짧은 인연에 지나지 않는다.

식사는 곧 끝나고, 그것을 확인한 사제가 다가온다. 비르길리아는 사제에게 자리를 비켜 주고, 성사에 불경한 일이 되지 않도록 식기를 저편에 적당히 치워 둔다. 자리에 앉은 사제는 부인에게 성사의 시작을 알린다.

“마지막 성사의 시간입니다, 부인. 자신의 죄를 뉘우치십시오. 그렇게 한다면, 자비로운 주님께서는 틀림없이 부인의 영혼을 천상으로 인도할 것입니다.”

본래 고해성사란 사제와 신도 단둘이 하는 행위인 줄로 비르길리아는 알고 있기에, 멀찍이 구석으로 향해 그들의 속삭이는 목소리가 자신에게 들리지 않게끔 한다. 백작부인은 자신의 죄를 회개할까. 회개? 무엇을? 비르길리아는 혼란스럽다. 회개란 도대체 무엇이기에, 그를 이토록 어지럽게 만드는 것일까. 부인이 겪은 일을 들어 버렸기 때문일까?

아니, 그는 죄인이야. 죄인, 죄인. 살인자. 그러니까, 천상에 그의 영혼이 닿으려면, 회개하는 수밖에 없어. 회개해야 할 사람은. 아니, 무슨 생각을 하는 거야. 비르길리아는 머리를 마구 흔들며, 밀려드는 생각을 최선을 다해 떨쳐 낸다. 경력 십여 년의 숙련된 망나니의 모습치고는 볼품없는 꼴이라고, 그는 생각한다.

“그러면 성사는 여기서 끝입니다. 으음, 때가 되었겠군요. 형장으로 향하는 마차가 기다리고 있을 것입니다. 갑시다, 부인.”

멀찍이서 사제의 목소리가 들려온다. 일부러 비르길리아에게도 들리도록 한 것인지, 꽤나 큰 목소리이다. 부인과 사제는 자리에서 일어나고, 비르길리아도 둘에게 다가가 나설 채비를 한다. 비르길리아는 문득 궁금해지는 것이 있어, 무심코 부인에게 묻는다.

"그러고 보니, 재판에서 공개 처형을 요구하셨죠. 지금 이 자리에서 조용히 끝을 맺을 수도 있었는데, 어째서죠?"

"그 이유가 궁금하신가요, 집행인?"

비르길리아는 또 괜한 것을 물어보았나 싶어 마음이 편치 않기는 하나, 이미 말을 꺼낸 것은 어쩔 수 없다는 생각에 고개를 끄덕인다. 그 말에 부인은 단호하게 그를 바라보며 이야기한다.

"나는 마땅히 죽여야 할 사람을 죽였으며, 나의 행위에 조금도 부끄러움이 없기 때문입니다."

그 짧은 대답에, 비르길리아는 그대로 몸이 굳어 어떤 대답도 하지 못한다. 이 사람은 회개하지 않을 것이다. 그 사실을 확실하게 깨달은 그는, 멍하니 부인을 쳐다보기만 한다. *이 사람에게 회개는 필요한가? 아니, 그만. 더는 생각하지 말자. 그의 영혼이 천국으로 가든 지옥으로 가든, 그 향방은 나와는 관계없는 일이야.*

세 사람은 방을 나서 감옥탑 바깥으로 향한다. 과연 정해진 자리에 마차가 대기하고 있다. 마차 안에 준비된 밧줄을 비르길리아는 꺼내 들고 부인에게 향한다.

"실례인 줄로 압니다만, 이제부터는 묶여서 가 주셔야 합니다."

부인은 잠자코 팔을 등 뒤로 돌리고, 비르길리아는 밧줄이 풀리지 않도록 꼼꼼히 묶인 것을 확인하고는 부인을 마차에 태운 뒤 자신도 올라탄다. 사제는 벌써 마차에 타서 그들을 지켜보던 터이다.

"출발합시다!"

비르길리아가 마부에게 신호를 보내자, 마차가 덜컹거리며 움직이기 시작한다. 흔들리는 마차 안에서 비르길리아는 부인의 대답을 생각한다. 죄인에게는 온갖 사정이 있게 마련이고, 사연 있는 죄인을 그는 많이 보아 왔다. 아버지는 냉엄하게도, 그들에게 어떠한 감정도 품지 말라고 강조했다. 그러나 비르길리아는 십 년이 넘게 죄인의 목을 베어 왔음에도 아버지처럼 냉혹해질 수 없는 것이다. 옆자리에 팔이 묶인 채 앉은 부인의 모습을 힐끔힐끔 쳐다보며, 그는 끝내는 부인에게 회개란 필요한 것인지 자문하는 것을 그만두지 못한다.

"집행인."

부인의 부름에, 그는 잡념에서 깨어나 옆을 바라본다. 부인이 미소를 지으며 그에게 말을 건넨다.

"그대에게 부탁이 있습니다."

"말씀하시지요."

"나의 목을 단번에 베어 줄 수 있겠습니까."

비르길리아는 잠시 부인을 쳐다보다, 천천히 고개를 끄덕인다. 승낙? 내가 승낙한 것인가? 그가 그것을 떠올릴

새도 없이, 부인은 미소를 지은 채로 그에게서 고개를 돌려 바깥을 바라본다. 비르길리아의 생각은 문득 부인의 가족에게 미친다. 관례적으로, 죄인의 가족은 죄인을 덜 고통스럽게 죽여 달라는 의미로 망나니에게 십 휠던가량의 돈을 쥐여 주고는 한다. 코헨체른 백작부인을 위해 돈을 내어 주는 이는 없었다. 백작의 남동생이 형을 살해한 백작부인을 위해 돈을 지불할 리는 없다. 부인의 두 딸은 너무 어려 관례라는 것이 있는지도 모를 터이다.

외로웠겠지. 괴로웠겠지. 하지만 동정해서는 안 돼. 그것이 내가 취해야 할 마땅한 자세니까. 동정하는 것은 내게 주어진 역할이 아니야. 비르길리아는 그렇게 다짐하며, 더 이상 부인의 얼굴을 떠올리는 것을 그만두고는 바깥을 바라보며 흔들리는 마차에 몸을 맡긴다.

광장에는 꽤 많은 수의 군중이 모여 있다. 행색을 보아하니 귀족이 제법 많은 듯하지만, 평민 또한 만만찮게 운집해 있다. 마차에서 내린 세 사람은 군관 한 명과 함께 광장 중앙으로 걸어간다. 웅성거리는 소리 속에 야유가 간간이 섞여 들려온다. 비르길리아에게는 지극히도 익숙한 풍경이다.

그들이 광장 중앙에 가설된 높다란 나무 단상에 올라서자, 군관 한 명이 두루마리를 펼쳐 들고는 죄인의 이름과 심판받아 마땅한 흉악한 죄목을 낱낱이 밝힌다. 대부분의 구경꾼은 죄인이 왜 처형당하는지 알기는 하지만, 이 과정을 거치는 것이 통례이기에 그렇게 하는 것이다.

"망나니, 이리로 와 보시오."

그때, 뒤편에서 비르길리아를 부르는 묵직한 소리가 들린다. 그가 뒤를 돌아보자, 참관석에 앉은 남자가 손짓을 하는 것이 보인다. 그는 그 남자의 모습을 기억한다. 재판정에 증인으로 출석했던 백작의 남동생 되는 자이다. 비르길리아는 그에게 다가선다. 남자는 비르길리아에게 휠던 금화 여럿이 든 주머니를 냅다 쥐여 주며 버럭 성을 낸다.

"저 여자는 악마요, 악마! 어찌 마녀재판에 회부하지 않는지, 원. 여하튼, 저 악마 같은 여자를 최대한 고통스럽게 죽이시오. 사제에게 들었소. 아직도 제 죄를 뉘우치지 않는다며? 간악한 년 같으니! 고통에 울부짖으며 죽기 직전 비로소 회개하는 모습을 내게 똑똑히 보여 주시오!"

'입이 싼 사제로군.' 하고 비르길리아는 생각한다. 한편으로, 아무리 시끄러운 광장이라고는 하나 너무 시끄럽게 외쳐 대는 남자의 목소리가 거슬려 그는 고개를 아주 약간 뒤로 젖히고는 말한다.

"국법에 의해, 칼질 세 번 안으로 죄인의 목을 베지 못한 망나니는 해고됩니다. 아무리 그렇게 요구하셔도, 한계가 있습니다. 그리고."

'그리고'라는 말로 운을 뗀 비르길리아는, 그 이상 말을 잇지 못한다. 그리고, 무엇? 단칼에 죽여 달라는 말을 했다고? 그 말을 그는 차마 꺼낼 수 없다. 꺼낼 수 있을 리가 없다. 말을 하다 멈춘 비르길리아를, 남자는 빤히 쳐다보며 외친다.

"그러면 세 번, 세 번으로 죽이시오! 세 번에 걸쳐 확실한 고통을 맛보여 주란 말이오. 저 여자의 비명이 내 귀에 똑똑히 들어오도록! 내 귀에 저 여자의 비명이 들리지 않는다면, 그대를 해고하도록 조합에 요구할 테니."

비르길리아는 아무런 대답도 하지 않는다. 그저 떨떠름한 표정으로 남자의 시선을 피할 뿐이다. 한 번, 또는 세 번. 할 수만 있다면 단칼에 목을 베는 것이 모두에게 편한 일이기는 하지만, 돈을 받은 이상 그렇게 할 이유는 없다. *단번에 베어 달라고? 나는 그런 약속 한 적 없어. 하지만, 하지만.*

때마침 두루마리를 전부 읽은 군관이 집행인을 불러내어 그의 고민을 끊어 버린다. 비르길리아는 불편한 남자에게서 잽싸게 고개를 돌려 부인을 바라본다.

"앉으시지요."

그 말에 부인은 조용히 무릎을 꿇고 앉는다. 군중의 웅성거리는 소리가 더욱 커진다. 비르길리아는 등에 멘 커다란 참수검을 빼 든다. 검신에는 그의 아버지가 대장장이에게 맡겨 새긴 말이 적혔다. "공포로 심판을 대리하고, 자비로 신성을 대리한다." 죄인에게 죽음의 공포를 흩뿌리는 한편 안락의 자비를 베풀어야 한다는 말이거늘, 비르길리아는 자신이 그 말을 제대로 이행한다고 도무지 자신하지 못한다.

"저걸 봐, 망나니가 여자야!"

"정말인가? 말도 안 돼!"

형장에 나설 때마다 몇 번이고 듣던 말. 거기에 귀가 닿자, 끓어오르려 하던 잡념이 선을 넘어 마구 치솟는다. 그러지 않기로 했잖아. 비르길리아는 자신을 애써 타이르고는 군중의 야유를 흘려 넘기며, 괴로운 눈길로 부인을 빤히 쳐다본다. 부인은 비르길리아를 한번 올려다보고, 고개를 숙인다. 비르길리아는 검을 치켜든다.

이내 잘린 목에서 피가 흘러내리고, 비천한 구경꾼 여럿이 고결한 몸에서 떨어지는 선혈을 받으러 몰려든다. 비르길리아는 피 묻은 검을 내려놓고 붉은 웅덩이에 구르는 머리를 집어 들어 번쩍 들어 올려 보인다. 군중의 경악하는 시선이 한데에 모인다. 그 탓에 선혈이 낭자한 바닥에 휠던 금화 여럿이 내동댕이쳐진 것을 본 자는 없었다.

비르길리아는 이렇게 배웠다. 사형 집행인은 지켜보는 이들에게 공포와 경각을 심어 주는 한편, 신성하고 정당한 심판의 대리인이 되어야 한다고. 잘 해낸 것일까? 이것으로 이 자리에 모인 자들은 심판의 권능을 더 두려워하게 되었을까? 이것으로 나는 신성하고 정당한 심판을 행한 것일까? 모르겠다. 조금도 모르겠다.

그가 죄인의 목을 벨 때마다 품어 왔던 깊은 의문은, 이번에도 어김없이 풀리지 않고 그를 더욱 깊이 파고든다. 그는 다시 다짐한다. *사람을 죽이는 데에 죄책감 같은 것은 가지지 않겠어.* 그 다짐과, 피에 젖어 나뒹구는 휠던 금화는 모순되는 것일까.

애귀 哀鬼

김이삭

문화예술을 사랑하는 평범한 시민이자 번역가, 그리고 소설가. 사료를 탐독하며 소설과 희곡을 사랑한다. 황금가지 제1회 어반 판타지 문학 공모전에서 「라오상하이의 식인자들」로 우수상을 수상하며 본격적으로 글을 쓰기 시작했다. 지워진 목소리를 복원하는 서사를 고민하며, 역사와 여성 그리고 괴력난신에 관심이 많다. 홍콩 영화와 대륙 드라마, 대만 가수를 '덕질'하다 덕업일치를 위해 대학에 진학했다. 서강대에서 중국문화와 신문방송을 전공했고 동대학원에서는 중국 희곡을 전공했다.

일러두기

중국 호북성 운몽현 수호지에서 발굴된 진나라 묘에서 죽간이 발견되었다. 그중 「일서(日書)·힐구(詰咎)」편에는 '애귀(哀鬼)'라는 귀신에 관한 기록이 있었다. '애귀'는 갈 곳 없는 귀신이었다. 귀신들 사이에서 설 곳을 잃은 '애귀'는 늘 사람과 함께했다. '애귀'와 함께하는 사람은 얼굴이 창백하고 식욕을 잃었으며 깨끗한 것을 좋아했다.

업무가 중지되었다. 사람들의 시선이 모두 모니터로 향했다. 과장은 스피커를 켜 놓고 볼륨을 높인 채 실시간으로 중계되는 영상을 봤다. 너는 멍하니 모니터를 쳐다보며 생각에 잠겼다. 대통령이 군사분계선을 향해 도보로 이동했다는 자막이 떴다. 화면 속 사람들이 성큼성큼 걸음을 내딛었다. 콘크리트가 평평하게 발린 도로를 보며 너는 자갈이 가득한 강바닥을 떠올렸을 것이다. 그것이 네가 기억하는 국경의 모습이기에. 너에게 국경은 한겨울에 흐르는 강물이었다. 허리까지 올라오는 수심, 이삼 미터 남짓한 폭. 깜깜한 밤에만 건널 수 있는, 얼음처럼 차가운 국경. 사무실 동료들이 소리를 질렀다. 대통령과 국무위원장이 악수를 했다. 남북이 다시 만났다는 자막이 떴다. 너는 흥분을 감추지 못하는 사람들의 환호 소리를 들으며 인터넷 창을

꼈다. 다시 업무를 시작했다.

점심시간. 회사 근처에 있는 평양 음식점 앞이 기다리는 사람들로 문전성시를 이루었다. 점심시간은 한 시간. 시간이 별로 없었다. 어쩔 수 없이 근처 고깃집에 들어갔다. 동료들이 자리에 앉아 냉면을 주문했다. 모두들 아쉬움을 표했다. 오늘 같은 날은 평양냉면을 먹어야 한다고 했다. 너는 냉면이 아닌 김치말이국수를 시켰다. 너도 평양냉면을 먹어 본 적이 있었다. 평양이 아닌 서울 마포에서. 금수산 을밀봉 아래에 있는 누각 이름을 딴 곳이었다. 살얼음이 동동 떠 있는 시원한 육수. 반투명한 메밀면. 새콤한 초절임무와 아삭한 오이. 달콤한 배. 얇게 저민 육편. 그리고 삶은 달걀 반쪽. 젓가락으로 달걀을 꺼내 초절임무 접시에 올려놓았다. 너는 삶은 달걀을 먹지 않았다. 면발을 입에 넣어 보았다. 심심한 맛이었다. 너는 평양에 가 본 적이 없었고, 사실 그곳의 맛이 어떠한지 알지 못했다. 북한에서 먹던 맛 그대로냐는 그의 질문에 너는 답을 할 수가 없었다. 식사를 마친 뒤 회사로 돌아와 자리에 앉았다. 아직 점심시간이 끝나지 않았지만, 다시 업무를 시작했다.

문자가 왔다. 딸아이가 보낸 문자였다. '엄마 나 공부방 왔어.' 네 딸 연주는 초등학교 1학년이었다. 세월이 흐르듯 그냥 자라나는 아이는 없었다. 시간은 되돌릴 수도 막을 수도 없는, 인력(人力)의 영향을 받지 않는 자율적인 것이었다. 하지만 아이의 시간은 인공(人工)이었다. 양육자가 매일 매시간을 빚어야 했다. 출산휴가 90일. 육아휴직 일 년. 부모가 양육자가 될 수 있도록 법이 정해 준 시간이었지만 세상엔 위법자가 넘쳐났다. 네가 일 년 넘게 연주의 시간을 빚어낼 수 있었던 건 순전히 운이 좋았기 때문이었다. 일 년 삼 개월 뒤, 너는 직장에 복귀해 양육자에서 가장이 되었다. 연주의 주 양육자는 어린이집 선생님이었다. 어린이집 선생님과 너의 크고 작은 시간을 먹으며, 연주가 자라났다. 연주는 그렇게 초등학생이 되었다. 물론, 이게 끝은 아니었다. 초등학생은 영아만큼이나 양육자의 손길을 필요로 했다. 하교 시간은 1시였고, 퇴근 시간은 6시 반이었다. 너를 기다려 주던 어린이집과 달리 초등학교는 너를 기다려 주지 않았다. 가끔씩, 다른 우편물과 함께 무심하게 우편함에 꽂혀 있던 성범죄자 알림 고지서가 생각났다. 그 고지서가 너의 마음을 뒤흔들었다. 연주의 시간을 만들어 가는 사람들이 혹시라도. 혹시라도 저런 사람이면 어쩌지. 두려움이 엄습했다. 그 두려움이 매일 밤 너의 잠을 앗아갔다. 너는 그것이 막연한 불안감이 아니라는 것을 알고 있었다. 그것은 언제든지 현실이 될 수 있는 하나의 가능성이었다. 너의 악몽이 현실이었던 것처럼.

"연주 엄마. 저기 길 건너에 지하철 공부방을 신청해 봐. 원래는 학교 안에 있었다던데, 몇 년 전에 옮겼어."

같은 아파트에 사는 주희 엄마가 집 근처 공부방을 추천했다. 지금은 마을 결합형 돌봄 센터로 바뀐 '지하철 공부방'. 지하철 직원들이 아이들을 위해 십시일반 돈을 모아 운영했다고 한다.

"학교 숙제 도와주고 저녁밥도 줘. 토요일에는 애들 데리고 야외 활동도 간대. 공부를 많이 시켜서 그렇지 정말 괜찮아. 이 동네에서 공부 안 하는 애들은 없잖아. 그 정도는 해야지."

하늘에서 내려온 동아줄 같았다. 너는 다급하게 줄을 붙잡았다. 연주의 시간이 그곳에서 흘러갔다. '응. 엄마가 저녁에 데리러 갈게.' 답장을 보낸 뒤, 너는 다시 일을 했다. 사무실 벽에 걸려 있는 커다란 시계의 뾰족한 시침이 바닥을 향해 기울었다. 퇴근 시간이었다.

"저 이만 퇴근할게요. 주말 잘 보내세요."

"네. 휴가 잘 보내요."

동료들과 인사한 뒤 너는 서둘러 사무실을 나섰다. 다음 주 월요일은 출근할 필요가 없었다. 휴가를 썼기 때문에. 연주가 전염병에 걸려 어린이집에 보낼 수 없었을 때를 제외하고, 너는 단 한 번도 휴가를 쓴 적이 없었다.

해가 지자 서늘한 바람이 불었다. 너는 옷깃을 단단히 여미며 바람을 막았다. 아마 너는 찬바람을 맞으며 연주 걱정을 했을 것이다. 옷을 너무 얇게 입고 간 건 아닐까.

버스에서 내리자 지하철 차량기지 벽이 보였다. 커다란 철망 위, 옆으로 뉘여 놓은 빨래판 같은 시멘트벽을 지나면 그 위에 네 집이 있었다. 연주가 태어나기 전, 너는 사실 이곳을 좋아했다. 네가 나고 자란 수구포(水口浦)는 기차도 잘 다니지 않는 곳이었다. 너는 지하철을 본 적이 없었다. 하지만 들어 본 적은 있었다. 땅 위가 아닌 어두운 땅속을 활보하며 다니는 기차가 있다고. 지하철은 수도 평양에만 있었다. 그래서 너는 이곳을 좋아했다. 커다란 차량 기지 위에 우뚝 솟은 아파트는 지난 네 삶을 보상해 주는 달콤한 선물 같았다. 이제 너도 네 한 몸 누일 수 있는 나라가 생겼다. 수도 한복판에는 네 집이 있었고, 네 집 아래에는 서울 곳곳을 이어 주는 지하철이 있었다. 그때는 모든 걸 다 가진 것처럼 뿌듯했다. 너는 생일선물을 받은 아이처럼 환히 웃었다. 그것은 선물이었지만 그와 동시에 낙인이었다. 그때는 아무것도 몰랐지만, 선물의 대가가 무엇인지, 이제 너는 안다. 그것은 꼬리표였다. 연주의 몸에 달라붙은 꼬리표. 거긴 임대아파트잖아. 그 학교 다니는 애들이 다 가난한 집 애들이래. 집 주소가, 연주의 학교가 꼬리표가 되어 연주의 뒤를 따라다녔다. 그림자처럼 집요하게.

철망 너머로 어둠이 넘실거렸다. 너는 차량 기지의 모습을 흘깃 보았다가 그대로 고개를 돌려 건너편을 보았다. 사차선 도로 너머로 마트 간판이 보였다. 주말에는 뭘 해서 먹어야 하지. 월요일에는. 월요일에는 뭘 해 줘야 할까. 육교를 건너는 내내 반찬 걱정을 했다. 공부방에 도착할 때까지 너의 머릿속을 가득 메운 것은 찜닭과 삼계탕 그리고 불고기였다. 공부방에 도착한 너를 본 연주가 허리를 굽히며 선생님에게 작별인사를 했다. 작고 앙증맞은 두 손이 배꼽 위에 가지런히 놓였고, 짧은 머리카락이 경쾌하게 아래로 쏟아졌다. 공손한 인사였다. 바닥에 머리가 닿을 정도로 허리를 굽히며 인사를 하는 연주를 보며, 너는 웃음을 터트렸다. 너 또한 고개를 숙여 선생님에게 감사인사를 했다. 연주의 하루가 오늘도 이렇게 무사히 흘러갔다. 밖으로 나서자 연주가 네 오른손을 꽉 잡았다. 너는 왼손을 뻗어 연주의 팔을 살짝 움켜쥐었다. 연주의 옷이 얇은 건 아닌지. 찬 밤바람이 새어 들어가는 건 아닌지. 움켜쥔 손을 푼 뒤 연주의 머리를 쓰다듬으며 네가 말했다.

"오늘 저녁은 뭘 먹었어요?"

"카레!"

"그럼 점심에는?"

"음…… 모르겠어요."

연주가 배시시 웃으며 답을 했다. 연주는 네 질문에 종종 모르겠다고 답을 하곤 하였다. 특히 곤란한 질문을 받았을 때. 네 마음속 죄책감이 다시 고개를 들었다. 자신감이 부족한 아이로 키운 건 아닐까. 남의 손에 맡겨서 그런 건 아닐까. 너는 아스팔트 위에 내려앉은 어둠을 밟으며 네 마음을 꾹꾹 눌러 보았다. 너와 연주의 발걸음이 육교에 닿았다. 평소처럼 연주의 손을 꼬옥 붙잡고 계단을 올랐다. 연주가 발을 헛디뎌 넘어질까. 이 높은 계단에서 굴러 떨어지지는 않을까. 소리 내어 말한 적은 없지만 너는 그런 걱정을 하고 있었다.

* * *

토요일 오전, 연주는 공부방 야외 활동에 갔다. 너는 아침부터 집을 청소했다. 단출한 살림살이여도 짐은 많았다. 크기가 큰 짐을 베란다로 가져가 차곡차곡 쌓아 놓았다. 좁은 베란다에 잡동사니가 가득 들어찼다. 마른걸레로 바닥을 훔치고 미닫이문을 닦았다. 책장에 꽂힌 연주의 책을 크기별로 정리해 다시 꽂았다. 노랑, 파랑, 초록, 빨강. 알록달록하게 늘어선 책을 보자 기분이 좋아졌다. 세탁기가 삐삐거리며 소리를 냈다. 너는 빨래 건조대를 펼친 뒤 세탁기에서 커다란 이불을 꺼내 왔다. 새로 산 이불이었다. 이불을 곱게 펼쳐 건조대 위에 올려놓았다. 푸른 이불이 커튼처럼 늘어져 건조대의 모습을 감췄다. 가을 하늘에 펼쳐진 노란 꽃밭처럼 보였다. 그냥 갈색 이불을 살걸 그랬나. 하지만 달맞이꽃이었다. 너는 고향의 꽃을 지나치지 못했다.

결국 넌 이불 가게에서 달맞이꽃이 만개한 이불을 집어 들었다. 코를 들이대 냄새를 맡아 봤다. 섬유유연제가 제 흔적을 남긴 이불에서는 이국적인 향이 났다. 달맞이꽃의 향이 아니었다. 달맞이꽃은 외래종이었지만 고향의 꽃이었다. 물의 입구라는 이름에 걸맞게 수구포에는 물이 많았다. 물가에는 달맞이꽃이 군락을 이루고 있었고, 달이 떠오르면 지천에서 피어난 달맞이꽃이 은은한 향을 퍼트렸다.

"언니. 이거 중국에서는 뭐라고 하는지 알아? 내가 배워줄게. 위에찌엔차오[月見草]야."

네가 기억하는 동생 은옥이는 생활력이 강했다. 은옥이는 물가를 돌며 꽃대를 꺾었다. 꺾은 꽃대에서 씨방을 모았다. 그렇게 모은 달맞이꽃 씨를 밀가루로 바꿔 왔다. 너는 은옥이 바꿔 온 밀가루로 반죽을 치대면서 물었다.

"그 씨앗은 어디다가 쓴대?"

"약으로. 중국에서 사 간대."

삶에 대한 의지가 강했기에 마냥 앉아 굶주릴 아이가 아니었다. 은옥은 주저하지 않았다. 겨울밤, 은옥이 두만강을 건넜다.

"위에찌엔차오가 무슨 뜻인 줄 알아? 달에 만나는 풀."

아무리 기다려도 은옥은 돌아오지 않았다. 그래서 너도 달밤에 두만강을 건넜다. 은옥을 찾기 위해서. 강가에는 달맞이꽃이 없었다. 엄동설한에 피는 꽃은 없었다. 어슴푸레 대지를 밝히는 스산한 달빛에 온몸이 떨렸다. 추위 때문이 아니었다. 그날 밤, 은옥이가 강을 건넜을 그날 밤. 달이 밝았으면 어쩌나. 바로 총을 쏜다던데. 절대 안 된다는 네 말에 은옥이 너스레를 떨었다. 술이나 먹을 걸 주면 눈 감아 준대. 내가 다 알아봤어. 네가 술이랑 음식이 어디 있니. 아냐, 있어. 언니 걱정 마. 수구포에서 바로 건너는 거 아냐. 회령 가서 건널 거야. 거기는 군부대도 별로 없고 수심이 안 깊어서 괜찮아. 나무숲 지나서 가면 금방 넘어간대. 그때 은옥이 했던 말이 진짜였기를, 너는 바랐다. 달빛도 비치지 않는 음지로 갔다. 누빔 바지를 벗어 보따리에 넣었다. 차가운 강물이 몸에 닿자 헉 소리가 절로 났다. 이가 덜덜대며 떨렸다. 뼛속까지 스며드는 한기에. 누군가에게 발견되지 않을까 하는 두려움에. 강을 건너던 그 짧은 순간이 억겁의 세월처럼 더뎠다. 강기슭에 도착한 뒤 벗었던 바지를 꺼내 다시 입었다. 속곳을 갈아입지 못했기에 한기는 그대로였다. 너는 오들거리며 근처 인가를 찾았다. 조선족 마을이 있었다. 네가 살던 초가집과 같은 가옥에서 살고 네가 쓰던 말과 같은 말을 쓰는 사람들이 사는 곳. 은옥이도 저기에 가서 길을 물었을까. 너는 그곳에 가서 은옥의 소식을 물었다. 아무리 물어봐도, 너는 은옥을 찾을 수가 없었다. 그리고 곧, 네 자신도 찾을 수가 없게 되었다.

네가 은옥의 소식을 들은 것은 한국에 오고 나서였다. 교회에서 만난 아주머니가 은옥을 알았다. 회령이 고향이라는 아주머니는 탈북 후 장춘에서 숨어 지냈고 은옥을 만난 적이 있다고 했다. 한족 노총각에게 팔려간 은옥은 그곳에서 아들을 낳았다고 한다. 다행히 갇혀 지내지는 않았다고 했다. 오랜 수소문 끝에 너는 은옥을 찾아냈다. 수화기 너머로 은옥의 목소리가 들렸다. 음색은 그대로였지만 말투가 달라졌다. 그것은 너도 마찬가지였을 것이다.

"언니. 나는 못 가. 언니. 주왕스[壯實]가…… 내 아들 이름이 주왕스야. 리앙주왕스. 나는 주왕스 두고 못 가. 애 아빠 걱정은 안 해도 돼. 나한테 잘해. 착한 사람이야. 나 꽁안[公安]한테 두 번이나 잡혔었어. 북한으로 보낸다는 거 애 아빠가 돈 줘서 빼 줬어. 그때는 집에 돈도 없었는데. 진짜 힘들 때였는데……. 나 북한으로 보낸다니까 어디서 구한 건지 돈을 구해 와서 몰래 빼 줬어. 고마워서. 고마워서 못 가겠어. 어떻게 두고 가. 이제 좀 사람답게 살 수 있게 되었는데. 주왕스 후커우[戶口]도 샀어. 애는 이제 중국인이야. 학교도 가."

은옥의 말에 너는 전화기를 붙잡고 한참을 울었다. 장사로 돈을 벌어 이제 살 만하다고 했다. "불법월경자[非法越境者]"라는 신분에는 변화가 없었지만, 은옥의 삶이 불행하지 않다는 건 알 수 있었다. 다만 그것이 행복인지는 알 수가 없었다. "그래도 다행이다. 나처럼 되지는 않아서."라는 말이 네 머릿속을 맴돌다 사라졌다. 강웨이 생각이 났다. 잘 살고 있을까. 사람답게 살고 있을까. 차마 떨어지지 않는 입으로 조심스럽게 말을 꺼냈다.

"은옥아…… 언니가 부탁이 하나 있어."

이번에는 은옥이, 네 말을 들은 은옥이 한참 동안 울었다.

"언니. 걱정 마. 내가 애아빠한테 알아봐 달라고 할게. 걱정하지 마. 언니."

몇 달 뒤, 은옥이 강웨이의 소식을 들려줬다.

* * *

그는 너에게 왜 삶은 달걀을 먹지 않느냐고 물었다. 너는 멋쩍게 웃으며 그냥 싫다고 말했다.

"그럼 제가 먹어도 될까요?"

네가 웃으며 고개를 끄덕였다. 그가 젓가락으로 접시 위에 놓인 삶은 달걀 반쪽을 집었다. 너는 따뜻한 육수로 목을 축이며 달걀을 한입에 넣는 그를 보았다. 그가 냉면 그릇을 깨끗하게 비워 냈다. 식당에서 나와 거리를 걸었다. 한여름 날, 오후 7시. 아직 해는 지지 않았다. 바람 한 점 없는 날이라 그런 걸까. 땀이 났다. 너는 유독 더위에 약했다. 아마도 추운 지역에서 태어나고 자랐기 때문일 것이다.

중국 국경을 넘어 베트남으로, 베트남에서 다시 캄보디아로. 도망과 탈출의 여정에서 네가 가장 힘들어한 것은 입맛에 맞지 않는 음식도, 잡힐지도 모른다는 두려움도 아니었다. 그건 숨이 턱턱 막히는 더위였다. 찌는 듯한 더위에 너는 의욕과 식욕을 모두 잃었다. 시원한 바닥에 누워 천장 한가운데 매달린 선풍기를 봤다. 커다란 선풍기 날개가 끊임없이 돌아갔다. 이제 곧 한국에 갈 수 있겠지. 선풍기 날개가 일으키는 뜨거운 바람이 네 몸을 아래로 밀어냈다. 힘없이 축 처진 네 몸이, 네 마음이 아래로, 저 바닥을 향해 점점 더 내려갔다. 새끼 도마뱀 한 마리가 천장 위에서 걷다 네 위에서 멈춰 섰다. 떨어지면 얼굴에 닿을까. 네 시선이 도마뱀의 모습을 훑었다. 작은 발, 작은 꼬리, 작은 얼굴. 도마뱀이 고개를 돌려서는 천장 끝을 향해 달려갔다. 선풍기 날개가 반복적으로 돌아가는 무의미한 모습만이 네 시야에 남았다. 네가 눈물을 흘렸다. 너는 이때부터 여름을 싫어했다. 더위가 오면 마음의 열병을 앓았다.

"덥죠? 우리 시원한 카페로 갈까요?"

그를 따라 카페로 갔다. 그가 데려간 곳은 근처 대학교 안에 있는 카페였다. 시원한 에어컨 바람이 입구에서 너를 반겼다. 땀을 흘렸던 걸까. 이마와 목덜미가 유독 시원했다. 카운터에 가서 벽에 걸린 메뉴판을 보았다. 아메리카노. 더치 아메리카노. 오늘의 커피. 라떼. 카푸치노. 모카

라떼. 바닐라 라떼. 그린티 라떼. 핑크 레모네이드. 생소한 어휘들이 네가 아는 글자로 적혀 있었다. 목소리를 낮춘 네가 조심스럽게 물었다. 저기, 제가 잘 몰라서. 뭐가 맛있어요? 그는 아는 게 많았다. 그가 추천해 준 아이스 바닐라 라떼를 주문했다. 입천장에 닿은 냉기와 혀끝에 감도는 단맛을 느끼며 그와 이야기를 나눴다. 너는 그를 잘 알지 못했고 그도 너를 잘 알지 못했다. 그건 전혀 문제가 되지 않았다. 너는 사랑을 몰랐지만 사랑을 믿었다. 너는 사랑에 빠졌다. 몇 달 뒤, 그는 네가 사는 집으로 이사를 왔다.

그는 경기도에 있는 한 전문대에서 계약직 교직원으로 일을 했다. 일하는 부서는 학생처였고 장학금을 담당한다고 했다. 북한 이탈 주민은 학비가 공짜야. 대학에 가 보는 건 어때? 중국어를 잘하니까 중문과로 가면 되겠다. 대학 생활. 설레는 말이었다.

"나이가 많은데, 괜찮을까?"

"뭐 어때. 서른 넘어서 입학하는 사람들도 많아."

"그럼 생활비는?"

미처 예상치 못한 질문이라는 표정을 지으며 그가 검지로 이마를 긁었다. 그러네. 그게 문제네. 그는 아무런 말도 하지 않았다. 네 머릿속에서 숫자들이 오고 갔다. 세후 월급 130만원. 임대아파트를 월세에서 전세로 돌리기 위해 사 년간 저축한 돈을 거의 다 썼다. 일을 그만두면 통장 잔고로 얼마나 버틸 수 있을까. 지금 사장은 좋은 사람인 것 같은데. 내가 담당하는 중국 거래처랑 일이 잘 되어 가고 있으니까. 이번 계약도 잘 되면 월급을 올려 달라고 해 볼까. 그럼 몇 년 뒤에 나도 대학을 갈 수 있지 않을까. 이런저런 생각을 하다 너는 잠에 들었다.

"언니. 찾았어."

열병이 다시 너를 찾아왔다.

* * *

붉게 번진 두 개의 선. 임신이었다. 임신 테스트기를 손에 쥐고, 너는 한참 동안 변기 위에 앉아 있었다. 그는 이미 너를 떠났다. 너를 떠나기 전에 뱉은 말들. 너보고 더럽다고 했다. 그가 구업(口業)을 지으며 네 마음을 밟았다. 남남북녀라잖아요. 북한 여자는 남자를 떠받들며 산다던데, 진짜예요? 요즘 왜 그래. 도대체 무슨 일이야. 나 믿지. 괜찮으니까 다 말해 봐. 뭐라고? 더러워. 애까지 낳은 게. 그의 말이 메아리가 되어 울렸다. 네 귓속에서, 네 머릿속에서, 네 마음속에서. 정말 그게 문제였던 걸까. 그가 네 집으로 이사를 오고 싶다고 했다. 너를 사랑해서, 함께 있고 싶어서라고 말하지 않았다. 그는 월세가 아깝다 했다. 너는 그를 사랑했고 결국 그를 받아들였다. 그는 네 것을 자신의 것이라고 여겼다. 네 집도 네 노동도. 네 방에서 잠을 자고 네가 차린 밥을 먹었다. 가끔은 반찬 투정도 했다. 너는 그의 소유물이 아니었고, 그의 종도 아니었다. 생활비라도 내라는 네 말에 굳은 표정을 짓던 그의 얼굴을 너는 똑똑히 기억했다. 그는 너를 사랑하지 않았다.

더럽다 한 그의 말이 네 마음을 옭아맸다. 그 말투, 그 음색, 그 표정. 숨이 꽉 막히는 통증이 너를 찾아왔다. 다시는 보고 싶지 않았다. 어차피 너를 떠난 사람이었다. 아가. 그런 아빠는 없는 게 나아. 마음속으로 쉴 새 없이 읊조렸다. 너는 이미 결정을 내렸다. 이번에는 오롯이 너만의 결정이었다.

산부인과에 가서 검사를 받았다. 임신 육 주였다. 초음파 모니터에 바람 빠진 공처럼 생긴 아기집이 보였다. 그 안에 콩알만 한 아기가 있었다. 아기의 심장이 힘차게 뛰는 소리를 들었다. 두 번째 출산이었지만 너는 아는 게 없었다. 의사가 주의 사항을 말해 줬다. 대기 의자에 앉아 임신수첩에 적힌 내용을 꼼꼼히 읽었다. 약국에 가서 엽산을 샀다. 태아에게 꼭 필요한 영양제라고 했다.

"언니. 수술해."

은옥이 단호하게 말했다.

"한국에서는 불법이야. 처벌한대."

"그럼 중국으로 올래? 여서 받아. 내 집에서 지내면 되잖아. 어?"

너는 중국에 갈 수 없었다. 은옥아. 거기 가면 중국 정부에서 사람을 붙인대. 꽁안한테 또 잡히면 어쩌니. 너까지 잡히면 어쩌니. 언니가 탈북한 한국인인지 그냥 한국인인지 어떻게 알아. 아냐. 주민번호 보면 북한에서 온 사람이라는 거 다 알 수 있대. 그래서 주민번호도 다 바꿨어. 한국 국적 따고 나서 중국 갔다가 꽁안한테 잡혀서 북송당한 사람도 있대. 교회 사람들이 말해 줬어. 흥분한 네가 계속 말을 이어 갔다. 북송당한 사람이 한두 명이 아니라더라, 총살을 당했다더라, 한국 정부는 도대체 뭘 한 거냐. 은옥이 묵묵히 네 말을 들었다. 말을 마친 네가 다음 말을 찾고 있을 때, 은옥이 불쑥 자신의 말을 끼워 넣었다.

"그래서. 애는 어쩔 거야."

"……."

"강웨이는. 차라리 강웨이를 한국으로 데려가."

너는 알고 있었다. 절대 강웨이를 보내지 않으리라는 걸. 강웨이는 아들이니까. 그 남자는 환갑이 넘은 나이에 아들을 얻겠다고 너를 산 사람이니까.

"천금을 줘도 강웨이는 못 보낸다고 했다며."

"……."

"우치앤콰이[五千块] 주니까 뭐래."

"몰라. 그냥 받았겠지. 자기가 내놓으라고 한 건데."

"개간나 새끼……."

네 소식을 들은 그 남자가 불같이 화를 내며 돈을 돌려 달라고 했다. 네가 도망을 갔으니, 너를 사는 데 쓴 5000위안을 내놓으라고 했다. 그 말을 들은 너도 불같이 화를 냈다. 하지만 강웨이 때문에. 두고 온 아들 걱정에 너는 돈을 보냈다.

"샤오쉬에[小學] 졸업하면 추쭝[初中]은 어떻게 한 대?"

초등학교는 검사를 제대로 하지 않아 후커우가 없어도 다닐 수 있었다. 하지만 중학교는 달랐다. 후커우를 사지 않는 이상, 강웨이에게 미래는 없었다. 헤이런[黑人(無籍者, 무적자)]일 뿐이었다. 네 질문에 은옥은 한숨을 내쉰 뒤 모르겠다고 했다.

너는 알 것 같았다.

* * *

고혼(孤魂)은 더 이상 혼자가 아니었다. 옛날 사람들은 낙엽귀근(落葉歸根)*이라는 말을 삶의 신조로 삼았다. 지금은 아마 제일 두려워하는 말이 되었을 것이다. 자기가 태어나고 자란 곳에서 계속 살고 싶어 하는 사람은 없었다. 만

---

* 잎이 지면 뿌리로 돌아간다는 뜻으로, 본디 태어나거나 자란 곳으로 돌아간다는 의미.

약 그런 사람이 있다면 그 사람은 북경 사람이거나 상해 사람일 것이다. 사람들은 도시로 대학을 가거나, 도시에서 취업을 하거나, 도시 사람과 결혼을 하고 싶어 했다. 상당수는 고향을 떠나는 데 성공을 했고, 다시 고향으로 돌아갈 생각이 없었다. 고향이 아닌 타지에서 죽음을 맞는 사람들이 점점 더 늘어갔다. 그들은 모두 고혼이 되었다.

나는 고혼이었지만, 객사한 고혼이 아니었다. 혼인을 하지 않은 자였다. 아이도 낳지 않았다. 모두들 자연의 섭리를 거스른 거라고 했다. 봄, 여름, 가을, 겨울. 그리고 다시 봄. 계절처럼 순환해야 하는 사람의 삶. 열매를 맺지 못했기에 순환에 실패했다고 했다. 아들이 없기에 제삿밥을 얻어먹을 수 없다고 했다. 삶의 무게를 결정짓는 것이 고작 제삿밥이라니. 사람이든, 고혼이든. 난 이들의 의견에 동조하지 않았다. 전쟁이 난 것도 아니고, 역병이 돈 것도 아니고, 요절을 한 것도 아닌데. 왜 혼인을 하지 않았지? 왜 아이를 낳지 않았지? 넌 우리와 달라. 나에게서 이질감만을 찾는 시선들. 이들의 시선이 나를 괴롭게 했다. 이곳에 내가 설 자리는 없었다. 나는 고혼의 무리에서 벗어나 인가를 떠돌았다. 갈 곳이 없으니 어디든 갈 수 있었다.

내가 너를 처음 보았던 해는 붉은 쥐의 해였다. 네가 쥐의 몰골을 하고 왔다. 찍소리도 하지 못한 채. 두려움이 가득한 눈빛으로 주위를 둘러보았다. 너를 끌고 온 남자가 한 손으로 네 팔을 붙잡고, 나머지 한 손으로 대문을 두드렸다. 쾅쾅쾅. 나무문이 끽 소리를 내며 열렸다. 그가 너를 문 안으로 밀어 넣었다. 돌과 흙을 쌓아 올린 높은 담에 얼굴을 들이밀었다. 안을 들여다봤다. 흙으로 만든 집. 기와결이 위에 아무렇게나 놓인 기왓장. 가난한 한족의 집이었다. 문을 연 자가 너를 훑어봤다. 나도 경험해 본 적이 있는, 불쾌하고 모욕적인 그 시선. 너를 팔러 온 자에게 남자가 돈을 건넸다. 붉은 100위안 한 장, 두 장, 세 장, 네 장. 너를 팔러 온 자가 소리 내어 지폐를 한 장씩 셌다. 총 쉰 장이었다. 너는 이들의 말을 알아듣지 못했다. 알아듣지 못해 차라리 다행이었다. 이들이 암퇘지를 사고파는 장꾼처럼 말했다. 이제 스물두 살이다. 잘 낳을 것이다. 나중에 다시 되팔아도 된다. 애 낳고 팔면 값이 좀 떨어질 것이다. 몸을 밀어 넣어 담장을 지나갔다. 고혼이 들어왔다고 조상들이 아우성쳤다. 네 주위를 맴돌았다. 네 과거를 읽고 현재를 보며 미래를 엿보았다. 네 생각과 감정이 나에게 홍수처럼 몰려왔다. 너와 나는 같으면서도 달랐다. 나는 고혼이었고 너는 이방인이었다. 그 이질감에서도 나는 동질감을 느꼈다.

네가 대야에 물을 받았다. 문이 없는 주방 구석에 쭈그리고 앉아 해어진 천을 물에 적셔 몸을 닦았다. 찬물을 머금은 천이 몸에 닿을 때마다 네가 몸을 움츠렸다. 너는 울지 않았다. 네 몸에 남은 밤꽃 냄새를 지우며 너는 네 자신을 지워 갔다. 나는 옆에 앉아 네 감정을 느끼며 울었다. 처녀귀신의 곡소리가 집안을 망하게 한다며 남자의 조상들이 성을 냈다. 내 저 아이를 위해 통곡하지 않으면, 누구를 위해 통곡하겠는가.* 혼인을 하지 않았고 자식이 없었기에. 나는 종속되지 않았고, 잃을 것이 없었다. 무서울 게 없었다. 매일 너를 위해 울었다. 혼은 몸이 없이 마음만 남은 자들이었다. 마음이 강하면, 혼도 강했다. 너의 고통과 슬픔을 읽고 자라난 나의 마음이 이들의 마음을 압도했다.

배 속에 아기가 들어섰다. 삼 년 만이었다. 너는 번식용 가축이었다. 왜 애가 들어서지 않느냐고, 밭이 부실한 게 틀림없다며 너를 때리던 남자가 더 이상 네 몸에 손찌검을 하지 않았다. 네 키보다 두 배 정도 높은 담을 보며 네가 배를 매만졌다. 네 마음과 생각을 읽었다. 네 몸에서 일어나는 변화만큼이나 거센 변화가 네 마음속에서도 일어났다. 살아 있다. 죽은 것이나 다름없다. 살고 싶다. 죽고 싶다. 너는 혼란에 빠졌다. 너를 사로잡은 혼란에서 나는 미래를 엿보았다. 아들을 낳을 것이다. 이것은 축복일까 저주일까. 조상들이 기쁨의 소리를 질렀다. 대를 이을 아들

---

* 『논어』의 「선진」편에서는 제자인 안연의 죽음에 슬퍼하는 공자의 이야기가 나온다. 옆에서 통곡이 과하다 말하자 "이 사람(안연)을 위해 애통해하지 않으면 누구를 위해 애통해하겠는가?(非夫人之爲慟 而誰爲)"라고 반문한다.

이. 대를 이을 아들이 태어난다. 네가 울음을 터트렸다. 마을 사람이 신고를 할까 봐. 공안에게 잡힐까 봐 소리도 내지 못하며 살아온 네가 소리 내어 울었다. 너의 울음소리를 따라 나도 울었다. 너와 나의 소리가, 우리의 통곡이 조상들의 목소리를 뒤덮고 이들의 담을 넘었다. 이제 이 집에 조상은 없었다.

네가 아들을 낳았다. 산파가 아기의 몸을 씻긴 뒤 강보에 감싸 남자에게 건넸다. 용의 해에 태어났으니 용이로구나. 남자가 소리 내어 웃었다. 너의 출산은 아직 끝나지 않았다. 네가 태반을 낳았다. 피를 한가득 쏟아 냈다. 창백한 얼굴로 피와 땀을 쏟아 내다가 네가 눈을 내리감았다.

남자가 냄비 가득 달걀을 삶았다. 옆에 있는 다른 냄비에서는 물이 부글부글 끓어 댔다. 끓는 물에 달걀을 깨 넣어 젓가락으로 휘휘 저었다. 김이 모락모락 올라오는 뜨끈한 계란탕 한 사발과 삶은 달걀을 수북하게 쌓은 대접. 남자가 너보고 먹으라 했다.

"또우츠[都吃].(다 먹어.)"

삶은 달걀을 먹다가 목이 메면 계란탕을 마셨다. 다음 날도, 다다음 날도. 젖이 돌기 시작했다. 너는 달걀을 먹었고, 아이는 네 젖을 먹었다. 다음 날도, 다다음 날도.

아기는 목을 가눴고 몸을 뒤집었으며 기다가 걷기 시작했다. 너는 젖을 먹였고 죽을 먹였으며 밥을 먹이기 시작했다. 가끔 차가운 물에 천을 적셔 네 몸을 닦기도 하였다. 아기는 "엄마"와 "빠바[爸爸]"를 말하기 시작했고, 너도 이곳의 말을 하기 시작했다. 남자는 더 이상 너를 가두지 않았다. 아기를 데리고 있는 "불법월경자"가 갈 수 있는 곳은 그 어디에도 없었다. 아기가 잠투정을 부릴 때면 너는 아기를 안고 집에서 나와 마당에 서서 멍하게 대문을 바라보곤 하였다. 언제든지 열고 나갈 수 있는 대문을.

너를 위해 울었다. 네가 울지 못하니 나라도 울 수밖에. 그날은 하늘도 나와 함께 울었다. 밤에 뇌우(雷雨)가 내렸다. 하늘이 요동치고 쪼개지며 번쩍거렸다. 용이 하늘에 구멍을 내고 승천했다. 하늘의 조각이 세상으로 내려왔다. 억수가 세차게 내렸다. 도랑이 시내가 되어 흘렀다. 거센 빗발 소리를 듣고 네가 잠에서 깨어났다. 어쩌면 나의 울음소리를 들은 것일지도 모르겠다. 후두둑 소리와 함께 무언가가 쏟아지는 소리가 들렸다. 빗물이 두드리는 소리가 아니라 빗물을 두드리는 소리였다. 네가 자리에서 일어나 밖으로 나섰다. 크고 작은 돌멩이가 마당에서 나뒹굴고 흙이 부서져 내려와 고인 빗물을 흙탕물로 만들었다. 담이 무너졌다. 전체가 아닌 일부가. 어디 한번 도망가 보라며 제 몸을 꼿꼿하게 세우던 그 높은 담이 무너졌다. 이빨 빠진 항아리처럼 초라하게. 네가 문지방을 넘었다. 비를 맞으며 천천히 한 걸음씩 발을 디뎠다. 무너진 흙더미를 발로 밟고 손으로 움켜쥐었다. 고양이처럼 몸을 잔뜩 웅크린 채 기어 올라갔다. 네가 담을 넘었다.

무너진 담장에서 뛰어내렸다. 찰싸닥 하는 소리와 함께 네 발바닥이 수면에 닿았다. 네가 빗물을 밟으며 달렸다. 우르르 쾅쾅. 하늘이 너를 위해 울었다.

* * *

일요일 저녁. 네가 연주의 손을 붙잡고 밖으로 나섰다. 집 근처 식자재 마트에 장을 보러 갔다. 생닭 두 마리. 소고기 반 근. 다진 돼지고기 반 근. 고기를 사고 채소와 과일을 샀다. 멥쌀가루와 두부를 카트에 넣자 연주가 물었다.

"엄마. 만두도 빚을 거야?"

네가 웃으며 고개를 끄덕였다.

"연주야. 연주는 뭐 먹고 싶어?"

연주가 눈동자를 굴리며 무언가를 생각하더니 이내 답을 했다.

"떡볶이. 치즈 넣은 떡볶이."

냉장식품 코너에 가서 떡볶이와 피자치즈를 집어 들었다. 카트에 넣자 연주가 환히 웃었다. 떡볶이 하나에 환히 웃는 모습이 너무 안쓰러워, 옆 코너로 가 탄산음료를 손에 쥐어 연주에게 주었다. 어. 이거 콜라인데. 마셔도 되는 거예요? 당황한 연주가 또 존댓말을 했다. 네 얼굴에 슬픔이 비쳤다 곧 사라졌다. 잘못했어요. 이거 만져 봐도 돼요? 세 살 된 어린 연주가 네가 한 번도 가르친 적이 없는 말을 했을 때처럼.

"연주야. 먹고 싶은 거 있으면 말해. 엄마가 다 만들어 줄게. 알았지?"

"응."

쌀가루에 뜨거운 물을 넣어 익반죽을 했다. 반죽을 뜯어 두꺼운 만두피를 만든 뒤 만두소를 넣었다. 북에서 먹던 음식이었다. 연주도 자리에 앉아 만두를 빚었다. 옆구리가 터져 미간을 찌푸리면 네가 반죽을 조금 뜯어 그 위에 붙여 주었다. 구멍 난 곳을 기웠다. 지난 십여 년 동안 그래 왔듯이. 찜통에 만두를 넣어 쪘다. 불고기용 소고기를 양념에 재우고 채소를 손질해 미리 잘라 두었다. 찐 만두를 몇 개 꺼내 연주에게 주었다. 연주가 탄산음료를 마시며 만두를 먹었다.

"교육부에 돈 내면 다닐 수 있어. 싼치엔[三千]이야."

3000위안이면 중학교에 다닐 수 있다고 했다. 돈으로 해결할 수 있는 건 중학교까지였다.

"은옥아. 후커우 사는 게…… 얼마랬지?"

"량완[两万]. 지금은 싼완[三万] 정도 한대."

2만 위안. 한국 돈으로 300만 원이 좀 넘는 금액이었다.

한국에 입국하기 위해 브로커에게 지불해야 했던 금액과 큰 차이가 없었다. 가장 큰 차이는 돈의 지불 방식이었다. 브로커에게 지불했던 돈이 후불이었다면 후커우를 사는 돈은 선불이어야 했다. 돈을 모아야 한다. 잠든 연주 옆에 누워 셈을 해 보았다. 새근새근. 연주의 들숨 소리를 들으며 월급과 보너스를 계산하고, 연주의 날숨 소리를 들으며 생활비와 관리비를 계산했다. 머릿속 계산기를 열심히 두드려 보았다.

연주를 어린이집에 데려다 준 뒤 출근을 했다. 틈틈이 남북하나재단 사이트와 보건복지부 사이트에 들어가 이것저것 클릭을 해 보았다. 너는 나열된 문자에 호응할 수가 없었다. 어려운 말들뿐이었다. 의미를 알 수 없는 문자를 들여다보다 마우스로 뒤로가기를 눌렀다. 주희 엄마에게 문자를 보내 도움을 요청했다. 주희 엄마가 탈북자를 위한 은행 적금을 몇 개 추천해 주었다. 다른 적금보다 이자율이 더 높다고 했다. 주희 엄마가 알려 준 이율과 상환 금액으로 계산을 했다. 일 년 적금은 돈이 부족했고 삼 년 적금은 시간이 소요되었다. 몰래 후커우를 사는 게 예전처럼 쉽지 않다던데. 나중에는 못 살 수도 있다던데. 마음이 조급해졌다. 몇 년 전 전세로 돌렸던 아파트를 다시 월세로 돌렸다.

너를 돈 주고 샀던 자에게 네가 돈을 보냈다.

연신 만두를 집어 먹던 연주가 너를 보고 말했다.
"엄마. 이거 내일 싸 가자."

* * *

월요일. 너는 회사에 가지 않았다. 거실에 앉아 텔레비전을 보았다. 네가 텔레비전 위에 걸려 있는 시계를 흘끔 거렸다. 오늘은 연주의 수업이 12시에 끝난다고 했다. 점심을 먹은 연주가 교문을 나서는 시간은 12시 반쯤이었다. 아직 두 시간이나 남아 있었다. 은옥이 영상통화로 전화를 걸어왔다. 네가 손바닥으로 휴대폰을 움켜쥐었다. 은옥의 얼굴이 보였다. 네 손바닥보다 작은, 아주 작은 얼굴로 나타난 은옥이.

"언니. 종전되면 나도 후커우가 생길까?"

지난주 남북정상회담을 이야기하던 은옥이 네게 물었다.

"글쎄. 줬으면 좋겠다. 그럼 만날 수 있잖아. 네가 와도 되고. 내가 가도 되고."

"수구포에도 다시 갈 수 있을까?"

"왜. 다시 가 보고 싶어?"

은옥이 웃으며 "응."이라고 대답했다. 브로커를 통해 사촌들과 가끔 전화 통화를 한다고 했다. 돈도 보냈다고 했다. 브로커가 수수료 명목으로 절반이나 가져간다며 날강

도라고 욕을 했다.

"언니는?"

"나는 그냥 여행이나 다니고 싶어."

"어디로? 평양?"

"아니. 북조선 말고. 베트남. 캄보디아. 중국……."

거길 또 가? 언니. 거기 다 가 봤잖아. 구경 한번 못 해 봤어. 안에서만 있고 밖에 나간 적이 없어. 하도 갇혀 있어서 피부가 다 하얘졌잖아. 너와 은옥이 한참 동안 옛날을 이야기했다. 휴대폰이 뜨끈해졌다. 배터리가 없어 충전을 하면서도 전화를 끊지 못하고 이야기를 이어 갔다. 오늘따라 말이 많았다. 할 말이 많았다. 시계를 흘깃 본 네가 깜짝 놀라 은옥에게 말했다.

"은옥아. 12시다. 나 이제 나가야 해."

"어. 언니. 잘 갔다 와."

학교에서 연주를 데려왔다. 책가방을 내려놓은 뒤 다시 밖으로 나가려 하자 연주가 냉장고를 가리키며 말했다.

"엄마. 만두."

냉장고에서 반찬통을 하나 꺼냈다. 만두가 가득 들어 있어 제법 묵직했다. 이거 차가워서 못 먹을 텐데. 편의점 전자레인지로 데우면 되지. 연주가 반찬통을 네 가방에 넣었다. 반찬통의 모서리에 맞닿은 가방의 천이 불룩 솟아올랐다. 네가 연주와 함께 집을 나섰다.

연주가 창밖을 보며 재잘거렸다. 너는 연주의 말에 대답을 해 주면서 눈으로 사람들을 훑었다. 출국을 하는 사람. 귀국을 하는 사람. 출퇴근을 하는 사람. 자리에 앉아 커다란 캐리어에 얼굴을 파묻으며 잠을 청하는 사람도 있었다. 노곤한 여정이었구나.

"엄마. 저거 봐! 바다야."

연주의 말에 네가 창밖으로 고개를 돌렸다. 기차가 바다 위를 달리고 있었다.

인천공항 1층. 커다란 전광판 앞에 서서 네가 기호들을 읽었다. 12:20, 延吉, 15:55, B. 아직 시간이 남았다. 연주와 함께 공항을 구경했다. 연주가 공항 카트 위에 올라서서는 주위를 둘러보았다. 너는 카트를 천천히 밀며 연주를 보았다. 다음에는 연주도 비행기를 타자. 엄마가 여권 만들어 줄게. 네가 휴대폰으로 시간을 확인했다. 다시 전광판에 가 보았다. 도착을 알리는 흰 기호 "抵达"가 화면에 나타났다. 네가 카트 손잡이를 힘껏 쥐고 천천히 앞으로 밀었다. 게이트를 향하여.

문이 열렸다. 드르륵 거리는 캐리어 바퀴 소리와 함께 사람들이 나왔다. 네가 강웨이의 얼굴을 찾아보았다. 사진이랑 똑같을까. 휴대폰이라도 사 줄걸. 도착하자마자 전화를 하라고, 그럼 쉽게 만났을 텐데. 네 마음속에 뜨문뜨문 떠오르는 후회를 읽었다. 그 찰나의 감정 아래로, 출렁거리는 또 다른 감정을 보았다. 가슴이 뛰었다. 네 가슴인지 내 가슴인지. 나는 너였던 걸까. 네 감정의 과잉을 느끼며 나도 가슴을 부여잡았다.

"엄마! 저기 봐! 오빠야!"

네가 강웨이를 보았다. 네 시선이 잠시 머물다 지나쳤던 사람이었다. 너는 강웨이를 알아보지 못했다. 네 아이가 성인이 되어 너를 찾아왔다. 네가 세워 놓은 다리를 지나 네 얼굴을 보고 네 목소리를 들으러. 바다를 건너 너를 보러 왔다.

너는 나를 볼 수 있을까. 나의 목소리를 듣고 나의 얼굴을 볼 수 있을까. 나의 감정을 느낄 수 있을까. 그때까지 나는 기다릴 것이다. 갈 곳 없는 애귀(哀鬼)가 되어, 네 곁을 배회하면서.

감겨진 눈 아래에

전혜진

라이트노블 『월하의 동사무소』로 데뷔했다. 『다행히 졸업』, 『텅 빈 거품』 등의 앤솔러지에 단편을 수록하였으며, 작품으로는 SF인 『홍등의 골목』, 스릴러 『족쇄-두 남매 이야기』와 2019 우수출판콘텐츠 제작지원 사업 선정작인 『280일 : 누가 임신을 아름답다 했던가』 등이 있다. 『레이디 디텍티브』와 「펌잇」 등 만화·웹툰 스토리 분야에서도 활동 중이다.

1

“한국 여자애들은 근성이 없어.”

그 말을 들은 것은, 그랑제콜 준비반의 첫 학기가 지났을 때의 일이었다.

“아, 나도 누워서 침 뱉기 같아서 이런 말 하기 진짜 그런데…….”

“하기 그런 말은 하지 마.”

“근데 정말이라니까? 오죽하면 된장녀라는 말이 있겠어.”

어이가 없었다. 나는 눈만 깜빡거렸다. 그런 데다 쟤는, 오늘 처음 모임에 온 남자였다. 그런 남자가, 내 부모님이 한국 출신이라는 말을 하자마자 저런 소리를 꺼내는 거였다.

쟤 대체 왜 저래?

그때 크리스틴이 심드렁하게 대꾸했다.

"된장이라, 나 그 소스 좋아해."

"뭐야, 먹어 본 적 있어?"

"이봐, 코레 가르송. 여긴 파리야. 된장 소스 정도는 마트에서도 살 수 있다고."

크리스틴은, 정말 촌스럽고 한심해서 못 견디겠다는 듯한 표정을 지으며 한숨을 쉬었다.

"그리고 넌 좀 더 조심성 있게 말하는 게 좋겠어. 난 네가 무슨 뜻으로 그런 말을 하는지 알거든."

"무슨 뜻인데?"

"여자들을 욕할 때 쓰는 말이잖아? 그래, 우리 할아버지 때는 그런 말을 써도 괜찮긴 했지. 하지만 넌 그런 말을 하고 싶어지면 지금이 몇 년인지 좀 생각해 봤으면 좋겠는데."

"아니, 그건 문화마다 다른 거지. 너희만 정답이라고 생각하지 마."

"이봐, 너희 나라에선 그래도 되는지 모르겠지만, 넌 지금 여기 와서 지내고 있잖아? 그럼 여기 분위기에 맞추는 법도 배워야지."

"그래. 그리고 사람을 음식에 비유하는 건 어느 문화권을 막론하고 대체로 천박하고."

비르지니가 대신 한숨을 쉬었다. 그 애는 그 남자를 여기 데려온 걸 후회하고 있었다. 하지만 그는 요만큼도 분위기 파악을 하지 못한 채, 그저 어깨만 으쓱했다.

"그건 너희처럼 얌전한 여자애들이나 하는 생각이고, 난 욕할 만하니까 하는 거야."

신기한 남자라고 생각했다.

"여기 여자들이 페미니즘 같은 것에 오래전부터 경도되어 있다는 거야 알지. 하지만 페미니즘이라는 건, 여자만 오냐오냐 떠받들어 달라는 게 아니잖아? 국민이 권리를 누리고 싶으면 의무를 다해야지."

뭔가 굉장히 틀린 말을 대단히 당당하게 말하면서, 일점의 부끄러움도 느끼지 못하는 듯한 눈치였다.

"들어 봐, 우리나라에는 국방의 의무라는 게 있다고."

"오, 이런. 누가 이 친구에게 권리란 보편적으로 수여신 거라는 걸 설명 좀 해 줘."

"난 싫어."

그를 여기 데려왔던 비르지니는 아무 말도 하지 못했다. 크리스틴은 이 멍청이와 함께 앉아 있는 것만으로도 전두엽이 파괴되는 것 같아 견딜 수 없다는 듯한 무시무시한 표정을 지었다.

"근데 여자들은 그 신성한 국방의 의무를 안 지려고, 못하는 일이 없어요. 군대 안 가려고, 중학교만 마치면 어떻게든 결혼하고 싶어서 환장을 한다니까? 그런 여자들이 자기 자식은 잘 키우겠어? 그러니, 여자를 만나도 이게 똥인지 된장인지……."

"아, 그래. 너희 어머니가 담그는 된장이 똥과 구별할 수 없겠다는 건 알겠다."

크리스틴이 쏘아붙였다.

"미안, 비르지니. 난 더 이상 이 멍청이랑 말을 섞고 싶지 않으니까, 먼저 일어날래."

"아, 나도."

나는 크리스틴을 따라 자리에서 일어났다. 그때 남자가 내 가방을 붙잡았다.

"이봐, 난 너한테 하고 있던 말이야."

이게 지금 뭐라는 거야.

"세실, 너 교포 2세라며?"

그는 굳이 강조하며 기분 나쁘게 실실 웃었다.

"한국말은 할 줄 알아?"

"이런, 혹시 다음 질문은 그거야? Do you like kimchi?"

"*난 너 같은 년들이 정말 싫어.*"

한국어였다.

그가 한국어로 내게 말하고 있었다.

번역 프로그램을 거치지 않고도 알아들을 수 있을 만큼 분명하게.

"*도망친 주제에 자기가 뭐라도 되는 줄 알고, 프랑스 년이라도 된 줄 알고 고개 빳빳하게 들고 다니지?*"

"세실, 이 지질이가 지금 뭐라는 거야?"

비르지니가 패널에 떠오른 그의 말을 읽고 나를 돌아보았다.

"지금 내가 보고 있는 게 맞아?"

"응, 그럴걸."

나는 짜증스러움을 일부러 숨긴 채 대답했다. 그가 나를 향해 주먹을 들어 올리며 거친 한국어로 윽박질렀다.

"넌 나라를 사랑하는 마음도 없어? 제대로 된 인간이라면 돌아와서 자진 입대라도 해야지. 세실은 왜 자진 입대를 하지 않는 거야?"

"그래, 군대에 다녀온 게 세상에서 제일 억울한 모양이지. 그러니 그놈의 나라와 아무 상관 없는 이민자 2세에게까지 이러는 거겠지."

나는 대놓고 빈정거렸다. 물론 친절하게 한국말로 대답해 준 것은 아니었다.

"근데 너 그거 알아? 너 되게 지질해 보이는 거."

"어째서 아무 상관이 없어? 넌 한국 사람이야!"

"난 프랑스에서 태어나 자라서, 여기의 교육을 받고 여기의 복지 정책을 누리며 살았어. 내 국적은 프랑스고, 내가 애국심을 느낄 대상도 프랑스야. 대체 내가 왜 한국에 애국심을 느낄 거라고 생각하는 거야?"

"아, 어련하시겠어."

그 '한국 남자'는 나를 바라보며 비웃었다.

"*원래 단물만 빨아먹는 게 한국 여자들 특징인걸. 너도 다르지 않겠지.*"

나는 그의 머리 위에 물이라도 부어야 하나, 잠시 고민했다.

하지만 고민할 틈도 없이, 크리스틴이 그의 머리 위에 맥주를 부어 버렸다.

* * *

"뭐 저런 게 다 있담."

경찰은 순식간에 도착했다. 운이 좋았다. 특히 그가, 내게 주먹을 들어 올리며 위협한 것과, 자리를 피할 수 없도록 가방을 붙잡고 놓아 주지 않은 것이 제대로 CCTV에 잡혀서.

"그런 나라에서 여기까지 유학을 올 정도면, 나름 힘들게 준비했을 것 같은데."

"뭐, 그런 나라일수록…… 의외로 고위층들은 또 살 만하지 않을까?"

"아마 그렇겠지."

비르지니의 패널에 올라온 번역 프로그램의 로그도 그가 내게 했던 폭언들을 증명해 주었다. 일단 학교에도 이 문제가 전달될 거라고 했다. 유학 비자를 받아서 온 것이니 학적을 유지할 수 없다면 그는 곧 이 나라를 떠나야 한다. 크리스틴이 자신에게 맥주를 붓고 조롱했다고, 이건 인종 차별이라며 먼저 경찰에 신고한 게 그 녀석이었다는 점까지 감안하면, 우습지도 않을 만큼 깔끔한 결말이었다.

한마디로 그 녀석은, 멍청이였다.

"그래도 원통하긴 하겠네. '계집들' 때문에 이런 식으로 기회를 날려 먹었으니."

"자기가 무덤을 판 걸 어쩌겠어."

우리 셋은, 공원에 앉아 밤하늘을 올려다보며 한숨들을 쉬었다.

"굉장하다. 난 저런 남자는 발자크의 소설에서나 본 것 같아."

"야, 거기 나오는 19세기 남자들도 저렇게까지 구질구질하진 않거든? 어, 잠깐만."

이제는 그에게 완전히 정이 떨어진 비르지니가 손바닥에 패널을 띄웠다가 기겁을 했다.

"아우, 내가 진짜……."

"왜?"

"몰라, 차단해 버렸어."

비르지니가 고개를 절레절레 저었다.

"정말, 뭐 그렇게 무례한 남자가 다 있지."

크리스틴이 투덜거렸다.

"자기가 뭐 굉장히 특별한 사람인 줄 착각하고. 모두가 자신에게 관심을 가져 주지 않으면 앙팡 루이(L'enfant-roi)* 처럼 짜증을 내고."

"단두대에 올려야겠네."

"그러게 말이야."

사실 오늘은, 리세에서의 친구들과 만나 저녁 식사를 하기로 했었다.

비르지니와 나, 크리스틴은 리세**에서 단짝이었다. 비르지니는 대학에서 한국인 유학생과 알게 되었는데, 내 생각이 나서 그에게 조금 친절하게 대해 주었다고 했다. 그랬더니 그는 비르지니에게 적극적으로 데이트 신청을 했고, 친구들과 만난다고 하자 자기도 데려가 달라고 졸랐다는 것이다.

"난 네가 남자 보는 눈은 있는 줄 알았어."

"그래, 이번에 확실히 깨달았지. 호기심이 고양이를 죽이는 법이라는 걸."

비르지니에게는 따로 좋은 감정을 주고받는 남자들이 몇 있었고, 그 한국 남자는 어디로 봐도 비르지니의 타입

* '꼬마 왕', 자기중심적이고 이기적이며 말 안 듣는 아이.

** 프랑스의 중고등학교 과정.

이 아니었다. 하지만 그 애는 꽤 친절한 데다 호기심도 많았으므로, 자신에게 집요하게 데이트를 신청하는 그 남자와도 한두 번 점심식사를 함께 했다.

"그렇다고 친구들 모임에 데려올 정도는 아니었잖아."

"내 잘못이야."

비르지니는 한숨을 쉬었다.

"한국인들은 머리가 좋다는 이야기를 자랑처럼 늘어놓길래, 장단 맞춰 주느라고 세실 이야기를 좀 했거든. 그랑제콜 준비반에 있다고 말야."

"자기 입으로 한국인은 머리가 좋다고 그랬다고?"

"그래, 근데 그렇게 치면 내 민족도 만만친 않을 텐데."

비르지니는, 안네 프랑크의 초상화를 닮은 자신의 콧날을 손가락으로 톡톡 건드리며 웃었다. 그 애는 이제 패널을 무릎 위로 띄워 놓고, 그 위로 손가락을 움직여 오늘 당한 봉변에 대해 학교 커뮤니티에 올리고 있었다.

"앗, 이거 봐."

금요일 밤이었고, 다들 할 일이 없었는지, 폭발적인 반응들이 몰려왔다.

그리고 그 댓글 중 하나가, 우리의 눈길을 끌었다.

뭐라는 거야. 그 녀석 자기 입으로 자기 동생은 중학교 졸업하자마자 약혼해서, 고등학교 졸업하자마자 결혼했다던데.

우리는 폭소했다. 한국 여자들이 병역을 피하려고 일찍 결혼한다고 말하던 남자였는데!

하지만 눈물이 나도록 웃어 대다가, 우리는 문득 생각했다.

그 남자의 여동생은, 정말로 자신이 원해서 그런 선택을 하게 된 걸까?

겨우 중학교를 졸업할 나이에 약혼해서, 고등학교를 졸업하자마자 결혼하는 그런 선택을?

2

"면접 인터뷰에서 할 대답치고는 너무 성의가 없었어."

에바는 내게 손을 내밀며 미소 지었다.

"자아를 찾기 위해 앰네스티에서 일이 년 일해 보고 싶다니. 너무……."

"제1세계 청년다운 순진한 고민이죠. 자아 찾기라니."

"음, 좀 그렇지?"

에바는 앰네스티 사무국의 팀장이었다. 그녀가 내게 의자를 권했다. 향긋한 커피 향이 사무실에 감돌았다. 나는 내 앞에 놓인 커피 잔에 살짝 손을 대며 그녀를 올려다보았다.

"물론 내가 학교에 다닐 무렵에는, 자아를 찾기 위해 인도나 아프리카에 가는 사람들도 많았지만 말이야."

그랑제콜에서 한 학기를 마친 나는, 일 년간 휴학계를 내고 앰네스티의 인턴이 되었다. 어머니와 아버지는 당황하셨지만, 내게 전형적인 아시아 부모들처럼 잔소리를 늘어놓진 않았다. 그분들은 다행히도, 나의 자유의지를 존중하는 분들이었다. 그분들부터가, 바로 그런 이유로 조국을 버리고 오신 분들이었으니까.

"그래서 자아를 찾아 어디로 가셨어요?"

"인도에나 가 볼까 했는데, 그땐 페이스북이라는 게 유행했거든. 그런데 거기 웬 인도 여자애가 자아를 찾기 위해 산티아고에 간다고 그러는 거야."

"제가 철이 없다고 생각하시죠?"

"누구나 한때는 스무 살이었단다, 세실."

그녀가 눈짓으로 슬쩍 패널을 들여다보며 어깨를 으쓱해 보였다.

"그리고 큰 도전에 성공한 사람들이, 일시적인 무기력을 겪는 일은 흔해."

어쩌면 그녀의 말이 맞을지도 모른다.

그랑제콜 준비반에서 죽을 동 살 동 공부만 하던 내가, 막상 그곳에 입학하여 맞닥뜨린 것은 기묘한 나태였다.

물론 공부의 양 자체는 눈물겹도록 많았다. 암기 위주의 과목들은 내 공부 적성과도 꽤 맞는 편이어서, 첫 학기 성적도 꽤 우수한 편이었다. 하지만 나는 내내, 내가 거짓말쟁이라는 생각에 사로잡혀 있었다.

나는 그저 시험을 잘 봐서 이 자리에 머물러 있었던 것뿐, 여긴 내 자리가 아니다.

그런 생각이 끝도 없이 밀려왔다. 우울증이었다. 죽자사자 공부해서 고급 학교에 들어간 수레바퀴 밑의 주인공이 결국 도망치는 것 같은.

다행히도 나는 죽지도, 학교를 그만두지도 않았다.

"사실 네가 어렸을 때만 해도, 사람들은 먹고살기 위해 일을 해야 했잖니? 지금처럼 대부분의 사람들이 순수하게 자신이 원해서, 공부를 계속하거나 글을 쓰거나 탐험을 계속하거나 게임을 만들거나 하는 건 굉장히 최근의 일이야."

"먹고살 걱정을 하지 않는 덕분에, 철없는 짓을 해 버린 걸까요."

나는 자조하듯 물었다. 에바가 고개를 저었다.

"정말로 원하는 것과, 할 수 있는 것은 또 다른 문제지. 어쩌면 너는, 그랑제콜의 수업을 따라갈 수는 있었지만, 그게 정말로 원하는 것은 아니었을 수도 있어. 그 반대일 수도 있고."

"결론은 자아를 찾는 거네요."

"뭐든 해 보는 거지. 어쨌든 자아를 찾기 위해 산티아고로 갈지, 인도로 가는 게 나을지를 고민하는 것보다는 실용적이기도 하고. 여긴 늘 일손이 부족하거든."

에바가 웃음 지었다. 그녀는 어깨를 으쓱해 보이며 가벼운 발걸음으로 휙 몸을 돌려, 자신의 책상 모서리에 걸터앉았다.

"어쨌든 나는, 이런 문제에 대해서 나나 다른 어른들이 뭔가 말을 보태는 게 무리가 아닐까 생각해. 너희 세대는 인류 역사상 처음으로 겪는 일들이 정말 많거든."

"인류 역사상 마지막으로 겪은 일들도 많죠."

"그렇네."

에바는 고개를 끄덕였다.

"너희는 자연 출산의 마지막 세대고, 취학 전에 이미 세상이 특이점을 넘어선 첫 세대니까. 그야말로 격동의 시대를 몸으로 살아왔는걸."

에바는 잠시 생각하다가 나를 바라보며 미소 지었다.

"뭐, 괜찮을 거야. 이 혼란스런 격변기를 어떤 식으로든 씩씩하게 살아 나갈 수 있으면."

* * *

내 상사인 마리는 앰네스티에서 일하는 데이터와 통계 분야의 전문가였고, 조금은 괴짜였다.

"20세기에 아서 클라크가 한 말인데."

그녀는 점심을 먹으러 나갈 때에도 스커트의 재봉선 위에서 칩을 심은 손가락을 쉴 새 없이 움직였고, 흥미로운 모든 것의 영상을 저장했다. 나는 그렇게 모든 것을 기록하고 싶어 하는 사람은 처음 보았다.

"충분히 발달한 과학기술은 마법과 구분할 수 없다고 했지."

"옛날 사람이잖아요?"

"그렇지. 인공지능이 마침내 인간을 뛰어넘었을 때, 정말 식상할 정도로 사람들이 그 말을 남발하는 것이 좀 우스웠어. 그 전에도, 대부분의 사람들은 컴퓨터가 어떻게 돌아가는지, 인터넷이 어떻게 되어 먹은 건지, 하다못해 늘 쓰는 세탁기가 어떤 원리로 움직이는지도 거의 생각하지 않고 살았거든. 그냥 쓰기만 했지."

그녀가 조금은 삐딱하게 기억하는 그 역사적인 순간은, 내가 학교에 들어가기도 전의 일이었다.

그때부터 인간이 아니라, 기술 자체가 기술을 진보시키기 시작했다. 그 전까지 세상의 대부분은 인간의 노동에 의존하고 있었는데, 어느 순간부터 인간의 노동은 이전에 비해 가치를 잃었다. 기본 소득이 주어졌다. 먹고살기 위해 일을 하고, 새로운 것들을 찾아내기 위해 공부를 계속하는 것에 의미가 없어지기 시작했다. 마침내 인간은, 생존이 아니라 온전히 자신의 자아를 위해 살 수 있게 되었다.

"기술이 진보한다고 사람이 똑똑해지는 건 아냐."

나는 어릴 때 읽었던 SF를 떠올렸다. 그 소설에서는 인공지능이 인간을 넘어선 뒤로 인간들이 점점 나태하고 멍청해진 세상을 그리고 있었다. 하지만 내가 겪은 세계는 달랐다. 예술에 소질이 있는 아이들은 자기가 좋아하는 일을 향해 나아갔고, 바로 나만 해도, 더 많은 것을 알고 싶어서 그랑제콜에 갔다.

"그래도…… 인공지능이 나와도 사람은 계속 앞으로 나아가는 게 아닌가요?"

나는 조심스럽게 물었다. 마리는 샐러드를 주문하며 쓴웃음을 지었다.

"앞으로 나아가긴 하지. 속도가 느려 터질 뿐이지."

그녀는 앰네스티에서, 전 세계에서 받아 온 인권 관련 진술 자료를 바탕으로, 유의미한 데이터들을 추출하고 있었다.

"인간이라는 건, 기술 발전에 비례해 현명해지는 것은 아냐. 그랬으면 이런 인권 단체 따위는 이십 년도 전에 없어졌겠지."

나는 주위를 둘러보았다.

이 나라는, 이미 내가 열 살 정도 되었을 무렵부터 인간보다 뛰어난 인공지능의 처리 능력을 정치나 행정에 상당

부분 도입했다. 복지라든가, 환경이라든가, 계층 문제라든가. 인간들이 도덕과 실리, 혹은 저마다의 이익을 두고 서로 치고받던 문제들은 의외로 깔끔하게 풀려 나가기 시작했다.

물론 인공지능이 언제나 정치적으로 올바르고 윤리적인 선택만을 내리는 것은 아니었다. 게다가 처음에는 인간들의 판단과 여론을 기반으로 학습하다 보니, 오히려 혐오의 화신이 되어 버릴 뻔한 일도 있었다. 하지만 여러 번의 시행착오를 거쳐, 현재의 인공지능은 적어도 공리적인 방향에서 해결책들을 찾아 나갈 만큼은 발전해 있었다. 윤리적으로 첨예한 대립이 오가는 문제에 대해서는 그때그때 인간들이 짚어 나가며, 차선책을 찾을 것을 요구하고, 그 부분의 윤리적인 기준을 학습시켜 왔다. 적어도 지금의 이 나라는, 그렇게 잘 훈련된 인공지능이 가능한 한 많은 국민들의 행복을 위한 연산과 선택을 거듭하며 큰 문제 없이 굴러가고 있었다.

하지만 그런 나라는 아직도 일부에 불과했다.

"뭐, 특이점 이후에도 새로운 형태의 인권 이슈야 계속 일어나고 있지만, 지금 우리가 들여다보는 걸 봐. 지금이 몇 년도인데 아직도 20세기나 심지어 산업혁명기처럼 사람을 굴려 대는 나라들이 수두룩한걸."

머리로는 알고 있는 이야기였지만, 적나라하게 느낀 것

은 여기 들어와서, 마리가 취급하는 데이터를 들여다보면서부터였다. 특히 권력을 놓고 싶지 않은 정치인들, 계층간의 분리가 뚜렷할수록 자신들이 이득을 본다고 생각하는 상류층들이 지배하는 나라에서는, 사실 그 특이점이라는 것이 별다른 의미를 갖지 못하는 경우도 많았다.

이미 세상은 빠르게 변화하고 있고, 시대의 패러다임 자체가 바뀌었다. 새로운 시대의 흐름을 받아들인 나라와 그렇지 않은 나라의 차이는 점점 더 커져 갈 뿐이었다. 나는 이전 세기의 기록을 읽는 듯한 기분으로 마리의 데이터들을 접하고 있었다.

그리고 그 데이터 속에는, 지긋지긋할 정도로 낯익은 나라의 이름이 눈에 띄었다.

Corée.

내 부모님이, 버리고 온 조국.

* * *

내 부모님이 한국을 떠난 것은, 내가 아직 어머니 배 속에 있었을 무렵의 일이었다. 그 나라가 아직 둘로 갈라져 있던 시절의 일이기도 했다.

그 당시 남한의 인구는 점점 줄어들고 있었는데, 정부에서 내놓는 대책이라는 건 대체로 예산만 미친 듯이 쏟아

붓는 주제에 실속은 없었다고 했다. 누군가는 그 예산으로 잘도 호의호식했겠지. 그 당시 아시아 국가들의 부패라는 것은 지금의 상식으로 볼 때는 상상을 초월했으니까. 그런데다 불행히도 여당이 공격적으로 내놓는 정책이라는 것들이, 하나같이 제정신과는 거리가 멀기까지 했다.

이를테면 여자아이는 초경을 시작하면 국가에 등록하고 건강 관리를 받게 하겠다거나. 단순히 생각하면 좋은 일처럼 들릴 수도 있었지만, 사실은 여성의 생식력을 국가가 관리하겠다는 이야기였다. 사람이 생식 도구 취급을 당하는데, 이게 정상적인 상황일 리 없었다.

그다음은 교육이었다. 아들 위주로 투자하던 예전과 달리 남학생들의 학업 성취도가 여학생보다 떨어지자, 국가와 언론은 이게 큰일이라도 된 것처럼 호들갑을 떨다가, 그 다음에는 "남자아이의 교육은 다르다."며 판단의 기준을 바꿔 나가기 시작했다. 끝내는 여자애들이 공부를 많이 하니까 남자애들과 경쟁해서 이기려고만 들고, 아이는 낳지 않는다고 공부를 덜 시키도록 노력하라는 소리를, 아주 당당하게 해 대기 시작했다. 나중에는 이민 가기도 어렵도록 학제를 괴상하게 바꾸기까지 했다.

19세기 지식인들은, 여자가 공부를 많이 하면 피가 머리에 쏠려서 아기를 낳기 힘들어진다는 헛소리를 했다는데, 21세기의 한국 정치가들은 19세기 인간들만도 못한 소리를 부끄러운 줄도 모르고 떠들어 대고 있었다. 여기까지만 해도, 그냥 웃기고 멍청하고 영양가 없는 해프닝 취급할 수도 있었다.

진짜 문제는 따로 있었다.

"……노인들이 그놈들을 지지했거든."

그 이야기를 처음 들었을 때, 나는 열한 살이었다.

학교에서 자신의 부모님, 자신의 조부모님에 대해 발표하기 전날의 일이었다.

"대체 어째서요?"

"글쎄다. 그 사람들 입장에서는 어쨌든 아이들이 많이 태어나야 했거든. 그렇지 않으면 자기들 노후 연금을 대 줄 사람이 없어지니까."

"그런데 왜 여자들에게 그렇게 대했어요? 그건…… 마치 짐승 취급하는 것 같잖아요."

"그래. 바로 그런 생각이었겠지."

어머니는 어깨를 으쓱해 보이셨다.

"20세기 중반까지 한국은 전 세계에서 가장 못 사는 나라 중 하나였어. 식민지 시대도 겪었고, 해방이 되자마자 전쟁까지 겪었으니까. 하지만 비약적인 속도로 발전해서, 그 무렵에는 전 세계에서도 손꼽히는 나라 중 하나가 되었던 건 사실이야. 그런데."

"그런데요?"

"사람들은 세상이 바뀌는 것처럼 빨리 변하지 못하거든."

따뜻한 우유와 사과파이를 앞에 두고, 나는 어머니의 말씀에 귀를 기울였다.

"그 시절의 노인들은, 왕조시대의 마지막에 태어나 식민지 시대와 전쟁을 겪은 사람들이야. 젊은이는 노인을 공경하는 게 당연한 줄 알았고, 특히 며느리는 시집간 집안에서 가장 미천한 사람이 되어 가족을 공경해야 한다고 생각하던 시절 사람들이지. 그런 사람들 눈에는 아마도, 공부를 많이 한 젊은 여자들이 퍽 아니꼬웠을 거야. 전쟁을 겪지 않았으니 고생도 모르고, 계집 주제에 공부 많이 했다고 콧대나 세우고, 예전처럼 납작하게 엎드려 시댁을 공경하지도 않고."

"결혼은 그 노인들과 하는 게 아니잖아요."

"물론 아니지만, 그 노인들은 자기 아들이나 손자와 결혼한 여자를 괴롭힐 수 있었거든."

어머니는 절레절레, 고개를 가로저었다.

"노인들뿐이 아니야. 남자들도…… 좋은 일자리는 한정되어 있는데, 공부를 많이 한 젊은 여자들이 자기 자리를 빼앗는다고들 생각했어. 어렵고 힘들게 군대에 다녀왔으면, 좋은 직장이 자길 기다리고 있고, 참한 여자와 결혼해서 아이 낳고 사는 삶이 이어질 줄 알았는데, 직장에 들어가려면 다시 젊고 똑똑한 여자들과 경쟁해야 하고, 그런 여자들은 자기를 괴롭힐지 모르는 남자들의 가족 때문에라도 결혼하는 데 회의적이었거든."

그래서 그런 생각이 먹혔다고 했다.

여자들을 덜 가르치고 안 가르쳐서 일찍 결혼시키면, 짐승들이 짝짓기를 하듯이 아이들을 낳아 댈지도 모른다고. 가임기의 젊은 여자들이 자꾸만 나라 밖으로 나가는 것도, 그녀들이 국제 결혼을 하는 것도 큰 문제인 것 같으니, 여자들이 장기간 외국에 나가지 못하게 막고, 유학도 가지 못하게 하면 한국 남자들과 만나 줄지도 모른다고.

"그 노인네들 중에는, 여당이 하는 말이라면 해가 서쪽에서 뜬다고 해도 믿는 사람도 있었거든. 그런 사람들은, 누가 해가 동쪽에서 뜬다고 정정해 주면 그 사람을 '빨갱이'라고 부르면서 죽이고 싶어 했어. 하긴, 그 노인들의 젊은 시절에는 정말로, 의견이 다르다는 이유만으로 사람을 죽일 수도 있었으니까. 의견이 다르다고 비하하는 정도야 많이 나아졌다고 해야 하나. 그랬었단다. 그런 건 정말, 늙고 젊고를 가리지 않았지."

자신과 의견이 다른 사람들은, 빨갱이에 공산주의자, 또 온갖 말에 경멸적인 뜻을 덧붙이며 공격하고 몰아세우던 노인들.

남자와 여자가 동등한 인격체라고 말하면 페미니스트냐고 빈정거리며, 그녀들을 멸시할 수 있은 온갖 낯설고 새로운 말들을 만들어 내던, '평범한' 젊은 남자들.

바로 그들이 그 정책을 지지했다.

그저 자신들의 아주 작은 기득권을 지키기 위해, 지배층의 큰 기득권에 기생하면서.

* * *

"세실."

마리는 통계를 들여다보며 혀를 찼다.

"이 진술 자료 좀 봐."

마리는 벽을 향해 자료를 쏘아 주었다. 나는 벽 한 면을 가득 메우는 데이터를 눈으로 읽다가 문득 그녀를 돌아보았다.

"한국이네요?"

"그래. 한국의 병역 자료지."

마리가 손가락을 비비며 자리에서 일어났다.

"요즘 내가 신경 써서 보는 게 그거야. 군대와 인권."

마리가 벽 앞에 섰다. 그녀는 데이터를 올려다보다 나를 돌아보았다.

"삼십 년쯤 전이었나. 병역 문제로 망명 신청을 한 사람이 있었어. 그 이후로 꾸준히, 일 년에 한두 명씩은 그렇게 망명해 왔지."

"인권 의식이 낮은 나라라서 더 그런 걸까요?"

나는 남 이야기 하듯이 무심하게 말했다. 아니, 엄밀히 말해 그 나라는, 나에게는 남이나 다름없었다. 내 부모님의 조국이라고는 하지만, 그분들은 그곳을 버렸다. 이민이 아니라, 망명이었다.

"물론이야. 인권 의식이 낮은 나라에서, 의무복무가 인권 침해로 이어지는 일이야 삼십 년 전에도 비일비재했지."

마리는 쓴웃음을 지었다.

"하지만 지금은 시대가 바뀌었고…… 한국은 현재 의무복무가 남아 있는 유일한 국가야. 모병제 군대에서도 인권 문제가 심심치 않게 발견되는 마당에, 저 나라에 대해서는 심각하다는 심증만 있을 뿐, 유의미할 만큼의 데이터도 뽑아내지 못하고 있는 게 사실이지."

유의미한 데이터가 없다고?

나는 벽 한 면 가득한 데이터를 노려보았다. 군내 의문사 비율이 굉장히 높았다. 하지만 진술 자체가 부족하다고는 할 수 없었다.

"잘 봐. 한국인 여자들의 진술이 한 건도 없지."

마리는 의자 등받이에 몸을 던지듯 푹 기대 앉으며 중얼거렸다.

"한국의 모든 성인 남녀는 18세에서 20대 초반 사이, 이 년간 병역의 의무를 지게 되어 었지."

"그런…… 정말 그렇네요."

"세실, 이건 엄청난 숫자야. 더 이상은 군비를 확장할 이유도 찾을 수 없는 시대에, 말이 안 되는 숫자라고."

"그렇네요. 이건…… 뭔가 정상이 아닌 것 같아요."

나는 답을 찾으려 필사적으로 머리를 굴리며 말했다.

"아, 혹시 중국과 국경을 끼고 있으니까, 그래서……?"

"중국과의 사이에 만리장성 빰치는 거대한 담장을 세운 건 사실이지. 위성에서도 한국과 중국의 국경선이 선명하게 보일 정도니까 뭐."

"하지만 어차피 전쟁은 드론이 하는 건데……."

"그래, 비이성적 공포 때문일 수도 있어. 하지만 이렇게 병역을 치르는 인구의 절반, 그것도 특정 성별 전체가 아무 말도 하지 못한다는 건, 그만큼 억압이 크기 때문이라고 봐도 무방하지 않을까."

나는 눈살을 찌푸렸다.

"한국의 군대 문제는 망명 사유야. 하지만 실제로 망명한 것은 전부, 남자들이었지."

"남자들도 군대 가기 전에는 해외에 마음대로 못 나온다고 들었는데요."

"제한적이나마 나올 방법은 있으니까…… 국가의 허가를 받으면 되거든. 여하튼 한국에는 젊은 남자들의 출국과 망명을 전문적으로 돕는 브로커도 있다는 것 같아. 남자의 가족이 거액의 돈을 지불하면, 국가의 출국 허가부터 시작해서 유럽 여러 나라로 망명을 신청하는 것까지, 다 대행해 주는 모양이야. 여자는 그조차도 안 된다는 것 같지만."

마리는 한숨을 쉬었다. 그녀는 가느다란 카페인 스틱을 입에 문 채 나를 올려다보았다.

"그렇게 도망쳐야 하고, 전문 브로커가 있을 만큼 군 복무가 인권을 심각하게 침해하고 있는데, 병역을 마치거나 아이를 낳지 못하면 여자는 나라 밖으로 나올 수 없어. 이상하지 않아? 병역과 임신이 한 카테고리로 묶여 있는 게?"

"병역까지는 이해가 가지만, 아이는 플라코스가 낳는 거잖아요."

"무서운 이야기 해 줄까?"

나는 고개를 끄덕였다.

"예전에 우리 집에 있던 책에, 시험관 아기는 영혼이 없지 않겠느냐는 헛소리가 논쟁이랍시고 실려 있었어."

"……대체 어느 시대 분이신 거예요."

"내가 어렸을 때에는 무려 의학 스릴러에서, 시험관 아기로 태어난 천재 사이코패스가 사람들을 죽이고 다니기도 했지. 있잖아, 영국 왕실에서도 최근에야 플라코스를 쓴 것 몰라? 아시아 사람들도 좀 그런 게 있어. 혈통을 중요하게 생각한다면서 꼭 여자가 임신해서 아이를 낳아야 제대로 된 인간이 된다고 착각한단 말야. 한국 외교관 부인들의 말을 네가 들어 봤어야 하는데."

"뭐라고 그러는데요?"

"자연 출산의 존엄함과 여자로서의 의무들을 강조하면서, 서구 세계의 여자들은 타락했다고 비난하던걸. 아무도 안 물어봤는데 말야!"

"어처구니가 없네요."

"그래, 그러니 저 나라에서, 정말 복무 기간 동안 여자가 아이를 임신해서 낳는 과정이 포함되어 있다고 해도 난 놀라지 않을 거야."

"설마…… 너무 멀리 나가셨어요."

나는 마른침을 삼키며 중얼거렸다.

"남자들이 증언을 좀 해 줬으면 좋겠는데. 난 누군가는 이에 대해 증언을 할 줄 알았어. 여자들은 아무도 증언하지 못했고, 남자들은 그 일에 대해서는 짠 듯이 입을 다물었지. 그건 여자의 의무라는 멍청한 소리들만 하고 있고."

그녀는 손가락으로 테이블을 신경질적으로 두드렸다.

"자기들도 목숨 걸고 도망쳐 나올 정도의 일이야. 어째서 아무 말도 안 하는 거야?"

마리는 머리를 쥐어뜯으며 짜증을 내다가, 책상 위에 납작하게 엎드렸다. 그녀는 중얼거렸다.

"내가 어릴 때는 말야, 샹젤리제 대로를 가로막고 한국의 아이돌 가수들이 와서 케이팝 공연을 하기도 했어. 보이밴드들도 있었지만, 춤도 노래도 정말 파워풀하게 해내는 걸그룹도 잔뜩 있었다고."

"그 사람들, 전부 어디로 간 걸까요."

"글쎄다. 나도 모르겠어. 정확한 건 부정 선거와 국가 폭력, 그리고 네 부모님이 망명하신 계기가 된 불평등 법안에 항의하던 시민들이 계엄군에 의해 살해된 뒤로, 더는 한국 여자들이 전처럼 활동할 수 없게 되었다는 거야."

"그런……."

"하여튼 한때 한국은 인터넷 강국이었고, 한국 여자들은 전 세계를 누볐는데, 지금은 한국은 스스로를 고립시킨 갈라파고스 같은 네트만을 부분적으로 이용할 뿐이고, 저 나라의 철통같은 국경 안에 정말로 여자들이 존재하는지도 의심스러워."

"정말 여자들이 없는 건 아니죠?"

"그럴 리가."

마리는 쓴웃음을 지었다.

"여자들은 있어. 우리가 상상하는 것처럼 히잡을 쓰고 다니는 것도 아니고. 하지만 아무것도 할 수 없지. 남자는 존엄하고 여자는 비천하다고 생각하고 있어. 병역의 의무를 지거나 아이를 낳지 않으면, 공부를 계속할 수도 없고, 나라 밖으로 나올 수도 없지만, 자기 의무만 다했다고 자유의 몸이 되는 것도 아냐. 그녀들은 가부장의 지배를 받고 있으니까."

"가부장이라니."

나는 마리가 과장을 하고 있다고 생각했다.

"정말이야."

하지만 마리는 단호했다.

"난, 외교관 부인들이라든가, 나라 밖으로 나온 한국 여자들을 만난 적이 있어. 그들은 하나같이 현모양처가 되는 것이 자신의 소명인 것처럼 말하고 행동했고, 가부장제의 수호자들처럼 굴었지."

"외교관 부인이면, 나름 상류층 아니에요?"

"그래, 그래도 말이야. 빅토리아 시대의 여자들이나 '스텝포드 와이프'들 같더군."

장 뱅상이 들어오다가 웃음을 터뜨렸다.

"한국 여자들?"

"응, 그래."

"세실, 그녀의 말이 맞아. 그 사람들은 마치 어디 공장에서 찍어 낸 인형들 같아. 어디 녹음이라도 되어 있는 것처럼 똑같은 소리들만 하고 다니지. 자기 나라를 찬양한다거나, 병역은 국방의 의무라거나, 여자는 어때야 한다거나, 뭐 그런 이야기 말이야. 그것 말고는 아는 게 없는 사람들 같아."

"말도 안 돼요."

"사실인 걸 어떡해."

장 뱅상은 어깨를 으쓱해 보이다가, 생각난 듯 내게 말을 건넸다.

"에바에게 물어봐. 몇 년 전에 나하고 에바가 한국에 다녀왔던 건 알지?"

3

지금까지 내가 만난 한국 출신의 여자들은, 마리나 장 뱅상이 말하던 그런 여자들과는 본질적으로 달랐다.

내가 아는 그녀들은 모두 우아하고 재기발랄했으며, 저마다의 미덕을 지니고 있었다. 대부분 이십 년 전에 한국에서 떠나 온, 어머니 또래의 한국계 여성 중에는 불리한 조건에서도 여기서 쇼핑몰 사업을 시작하여 성공한 분도, 변호사도, 번역가도 있었다. 일본과 중국의 만화를 소개하는 에이전시 사장님도 있었다. 그분 말씀으로는, 예전에는 한국에서도 볼 만한 만화들이 있었다고 하셨다. 어째서 그것이 과거형이 되었는지, 나는 묻지 않았다.

내 또래의 여자들, 부모님의 손에 이끌려 왔거나, 아예 이곳에서 태어났던 그녀들도 마찬가지였다. 비서나 보모, 기자와 요리사, 다들 타고난 듯한 유능함으로 저마다의 일에 몰두하며, 이곳에서의 삶을, 직업적 커리어와 사랑, 어느 쪽도 포기하지 않은 채 차곡차곡 쌓아 나가고 있었다.

자랑스럽고 사랑스러운 그녀들. 그런 그녀들을 볼 때마다 나는 상상했다.

내 어머니의 나라의, 진짜 여자들에 대해.

그곳에서 태어나 숨을 쉬고 살아온 여자들에 대해.

"잘난 여자 많았지."

어머니는 가끔, 어머니가 그곳을 떠나던 무렵의 음악을 틀거나 한국 드라마 동영상을 보여 주며 한숨을 쉬곤 하셨다.

"다들 대학 나오고, 취직들도 하고. 훌륭하고 똑똑한 사람이 얼마나 많았는데. 하지만 그러면 뭐하니."

이곳에 오시기 전까지, 어머니는 학교 선생님이었다.

어머니의 친구들은 대부분 직장에 다니고 있었다. 비록 일하는 여자에게, 가사 노동은 물론 육아와 시부모님을 모시는 일까지 모두 몰려 있는, 현대와 전근대의 안 좋은 점만 골라서 모아 놓은 듯한 시대였지만, 그 시대의 여자들은 일을 계속 해 나갈 수 있다는 것만으로도 자신의 어머니들보다는 나은 삶을 살고 있다고 믿고 있었다. 한국에서의 삶이 너무 고되다며, 지옥 같은 한국이란 뜻의 '헬조선'이라는 말이 나오고, 한국을 떠나자는 뜻으로 '탈조선'이라는 말이 나왔다. 하지만 어머니는, 처음에는 진심으로 한국을 떠날 생각 같은 것은 하지 않았다고 하셨다.

"아이를 낳고도 계속 일할 수 있는 직업이었거든."

"그럼 아이를 낳았다고 회사에 못 다니기도 했어요?"

"많았지. 법으로야 그러면 안 된다고 했지만, 어떻게든 수단 방법을 가리지 않고 회사에서 쫓아내는 경우가 많았어. 무역 전문가였는데 갑자기 화단 관리 부서로 내려 보내거나, 자기가 잘하는 일을 하지 못하게 하거나 일부러 일을 주지 않아서 근무 평가를 깎아 버리거나."

"못됐네."

"그래도 학교나 공무원들은, 그렇게까진 안 했지. 승진에서 밀리긴 했지만 다들 어쩔 수 없는 일이라고 생각했고…… 엄마 친구들 중에는 자식을 안 낳겠다고 한 사람도 많이 있었어. 아예 결혼 안 하는 경우도 많았고. 엄마가 근무하던 학교에서야 둘씩 셋씩 낳는 집도 꽤 있었지만 말이야."

어머니가 나라를 떠나야겠다고 결심한 것은, 가임기 여자들을 덜 가르치고 안 가르치며, 나라 밖으로 나가지도 못하게 해서, 어떻게든 아이를 낳게 만들고 말겠다는 저 정신 나간 정책들이 구체적으로 가시화될 무렵의 일이었다.

나의 부모님은, 그 정책들이 장차 어떤 식으로 악화될지 충분히 예측할 수 있을 만큼 교육을 많이 받은 분들이었다. 두 분은 임신 사실을 알게 된 순간, 여길 떠나야 한다고 결심하셨다. 어머니는 정년도 출산 휴가도 육아 휴가도 연금까지도 보장되어 있는 교사였고, 아버지는 대기업에서 승승장구하고 계셨는데도. 하지만 어머니는, 결정적으로 이민, 아니, 망명을 결정했던 순간의 일에 대해서 늘 단호하게 말씀하셨다.

"임신 칠 개월 무렵이었지."

요즘이야 칠 개월이면 플라코스에서 아기를 꺼내겠지만, 사람이 직접 아이를 임신하던 시절에는 구 개월이 지나야 아이를 낳았으니, 말하자면 임신 후기였을 것이다.

"그렇지 않아도 그때 나오는 정책이라는 게 정말, 여자를 사람이 아니라 걸어 다니는 자궁 취급하는 것들이었어. 하지만 그때 나온 이야기는 정말로 참을 수 없었지."

한국에서는 군대에 가지 않은 남자들은 쉽게 외국으로 나갈 수 없었다. 잠깐 여행을 다녀오는 것이라면 모를까, 장기간 여행하는 데는 많은 제약이 따르고, 일정한 나이가 넘었는데도 군대에 가지 않은 사람은 짧은 여행을 떠날 때조차도 병무청에서 복잡한 절차를 밟아 국외 여행 허가를 받아야 했다.

그리고 정치가들은, 결혼하지 않은 여자들에 대해서도 같은 제약을 걸기로 했다. 그것도 젖먹이부터 할머니까지, 모든 결혼하지 않은 여자들에 대해서였다.

그 정신 나간 정책이 아무래도 통과될 것 같다는 소문을 듣자마자, 내 부모님은 이민 준비를 포기했다.

나는, 어렸을 때 어머니가 서툰 프랑스어로 이곳에서 일자리를 얻기 위해 고생하시는 것을 보았다. 전기 수리공인 아버지의 젊었을 때 사진을 보며, 아버지와 어머니가 얼마나 많은 것들을 버리고 여기까지 오셨는지 생각했다. 그분들은 한국에서 누릴 수 있는 안락함과 재산들, 보장된 듯 보이는 미래를 포기하고, 태교 여행을 핑계로 한국을 떠났다. 그리고 여기 도착하자마자 망명을 신청했다.

"나라 돌아가는 꼴이, 마치 차우셰스쿠를 되살려 낸 것 같았어."

불행히도 그분들이 프랑스에 도착하고 얼마 지나지 않아, 한국에서는 몇가지 법률이 개악되었다.

아이를 낳지 않으면 여자는 대학원에 갈 수도, 외국에 유학을 갈 수도 없었다. 딸이 외국인과 결혼하면 그 일가는 무서운 벌금을 내야 했다. 여자를 그저 아이를 생산할 수 있는 가축으로만 보는 듯한 그 정책들 덕분에, 부모님의 망명은 순조롭게 받아들여졌다. 그렇게 나는 여기서 태어났다.

그리고 이십 년도 한참 넘는 세월이 흘렀다.

20세기 말에 아버지 부시가 미국 대통령이 되었다가, 21세기에 다시 아들 부시가 대통령이 되고도 또 다른 부시가 대권을 노렸던 것처럼, 대한민국에서도 한 가문에서 무려 세 명의 대통령을 배출했다.

그리고 한국의 인구는, 그 가문에서 배출한 세 번째 대통령이 정권을 잡았던 약 십육 년 전부터 묘한 증가세를 띠기 시작했다.

여자들에게 교육과 출국을 허락하는 대신 병역을 지우게 되면서부터였다.

* * *

"얘가 지금 뭐라는 거니."

에바는 어처구니가 없다는 듯 나를 쳐다보았다.

바빠서 어지간해선 커피 한잔 함께할 시간도 내기 어려웠던 에바는, 내가 한국에 가 보고 싶다고 말하자마자 서둘러 나와 점심 약속을 잡았다.

"어딜 가겠다는 거야. 안 돼, 가지 마."

"한국에 다녀오신 적이 있다고 들었어요."

"그래. 그랬지."

에바는 그녀답지 않게 냉정을 잃고 내 어깨를 붙잡았다.

"난 웬만하면 젊은 친구들의 인생에 간섭하지 말자는 주의야. 경험할 건 경험해 보고, 직접 깨질 것도 깨져 보면서 사람이 발전해 나가는 거니까. 간접 경험만으로는 자랄 수 있는 데 한계가 있는 것도 사실이고."

"에바."

"나는 네 직장 상사고, 네게 이런 충고를 하는 게 주제넘을 수도 있다는 건 알아. 하지만 네 부모님과 비슷한 시대를 살아온 사람으로서 이 말만은 꼭 해야겠다. 세실, 네 부모님의 희생을 우습게 보지 마. 그 나라에 돌아가선 안 돼."

"거기 가서 눌러 살겠다는 게 아니에요. 잠깐 여행을 하려는 것뿐인걸요."

"좋아. 네 부모님의 조국을 모욕하고 싶은 생각은 없지만, 거긴 위험해. 여자가 혼자 여행할 만한 나라가 아냐."

"알고 있어요."

"세실."

"인공지능이 합리적으로 행정을 처리하지 않는다는 것도, 이상한 법률이 많다는 것도, 심지어는 네트에 접속하기도 어렵다는 것도 알아요. 하지만 사람들은 통일 전의 북한에도 여행을 갔었다잖아요."

"오, 이런."

에바가 한숨을 쉬며 자리에 앉았다. 나도 내 의자를 끌어다 앉았다. 우아한 추상 조각품 같은 드로이드가 다가와 테이블을 세팅하고 물을 따라 주었다. 나는 물을 몇 모금 마시며 에바를 바라보았다.

"그런 곳이라도 네겐 조국이라서, 장밋빛 환상 같은 것을 품기라도 하는 거니."

"전 어린애도 아니고, 그런 환상은 없어요."

"그래, 없다면 정말 다행이지. 다행인데……."

에바는 고개를 절레절레 저었다.

"세실, 잘 들어. 거긴 섬 같은 나라야."

아버지도 예전에, 그 비슷한 말씀을 하신 적이 있었다.

삼면은 바다고, 대륙과 연결되는 쪽은 국경을 따라 끝없이 철조망이 늘어서 있고, 그 철조망 너머에는 아직 휴전 중이었을 뿐인 북한이 자리 잡고 있어, 그쪽으로는 한 걸음도 넘어갈 수 없었다고.

통일이 된 지금도 크게 다르진 않았다. 수천 개의 위성이 날아다니고, 지구 반대편의 군사 동향을 거의 실시간으로 체크할 수 있는 상황에서, 한국은 대륙과 연결된 북쪽 국경을 따라, 위성 궤도에서도 선명히 보일 만한 거대한 장벽을 세워 놓았다.

"우리도 그 장벽 안에서 어떤 일이 일어나는지 정확히는 몰라. 정확히는, 그들이 자신이 하는 일을 세계에 알리고 싶지 않았던 것이겠지."

아버지는, 예전 북한과의 그 휴전선에는 낡은 기차가 놓여 있고, "철마는 달리고 싶다."는 말이 붙어 있었다고 하셨다.

하지만 철마는, 여전히 대륙을 향해 달리지 못한다. 그 거대한 장벽에 가로막힌 채, 이 나라는 여전히 대륙과 철도로 이어지지 못했다. 실제로는 대륙의 일부였지만, 이 나라는 정신적으로는 섬이나 다름없는 고립된 상태로 남고 싶었는지도 모른다.

"이건 마치…… 그래, 수박밭에서 당도 측정기 없이, 그저 손으로 톡톡 두드려 보는 것만으로 그 안이 잘 익었는지 짐작해 보는 일이나 다름없어. 망명해 나온 남자들, 주변국들의 반응, 여행자들의 경험…… 그런 것으로 미루어 볼 때 그 안에서 벌어지는 인권 문제가 심각하다는 것을 짐작만 할 뿐이야."

마치 그 섬 안에, 꽁꽁 묶어 가두어 둘 것이 있다는 듯이.

"인권 조사단? 물론 파견했지. 나도 갔었잖니. 그래, 세실. 별 소득은 없었어. 하지만 몇 가지 알아낸 것도 있지. 그 나라에서는 여자들이, 가장의 허가가 없으면 엑스트라넷을 사용할 수 없다는 것을 알고 있어? 국가에 의해 검열이 이루어지기 전에 먼저 가장에 의해 검열이 이루어진다는 것도? 공교육 과정에서 자유나 평등이나 인권 같은 개념은 아예 가르치지 않는다는 것도?"

"제가 어머니께 들은 것보다 심한데요, 이건."

"내가 과장하고 있다고 생각해?"

에바가 냉소했다.

"네가 지금 스물세 살이지? 세실, 이십삼 년이면 무어의 법칙대로라면 메모리의 성능이 3000배나 좋아지고도 남을 시간이야. 네가 태어나기도 전에 폐기된 법칙이긴 하지만."

"……폐기되었어요?"

"그래, 인간은 갈아 넣어도 결국 무어의 법칙을 못 따라가는 순간이 와 버렸거든. 하지만 특이점을 지나고 나서는 오히려 무어의 법칙 정도는 간단히 돌파해 버렸으니 결과적으로는 아주 틀렸다고도 할 수 없지. 세상은 그만큼이나 변했어."

나는 에바를 바라보았다. 에바는 무슨 말을 하면 좋을까 고민하는 듯한 표정으로 나를 바라보다가, 고개를 저었다.

"……그래, 물론 좋은 쪽으로 변해야 하는데, 경우에 따라서는 네 어머니가 아시던 것보다 더 악화될 수도 있는 거지. 인권 조사단이 들어가도, 여자들과 제대로 접촉을 할 수도 없었어. 일단 그 체제를 유지하고 싶어 하는 '제정신'인 가부장들이 자기 처자식이 앰네스티와 접촉하는 것을 두고 볼 리도 없거니와, 그렇지 않더라도 자기 처자식이 외국인과 접촉하는 것은 용납할 수 없다고 생각하니까."

"그래서 한 명도 못 만났다고요?"

"드물게 접촉할 수 있었던 여자들과는 대화 자체가 거의 불가능했어. 앰네스티가 뭔지는 고사하고 천부인권이 뭔지도 몰라서 처음부터 설명해야 했거든."

"천부인권……."

"그 나라 남자들은 그렇게 가르치더군. 의무를 다하지 않으면 권리가 주어지지 않는다고."

착잡했다.

그 자리에 앉아 그녀의 이야기를 듣는 것만으로도 마음이 불편했다. 한편으로는 그녀의 그 모든 이야기가, 그저 나를 말리기 위한 거짓말이었으면 좋겠다는 생각도 들었다.

"인권이라는 것에 대해 기본적인 감각이 없어. 먼저 권리가 주어지고, 그다음 의무를 다할 수 있는 자에게 의무가 주어진다는 걸 생각조차 해 보지 않은 것 같아. 심지어는 거기서 망명 온 남자들이나 유학생들조차도. 대체 이십년 전 아시아에서 그 정도 위치를 차지했던 나라가, 대체 자기들의 미덕은 다 어디다 갖다 버리고 저렇게 추락해 버린 거야."

"한국에서는 마음만 먹으면 어디다 갖다 버렸는지 찾을 수 있을걸요?"

나는 억지로 웃음 지으며 샐러드를 포크로 긁작거렸다.

"저희 어머니 말씀이, 한국에서는 모든 것을 쓰레기봉투에 분리수거해서 버리는데, 쓰레기봉투마다 바코드가 달려 있었대요."

"오, 저런. 정말로?"

"동네에 따라서는 쓰레기봉투에 주소를 쓰라고 한 데도 있었다고 하고요."

"개인 정보는?"

"어차피 한국의 개인 정보는…… 어지간한 인터넷 쇼핑

몰은 다 해킹당해서 공공재나 다름없었다던데요."

"미치겠네."

에바는 정말 난처한 표정으로 고개를 젓다가, 마침내 웃음을 터뜨리고 말았다.

"미안, 내가 이렇게 웃는 게 네게 실례가 되지 않았으면 좋겠구나."

"저도 들을 때마다 기가 막혀서 웃어 버렸는데요, 뭐."

"그래, 다행이네."

"야근 수당 없이 한 주에 60시간씩 일했다고 하고요."

"요즘은 더 상황이 나빠졌어. 70시간 이상이야."

"어떻게 산대요."

"그러게. 그런 쓸데없는 짓들을 할 시간에 놀고먹고 잠이라도 푹 자게 좀 두지. 휴가를 가면 직장이 사라지고, 자기 아이가 죽어도 사흘밖에 쉬지 못해. 노동 시장은 유연하지 않고, 한번 직장을 잃은 사람은 전보다 더 나은 직장을 구할 수 없지. 인구가 부족했으면서, 여전히 사람 귀한 줄을 모르는 나라라니. 난 네가 그 나라에 가 보고 싶다고 말하는 것 자체가 두렵단다, 세실."

나는 대답하지 않았다. 에바는 채근하듯 다시 물었다.

"세실."

"……."

"너희 어머니 시절의, 그 손톱만큼의 자유나 인권조차

모두 버리고, 수돗물도 안 나오는 전근대로 돌아가 버린 나라야. 어느 나라든 개혁과 개방이 있으면 반드시 보수 반동이 뒤따라오는 법이었지만, 이렇게 심한 나라도 많진 않아. 마치 아랍권에서 원리주의자들이 정권을 잡으면서 다시 여자들에게 히잡을 뒤집어씌운 것 같은 일이라고. 네가 이 일을 계속 하는 거라면 모를까…… 네가 위험 부담을 안고 그 나라에 들어가지 않았으면 좋겠어. 널 아껴서 하는 말이야, 세실."

"무슨 걱정을 하시는지는 알아요, 에바."

나는 작은 목소리로 겨우 대답했다.

"저희 어머니도, 그 나라가 어떤 나라인지 늘 말씀하셨어요. 여자가 일을 하면서 아이를 낳고 키우며 승진을 하려면 '명예 남성'이 되어야 하는 세계라고. 일을 잘하는 남자들의 세 배쯤은 노력해야, 그 무리에서 가장 하찮은 남자와 비슷한 정도로 일을 잘하는 것으로 봐 주었다고요."

그녀가 얼마나 나를 걱정하는지, 절절하게 느껴졌다.

"하지만 말이에요, 난 그곳이 궁금해요."

살아오면서 몇 번이나, 인종 차별 비슷한 것을 겪었다. 악의는 담겨 있지 않은, 그저 순수하고 고루한 편견들이 나를 찔러 올 때마다, 억울하다는 감정을 느끼곤 했다.

그때마다 막연히 생각했다. 적어도 한국에서는, 이런 일은 당하지 않을 거라고.

내가 여기서 성공하지 못하고, 끝끝내 받아들여지지 못하더라도, 내게는 돌아갈 곳이 있는지도 모른다고. 어머니는 한국의 나쁜 점만을 내게 말씀하셨지만, 찾아보면 한두 가지 정도는 좋은 점이 보일지도 모른다고.

그건 미련일 수도, 환상일 수도 있었다. 아마도 분명히 그럴 것이다. 알고 있으면서도, 욕망이 끓어올랐다.

"난 성인이고, 내 부모님의 가치관에 백 퍼센트 동의할 필요는 없는 거니까요."

망명객이 되어 떠나온 내 부모님은 결코 돌아갈 수 없는 나라.

나는 그 나라를 내 눈으로 보고 싶었다.

"세실은 바보로구나."

에바가 탄식했다.

"그냥, 한번쯤은 그곳에 가 보는 것도 의미가 있을 것 같고요."

"너, 내가 한국에 다녀온 적 있다는 이야기는 들었지?"

나는 고개를 끄덕였다. 에바는 무척 불쾌한 표정을 지으며 물을 몇 모금 마셨다.

"좋아, 나도 그 나라를 제대로 들여다봤다고는 할 수 없어. 며칠 머무르지 못하고 나왔으니까. 하지만 내 관점에서 거긴, 나라 전체가 20세기 중반을 박제해 둔 박물관 같은 데야. 냉전 시대 이전, 우리로 치면 68혁명 이전 같은 세계. 재미없고, 경직되어 있고, 다들 타인과 국가의 눈치를 보고 말조심을 하고, 외국인을 싫어하지. 아, 그래. 외국인이라도 히잡을 쓰지 않으면 길거리에서 끌려가거나, 총살당하거나 강간당하거나 하는 정도는 아니야. 하지만……."

"하지만요?"

"깜둥이라는 말을 들었어."

에바는 억지로 빙긋 웃으며 어깨를 으쓱해 보였다. 나는 참담한 기분이 들었다.

"난 그때 막 팀장으로 승진한 상태였고, 장 뱅상은 그때 아직 수습이었어. 하지만 공항에서부터 깜둥이, 깜씨, 그런 말을 들어야 했어."

"세상에……."

"그곳 사람들은 장 뱅상은 '미스터'라고 부르며 존중하면서, 나는 비서도 아닌 하녀나 식모 취급을 했지. 내가 회의장에 들어서는 것을 가로막는 사람도 있었어."

"말도 안 돼요!"

"회의 중에도 내 발언은 존중받지 못했고, 기념 촬영을 하는데도 나를 밀어내는 사람도 있었지. 모르겠어, 그 사람들에게는 팀장이나 수습 직원이라는 입장보다도 피부색이 더 중요한 것이었을까? 그게 불과 사 년 전에 겪은 일이란다, 세실. 믿어지니?"

나는 고개를 저었다. 듣기만 해도 비참했다. 나의 부모님이 왜 그 땅을 도망치듯 떠나야 했는지, 조금은 이해할 수 있을 것 같았다.

"한국인들은 자신들이 유교의 가르침에 따른다고, 그래서 국가와 연장자의 말에 따르는 것뿐이라고 말해. 해방 이후 계급 같은 것은 없어졌다고, 모두가 평등하다고 말하지만, 그건 사실이 아냐. 그들은 철저히 계급주의적이고, 상명하복을 목숨처럼 여기고 살지. 나이라든가 재산, 학벌, 그리고 피부색의 명도 역시도 계급을 나누는 잣대 중 하나고. 단일민족이라는 신화 때문인지, 결혼 이민자의 아이들에게도 무척 가혹하게 대한다고 알고 있어. 인종 차별 이상으로 여성 차별도 심각하고."

"고마워요, 에바."

하지만.

"하지만 역시 한 번은 가 보고 싶어요."

그 말들을 들을 때마다 묘한 오기 같은 것이 가슴속에서 불쑥 솟아올랐다.

"설명하기 어려운 미련 같은 게 있어요."

어쩌면 그렇게까지 나쁜 곳은 아닐지도 모른다는 생각도 들었다.

"아무래도 부모님의 고향이니까."

그곳이, 내가 이곳에서 아무것도 이루지 못했을 때 도망쳐 갈 또 다른 땅은 될 수 없더라도, 그곳도 사람 사는 곳이다. 인공지능의 합리성이 결여된 세상이라고 해도, 여기 사람들이 생각하는 것만큼의 지옥은 아닐 것이다.

“가서 제 눈으로 보고, 미련을 싹 떨치고 오는 게 낫겠어요.”

“그래, 알겠다.”

에바는 마침내 고개를 끄덕였다.

“내가 친구로서 할 수 있는 말은 다 한 것 같지만.”

“미안해요, 걱정해 주셨는데.”

“언제쯤 갈 생각이니?”

“이달 30일요. 이미 예약 같은 건 다 했어요.”

“……빠르기도 하지.”

“식사 약속 정하자마자 여행부터 잡았는걸요. 마침 그때가 제 휴가 기간이기도 하고…… 내년에는 학교에 돌아가야 하니까요.”

“얼마나 머무르는데?”

“삼 주 정도요.”

“좋아, 세실.”

에바는 한숨을 쉬며 나를 바라보았다.

“그럼 먼저 거길 다녀온 경험자로서 제안할게. 만약의 사태에 대비해서, 네가 묵을 숙소의 연락처를 내게 남겨 놓고 가.”

“그렇게 할게요.”

나는 순순히 대답하며 에바에게 숙소의 연락처와 구체적인 여행 계획을 전송했다.

"그리고 가서 지내는 동안 마리와 에바에게 메시지 자주 보낼게요. 아, 제 골전도 칩에, 마리의 것처럼 바로 데이터 기록할 수 있게 확장팩도 달 거고요. 그곳에서 보고 들은 것들을 전부 기록해 올 수 있게요."

"그게 잘 될지 모르겠다. 한국에서는 네트 접속이 그렇게 원활하지 않아."

"설마 전화도 안 되려고요."

"조심해. 내가 한국에 갔을 때에는 세상에, 골전도 칩을 꺼내려는 놈들이 있었어."

"그럼 어떻게 하죠?"

"……좋아, 이렇게 하자."

에바는 바로 사무실에 접속하더니, 곧 내게 가상 신분증 하나를 보내 주었다.

"이거 실물도 하나 받아서 가. 여기 직원 신분증이고, 적당히 공문도 보내 놓을 테니까, 한국에 대해서 한국계 직원을 보내서 조사하는 것으로 해 두면 되지."

"그래도 괜찮아요?"

"뭐, 네가 제대로 조사해 오지 않는다면, 마리가 너를 묶어 놓고 유의미한 데이터가 나올 때까지 괴롭힐지도 몰라."

"인권 침해예요, 에바."

나는 웃었다. 하지만 에바는 웃지 않았다.

"혹시 모르니까 너희 부모님 연락처도 줘. 네게 무슨 일이 있을 경우에만 연락한다고 약속할 테니."

"에바."

"어서."

에바는 엄격한 선생님처럼 나를 바라보며 고개를 끄덕였다. 나는 어쩔 수 없이 어머니의 연락처를 공유하고 쓴웃음을 지었다.

식당에서 나오며 에바는 내 어깨를 부드럽게 끌어안았다. 무척 달콤한 향수 냄새가 느껴졌다. 그녀는 내게 속삭였다. 행운을 빌어, 세실. 나는 그녀에게 살짝 뺨을 맞대며 고개를 끄덕였다.

그 후 몇 번이나 나는, 그날의 점심식사를 떠올렸다.

그때 에바의 말을 들었더라면.

그랬다면 정말, 많은 것이 달라졌을 텐데.

4

어지간한 나라는 의체로도 여행할 수 있는 시대에, 굳이 항공권을 예매하는 것은 일종의 호사였다. 굳이 명승지를 배경으로 자신의 자취를 남기고 싶어 하는 호사가들이나 비행기를 타고 여행을 떠날까. 말하자면 이런 것은, 크루즈 여행보다는 조금 가볍지만 나름대로 여행을 진지하게 여기는 이들이 선택하는 케이스였다.

고작 휴학 중에 인권 단체에서 일하고 있던 대학생에 불과한 내가, 한국행 항공권을 굳이 예매해야 했던 것은 좀 더 실질적인 이유였다.

한국에서는 의체 여행이 불가능했다. 네트가 제한되고 검열당하다 보니, 그런 식의 서비스를 구축하는 것 자체가 불가능에 가깝다고 했다. 구축에 성공한다 한들, 굳이 한국에 의체로 접속하여 탈탈 털리듯 머릿속을 검열당하고 싶은 사람이 어디 있을까.

한국으로 향하는 에어프랑스 기 안에서, 나는 뒤늦게 한국 관광 가이드와 앰네스티의 한국 관련 보고서를 들여다보았다. 여자들이 여행하기 위험한 나라라는 경고 문장을 보고서야, 내가 실수한 게 아닐까 하는 생각이 들기 시작했다.

앰네스티 보고서 쪽은 더 답답했다. 인권 조사단이 한국에 들어가 몇 개월 동안 애써 보았지만, 한국 여자들은 병역 경험이나 인권 문제에 대해 굳게 입을 다물었다고 한다. 아니, 낯선 외국인을 보면 무슨 해코지를 당할까 봐 일단 도망치기부터 했다고 들었다. 남자들을 통해 간접적으로, 여자들의 고통에 대해 조사하려 했지만 소용없었다.

그들은 여자들에 대해 감정 이입을 할 줄 몰랐고, 군 생활 이야기를 할 때 여자들 이야기는 쏙 빼놓곤 했다. 마치 군대라는 조직이 남자만으로 이루어진 것처럼.

사회적 위상이 낮고, 자기 자신을 위해 주장할 힘을 빼앗겼으며, 신체적으로도 약자인 이들, 인구의 절반을 차지하는 이들이 겪는 일들에 대해, 한 나라 전체가 공모하듯 입을 다무는 것이 말이 되는 일일까.

"미치겠네……."

나는 패널을 절전으로 돌리며, 나직히 중얼거렸다.

"이럴 줄 알았으면 그 새끼에게라도 자세히 좀 물어볼걸."

비르지니에게 치근거리던 한국인 유학생 생각이 났다. 아니, 그런 놈이 어차피 제대로 된 대답을 들려 줄 것 같진 않았지만.

그 한국인 유학생이 나오는 기분 나쁜 꿈을 꾸며 나는 한국행 에어프랑스 기 안에서 눈을 감았다. 비행기는 두 시간 45분 만에 인천공항 활주로에 착륙했다.

그리고 공항에서 입국 수속을 하고, 제11차 헌법 개정에 따른 긴급조치 13호의 지엄함이 지배하고 있는 대한민국의 영토를 밟자마자, 나는 공항 경찰대에 붙잡혔다.

* * *

줄을 서서 입국 수속을 하면서도, 나는 설마 입국장 저편에 서 있는 경찰들이 나를 기다리고 있으리라고는 꿈에도 생각하지 못했다.

입국 수속을 위해 여권을 스캔하자마자 내 머리 위에 빨간 불이 들어왔다. 무슨 일인지 물어볼 겨를도 없이, 총과 시커먼 방탄조끼로 중무장을 한 경찰들이 달려와 내 어깨를 붙잡았다. 나는 비명을 질렀다. 하지만 아무도 대답해 주지 않았다. 짐을 챙길 겨를도 없었다. 나는 여권과 작은 가방만을 필사적으로 붙잡은 채, 그들에게 짐짝처럼 끌려갔다.

"여보세요! 에바!"

나는 희미하게 전파가 들어오는 것을 느끼며 에바에게 전화를 걸려 애썼다. 그때 경찰 한 명이 내 손목에 테이저를 쐈다. 손목이 끊어지는 듯한 아픔도 잠시, 나는 경악했다. 피부 안쪽에 삽입된 골전도 칩이 반응하지 않았다.

"에바…… 에바!"

후회했다.

그녀의 말을 들었어야 했는데.

내가 얼마나 오만했는지! 골전도 칩을 꺼내려는 자들이 있었다는 말을 들어 놓고도, 나는 이런 경우에 대해서는 생각조차 하지 않았다. 나는 생전 처음으로. 완전히 혼자가 되어 버린 듯한 공포를 느꼈다. 그 누구와도 연락할 수 없다. 내가 아는 그 누구에게도 닿을 수 없다. 이제부터 무슨 일을 당할지도 모르는데, 이 상황을 알릴 방법은 없었다. 끔찍했다.

공항 경찰대가 나를 붙잡아 바닥에 짓누르는 사이, 문이 열리고 MP라는 글씨가 새겨진 헬멧을 쓴 남자들이 쏟아져 들어왔다. 그들은 나를 포승으로 꽁꽁 묶었다.

"영장 가져와요! 무슨 일인지 설명해 보라고!"

나는 프랑스어로, 다시 영어로 어떻게 된 일인지 설명해 달라고 악을 썼다. 하지만 그들은, 마치 내 목소리가 들리지 않는다는 것처럼 전혀 반응하지 않았다. 나는 사람들이 뻔히 보는 앞에서 개처럼 질질 끌려갔다. 그리고 나는, 내가 무슨 일을 당하고 있는 것인지 알아볼 틈도 없이, 구형(舊型) 산부인과 진찰용 의자가 놓여 있는 작은 방에 끌려들어 갔다.

"이것 놔!"

나는 군인들에게 붙잡혀 강제로 키와 체중과 가슴 둘레와 엉덩이 둘레를 재야 했다. 마치 가축이 된 것 같은 기분이었다. 항의했지만, 그들은 프랑스어를 알아듣지 못했다. 영어로 말해도 못 알아듣는 척할 뿐이었다.

나는, 일부러 한국어로는 말하지 않았다. 그건 거의 본능에 가까운 일이었다. 내가 한국말을 할 줄 안다는 사실이 밝혀지면, 나는 더 위험해질 것이다. 그런 생각이 들었다.

그때 누군가가 내 손목을 묶은 포승을 풀며 중얼거렸다.

"이렇게 제 발로 걸어들어 와 주면 고맙지."

풀려나는 걸까. 나는 아주 잠깐 낙관했다. 그리고 뒤이어 그들의 우악스런 손이 내 옷을 벗겨 내기 시작했다. 나는 강간당하는 거라고 생각했다. 비명을 지르며 그들에게서 달아나려 했지만, 소용없었다. 그들은 내 하반신을 벗겨 구형 산부인과 의자에 앉히고, 손발목을 단단히 묶었다. 비명을 지를 수 없도록 입에도 더러운 천 조각 같은 것을 밀어 넣었다. 어쩌면 자해를 막기 위해서일지도 모른다는 생각이 그 와중에도 막연히 들었다. 셔츠 단추가 풀려나갔다. 발버둥을 쳤지만, 묶인 발목만 뻐근하게 아파 왔다.

입구에서 서류를 확인하던 남자는 군의관인 듯했다. 그는 내 몸 구석구석을 만져 보고, 젖꼭지의 색깔을 확인하더니, 내 성기에 손가락을 집어넣었다. 나는 낮은 비명을 질렀지만, 그 비명은 내 입을 틀어막은 천 조각에 막혀 버렸다.

내 의사와 상관없이 다른 사람의 신체가 내 신체를 침범하고 있다. 이건 강간이다. 피가 식는 것 같았다. 하지만 그는 별일도 아니라는 듯, 장갑을 벗고 서류에 뭔가 적어 넣으며 무심하게 선고했다.

"3급."

"오, 좀 놀았나 본데?"

"역시 외국 살다 온 년들은."

군인들이 내게 다가와, 내 성기에 씻지도 않은 손가락을 번갈아 밀어 넣으며 상스럽게 낄낄거렸다. 누군가 내 입에 처넣은 천 쪼가리를 빼내 주었다. 나는 발목을 묶은 끈이 풀려 나가자마자 발버둥을 쳤다. 누군가의 얼굴을 걷어차는 데는 성공했지만, 그 대신 내 명치에 쇠망치를 휘두르는 듯한 주먹질이 내리꽂혔다. 나는 소화가 덜 된 기내식을 토하며 산부인과 의자에서 반쯤 미끄러져 떨어질 듯한 자세로 매달려 있었다.

"적당히 해라."

군의관이 나를 부축해 일으켰다. 나는 그대로 얇은 가운 한 장만 입혀신 채, 끌려갔다. 내 여권과 내 짐, 조금 전 입었던 옷가지는 보이지 않았다.

"내 여권 어디 있어요."

나는 그나마 내 말을 알아들을 것 같은 군의관에게 매달렸다.

"어떻게 된 거예요. 대체 왜 내가 여기 끌려온 거냐고요."

군의관은 딱하다는 듯 나를 쳐다보다가, 어색한 영어로 대꾸했다.

"병역 마칠 때까지."

병역이라니.

"너, 한국인. 병역 의무 마쳐야 한다."

그는 딱하다는 듯 나를 쳐다보다가, 나를 독방에 밀어 넣었다. 문 밖에서 남자들이, 시끄럽게 떠들고 낄낄거리는 소리가 들렸다.

"뭡니까. 어차피 아다도 아닌데 맛 좀 봐도 되는 거지."

나는 필사적으로, 그들의 말을 알아들으려 애썼다. 모르는 단어가 많았지만, 그들이 뭘 원하는지는 짐작할 수 있었다.

그때 군의관이 한마디 했다.

"보급품에 손대지 말라고 말했을 텐데?"

그가 내가 강간당하려는 것을 막아 주었다는 사실보다도, 그가 한 말이 더 충격적이었다.

보급품.

그는 분명 나를, 보급품이라고 말했다.

* * *

"세실 강 씨 맞죠?"

그날 저녁, 나는 좁은 취조실 같은 곳에서 겨우, 바벨 인터프리터 헤드셋을 쓴 병무청 공무원과 마주 앉게 되었다.

"당신 아버지 성함은 강영호, 어머니 성함은 김지현. 맞습니까?"

"……."

그는 안됐다는 듯 나를 바라보다가, 서류를 내려놓았다.

"검진 결과 현역병으로 입영하게 되었어요. 평균적으로 입대하는 나이보다는 조금 늦었네요. 힘들 텐데."

"검진이라니."

나는 정색을 하고 물었다.

"설마 아까 내가 당했던 그 성폭력을 두고 하는 말인가요?"

"성폭력이라뇨."

"설명도 없이 끌고 가서 신체 사이즈를 재고, 옷을 벗기고, 개인적인 부위를 만지고 성기에 손가락을 넣었어요. 당연히 성폭력이죠. 아니, 강간이라고 할까요? 이 나라는, 이런 일을 아주 국가적으로 벌이는 모양이죠?"

"당신을 위해 하는 말이지만 그런 말은 하지 않는 편이 좋겠군요."

그가 우울한 얼굴로 대답했다.

"생각 자체를 하지 않는 편이 나을 거예요. 한국말은 할 줄 아나요? 한국 사람이니 한국말은 좀 해 줬으면 좋겠는데."

"난 이런 취급을 당할 이유가 없어요. 난 프랑스인이고, 한국에는 관광하러 온 것뿐이니까."

"아뇨, 그렇지 않습니다."

설마 앰네스티 쪽 사람이라는 게 문제가 되었던 것일까?

"좋아요, 지금 당신들은 심각한 오해를 하고 있어요. 대사관에 연락해 주세요. 어서요!"

"오해 같은 것은 없습니다. 당신은 한국인이니까 대사관에 연락할 필요도 없고요."

"난 프랑스 사람이에요."

"여기 한국에서는 아버지가 한국인이면 자식도 당연히 한국인이니, 당신 역시 한국인이고 병역의 의무를 다해야 하죠."

"우리 부모님은 프랑스 국적을 취득한 지 이십사 년째예요."

나는 정색을 하고 말했다.

"내가 태어나기도 전에 우리 아버지는 이미 프랑스 사람이었는데, 이제 와서 무슨 말을 하는 거예요?"

"망명자였죠. 맞죠?"

나는 고개만 끄덕였다.

"망명자의 자녀들이 가끔, 당신처럼, 한국에 관광하러 오더라고요."

"지금 그걸 알면서도……."

"제 발로 돌아왔는데, 붙잡아 군대에 보내지 못할 이유는 뭐가 있나요."

"……이건 인권 문제예요."

"똑똑한 아가씨군요. 여기서는 여자가 똑똑하면 환영받지 못합니다."

"난 국제 앰네스티에서 일하고 있어요. 이 일이 바깥세상에 알려지면…….”

“세실, 내 말 잘 들어요.”

그는 우울한 표정으로 말을 이었다.

“아마 나는 당신이 한국 땅에서 만날 수 있는, 당신에게 가장 호의적인 한국 사람일 거라는 데 지금 내 지갑에 든 돈 전부를 걸 수도 있는데, 당신이 앰네스티에서 일한다는 말은 절대로, 하지 말아요. 앰네스티가 뭔지 아는 사람이 그 말을 들었다간, 당신은 영영 이 나라 밖으로 못 나갈 겁니다.”

“지금 그게 무슨…….”

“당신은 병역을 완료하기 전까지는 국경 밖으로 한 발도 못 나가요.”

머리 위로 쇳덩어리가 떨어지는 것 같았다.

“여기서 ‘완료’라는 것은, 이 년 안에 한국 국적의 아이를 임신해서 그 아이를 낳거나, 그게 아니면 복무 기간을 백 퍼센트 채우는 것뿐입니다.”

“잠깐, 잠깐만요…….”

“외국에 오래 있었던 분들은 종종 이해를 못 하는 것 같은데, 원래 여자의 몸은 아이를 낳게 만들어져 있습니다. 죽지 않으니까 너무 걱정하지 말아요.”

“어째서 아이를 낳아야 한다는 거죠?”

“인적 자원이 부족하니까요.”

그는 마치 공장에서 통조림이라도 찍어 낸다는 듯한 표정으로 말했다.

"인적 자원…… 아니, 좋아요. 정말로 인구가 줄어들어서 큰일이다 싶으면."

"나라마다 사정이 있는 법이죠."

"여자 한 명이 평생 아이를 낳아 봐야 두세 명인데, 인적 자원이 부족해서 이런 식으로 아이를 낳게 할 셈이면 여자가 아니라 플라코스를 쓰는 게 맞지 않아요?"

"인간을 올바르게 낳아 기르려면 태교라는 것도 중요합니다."

벽을 보고 말하는 것 같았다.

태교라니.

이런 데 끌려와서 대체 무슨 태교를 하라는 거야. 임신이라니, 대체 누구 아이를 낳으라고? 설마 누구 것인지도 모를 정자로 인공수정이라도 시켜 놓겠다는 거야? 세상에, 플라코스에 배아를 착상시켜 놓고 하루 종일 클래식 음악이나 틀어 주는 게 태어날 아이의 정서에는 1024배쯤 낫겠네.

"의병 제대나 의가사 제대나 불명예 제대를 할 경우, 당신은 병역을 완료한 게 아닙니다. 다시 말해 엑스트라넷도 사용할 수 없으며, 나라 밖으로 절대 못 나갈 겁니다."

어이가 없어서 숨도 못 쉬고 있는데, 그가 나를 바라보며 목소리를 낮추어 말했다.

"잘 들으세요. 그리고 당신이 이 모든 일을 국제 사회에 보고할 수 있을 만큼 영리한 여자라는 게 알려지면, 당신은 불명예 제대를 당하거나, 최악의 경우 기율대(紀律隊)에 끌려가 영영 나오지 못할 수도 있어요. 알겠습니까?"

나는 입을 떡 벌렸다. 듣고도 믿기지 않는 이야기였다.

"하나 더, 당신 부모님은 망명자였죠. 한국에 들어올 수도 없거니와, 들어오더라도 체포될 겁니다."

"대체 무슨 죄로요!"

"국가보안법 위반죄에 해당해요. 인구 생산에 필요한 인적 자원을 밖으로 빼돌렸으니까."

인적 자원. 그건 나를 두고 하는 말이다.

나는 이들에게 그저 인적 자원일 뿐이다. 그 말이 송곳처럼 날아와 목울대에 박히는 것 같았다. 나는 말을 잃었다.

"걱정하지 말아요. 당신 부모님이 한국까지 날아오시진 않을 테니까."

"그게 무슨 소리죠?"

"뭐, 좋은 일은 아니지만 이런 일에는 우리도 나름대로 노하우가 있습니다."

병무청 공무원은 쓸쓸한 표정으로 일어나며 말했다.

"특히 당신 부모님처럼, 자식을 위해 외국으로 망명까지 하신 분이라면. 자식이 살아서 무사히 돌아오는 쪽을 원하실 테니까요."

머릿속에, 통계 자료에서 보았던 데이터가 떠올랐다. 그 말도 안 되게 높았던, 군내 의문사 비율에 대한 부분이.

그는 헤드셋을 벗어 가방에 집어넣고, 나를 두고, 나갔다. 묵직한 철문이 밖에서 잠겼다. 나는 기가 막혀서 웃다가, 마침내 울음을 터뜨리고 말았다.

* * *

"한국말도 못 하는 걸 어디다 써 먹는다고."

사흘 뒤, 나는 낡은 승합차 뒷좌석에 짐짝처럼 실린 채 끌려갔다.

"뭐, 어때. 이리 와라, 저리 가라, 밥 먹어라, 그것만 알아들으면 되었지."

"그거 알아듣겠어?"

"설마 못 알아듣겠냐. 개도 한두 달만 가르치면 알아듣는걸."

"아니, 이런 멍청한 년이 그걸 배울 수나 있겠느냐는 말이야."

"대학도 갔던걸."

"외국이야 대학 가기 쉽지……. 생각해 봐. 자기 부모가 그렇게 목숨 걸고 도망쳤는데, 제 발로 돌아와서 이렇게

끌려가는 걸 보면, 이런 멍청한 년이 어디 또 있겠어."

"모르지, 멍청한 건지 순진한 건지."

"그래서, 학교는 어디 나왔대?"

나를 멍청한 년이라고 부르던 남자가 목소리를 낮추며 물었다.

"혹시라도 유명한 데면, 또 시끄러워질 수가 있단 말이야."

"시끄럽긴 뭐 얼마나 시끄러워서. 학생 따위가."

"거 저번에 말이야. 그냥 학생인 줄 알았는데, 스물 몇 살에 무슨 대단한 논문을 썼다더라고. 방학을 맞아 어머니의 나라에 방문한다고 한국에 갔다는데 그대로 실종되었다고 외신에서 난리도 아니었잖아."

"그래서?"

"그래서는 뭘 그래서. 이거 큰일 나겠다 싶어서 삽으로 때려서 저기 파묻어 버렸지. 적당히 허접한 대학을 나왔으면 어디다 파묻어 버려도 상관없지만, 봐서 너무 급이 높다 싶으면 적당히 놀리든가, 처음부터 파묻는 게 나을 수도 있어."

소름이 돋았다.

"그런 대단한 년 아니니 걱정을 말아. 무슨 폴리테크닉인가 하는 데 나왔다더구만."

"아, 폴리텍 대학. 그게 외국에도 분교가 있었나?"

군복을 입은 두 남자는 내 이야기를 하다가, 자기 아이의 학교 성적이 어떻다더라, 혹은 어느 동네의 아파트 가격이 어떻다더라 하는 이야기를 대수롭지 않게 늘어놓았다.

이곳 사람들에게 한국말을 할 줄 모르는 사람이란, 지극히 만만한 존재였다. 아니, 한국말을 못 하는 것뿐만 아니라, 여자라든가 피부색이 보편적인 한국인보다 어둡거나, 그들이 생각하기로 무엇 하나라도 자기들보다 못한 구석이 있어 보이는 이에게는 아무렇게나 화풀이를 해도 꿈쩍도 하지 못할 것이라고 믿는 듯 보였다.

나는 공식적으로는 한국말을 못 알아듣는 것으로 되어 있었지만, 설령 그렇다 해도 바벨 인터프리터가 보편화된 시대다. 아주 가늘고 눈에 띄지도 않는 헤드셋 하나만 내게 쥐여 주면 될 일인데도, 그들은 내게 말을 알아듣게 할 생각이 없는 듯했다. 오히려 내가 말을 못 알아듣는다고 생각하기 때문인지, 정상적인 인간이라면 다른 사람 앞에서 함부로 떠들 수 없는 음담패설들을 멋대로 지껄이기도 했다.

중간중간, 그들은 자신들이 사창가에서 벌인 무용담을 저마다 떠들어 댔는데, 사실 서로의 말에 그다지 귀를 기울여 듣고 있는 것 같진 않았다. 그저 사창가의 여자들에게 어떻게 난폭하게 굴었고, 그녀들이 어떻게 자신에게 복종했는지, 그런 무용담을 떠벌릴 수 있는 자기 자신이 자랑스러울 뿐인 듯한, 구역질 나는 대화였다. 하지만 나는 못 들은 체, 멍한 표정으로 창밖만 내다보았다.

내게 지시를 해야 할 때, 그들은 손짓 발짓으로 오라 가라 명령하거나, 종잡을 수 없는 영어 단어 한두 마디를 불쑥 던져 놓고는 못 알아듣는다고 화를 내곤 했다. 이럴 때면, 나는 그들이 정말로 영어를 못 하는 것인지, 그게 아니면 나를 길들이기 위해 일부러 이런 식으로 가학적인 태도를 보이는 것인지 궁금했다. 하지만 그들이 한국어로 나누는 대화들로 미루어 볼 때, 이 사람들이 세상 물정이나 국제 정세에 한없이 어두운 것으로 보아 영어를 못 한다고 보는 게 옳을 듯했다. 정말로 복잡한 이야기를 해야 할 때만, 그들은 마치 시혜를 베풀 듯, 언제 마지막 업데이트를 했는지도 알 수 없는 바벨 인터프리터가 달린 마이크로 말을 했다.

첫날 만났던 병무청 공무원을 제외하면, 내게 대답을 요구하거나, 내 말을 번역해서 들어 보려는 사람은 없었다. 나는 말을 할 필요가 없는 존재라는 것을, 이 사흘 동안 깨달았다. 어차피 허락된 대답은 '예' 하나뿐이었다.

"그럼 '신고식'은?"

나는 귀를 쫑긋 기울였다. 나는 내가 무슨 일을 겪게 될 것인지, 이 이상한 나라에서 군대에 간 여자에게 무슨 일이 벌어지는지 알고 싶었다. 하지만 그들의 대화에서는 별다른 정보를 찾아볼 수 없었다.

"외국 살다 온 년들이 그게 있겠냐."

"실망하겠네, 장교 놈들."

나는 그 '신고식'이라는 말에, 내가 앞으로 겪을 일에 대해 실마리를 잡을 수 있을까 귀를 기울여 보았지만, 그게 다였다. 하긴, 공항 경찰대가 그렇게 기민하게 움직이는 것만 봐도 알 수 있는 일이다. 그들에게 이런 일은 너무나 흔한 일이었을 테니까. 그러니 늘 하는 일을 하는 것뿐인데 별다른 정보를 주고받을 이유도 없었을 것이다.

나는 훈련소로 보내지는 것일까? 그건 아닌 것 같았다. 아까 출발할 때에도, 나를 데려가는 이 군인들의 상관은 북청에 있는 부대에 결원이 하나 났으니 그리 바로 보내라고 말했다. 바로 부대로 보내는 것을 보면 말이 좋아 병역이지, 실제로 적을 죽이거나 군사 훈련을 받는 것은 아닌 모양이었다.

그렇다면 이 나라의 여자에게, 병역의 의무란 뭘까. 나는 구치소의 벽이나 병무청 사무실의 복도에 붙은 포스터들을 머릿속에 떠올리며, 그 내용을 가만히 곱씹어 보았다.

일단, 한국에서 모든 여자는 20대 초반, 이 년간 병역의 의무를 진다고 했다.

남자는 이 의무를 30세까지 연기할 수 있지만, 여자는 늦어도 24세까지는 병역을 마쳐야 한다. 만약 만 20세가 되기 전에 결혼하면 이 의무에서 유예되지만, 23세까지는 임신 및 출산을 해야만 면제된다.

이 나라에 플라코스 시스템이 존재하긴 하는 것일까?

이해가 가지 않았다. 지금이 20세기도 아니고.

일단 입영한 여자가 임신을 하면, 임신이 확인된 시점에서 병영을 떠나 '애국부인회'의 자상한 손길 하에 태교를 하고, 출산 후 몸조리까지 한 뒤 무사히 사회로 돌아갈 수 있다고 했다.

'애국부인회'라니. 이건 또 뭐야.

어디서부터 치를 떨어야 좋을지도 알 수 없었다. 여기 위정자들은 무슨 차우셰스쿠의 현신들인지. 그게 아니면 『시녀 이야기』를 단단히 잘못 읽기라도 한 것인지. 나는 인천에 도착한 날 당했던 산부인과 검사들과, 십여 년 전부터 급상승한 한국의 출생률을 떠올렸다.

어쩌면 내가 상상할 수 있는 수준의 일이 아닐지도 몰라.

나는 어깨를 움츠렸다. 그 모든 징조들이 가리키는 것을 머릿속에 구체적으로 떠올리기도 전에, 승합차는 거대한 개발도상국형 산업도시를 가로질렀다.

내가 군생활을 하게 될 함경남도 북청이었다. 나는 문득, 인천에서 출발하여 여기까지 오는 데 걸린 시간이, 파리 드골 공항에서 인천 공항까지 날아오는 데 걸린 시간의 꼭 두 배라는 것을 떠올렸다.

담으로 둘러싸인, 섬과도 같은 나라.

이곳에서의 시간은, 꼭 그만큼 더 느리게 흐르는 것일지도 모른다는 생각이 들었다.

그때 높다란 담장이 눈에 들어왔다.

* * *

뚱뚱한 중대장은 나를 위아래로 훑어보며 입맛을 다셨다.

"에, 이제라도 병역을 마치기 위해 고국에 돌아왔다니 환영한다."

중대장은 통역기를 거쳐서도 투박하기 그지없게 느껴지는 거친 억양으로 귀찮은 듯 인사를 하고, 내 엉덩이를 툭툭 두드렸다. 나는 프랑스어로 나직이 욕을 내뱉었다. 중대장은 내 얼굴을 흘낏 쳐다보았지만, 못 알아들은 덕분인지 더 이상 꾸짖진 않았다. 다만 중대장의 뒤편에 서 있던 젊은 남자가 나를 노려보았다.

"에, 윤 중위."

"예, 말씀하십시오."

"그렇지 않아도 골치 아픈 그 소대에 일거리를 늘려 줘서 미안하게 되었군."

"아닙니다."

중대장은 윤 중위를 가리키며 내게, 그는 2소대장이고, 나의 상관이라고 말해 주었다.

잠시 후 윤 중위는 나를 데리고 소대로 향했다. 그는 내게 담배를 권했다. 나는 고개를 가로저었다.

"자네와 같은 내무반에 김재경이라는 여자가 있어."

그는 목소리를 낮추어, 유창한 영어로 말했다.

"왜, 영어 할 줄 아는 사람 처음 봤나."

"두 번째긴 하죠."

나는 짐짓 태연한 척 대답했다. 하지만 이 끔찍한 곳에서 처음으로 제대로 된 대화를 나눌 수 있는 사람을 만났다는 기쁨을 감추기는 어려웠다. 윤 중위는 걸음을 멈추고 나를 바라보았다.

"영어가 통한다고 해서, 내게 자네가 무슨 억울한 일을 당했는지 말할 생각은 하지 마. 만약 자네가 멍청한 여자라면, 난 멍청한 여자의 신세 타령을 들으면서 시간을 낭비할 생각이 없어. 만약 자네가 똑똑한 여자라면, 오늘 밤이 지나기 전에 여기서는 그저 입을 다무는 것이 현명한 일이라는 것을 깨닫게 되겠지."

"난 그다지 자신감이 넘쳐흐르는 타입은 아니지만, 적어도 지금까지 내가 만난 한국인들보다는 똑똑할 거라는 데 내 여권을 걸 수 있어요."

"갖고 있지도 않은 여권으로 내기를 할 건가? 정신 못 차리고. 그런 건방진 소리를 하다간 영영 여기서 못 나갈 거야."

윤 중위는 어깨를 으쓱거렸다.

"시간은 5분밖에 없어. 내 설명을 듣는 것과 신세 타령을 하는 것 중, 어느 쪽을 고를 건가."

"……중위님의 설명을 듣는 게 낫겠군요."

"바보는 아니군, 좋아. 김재경의 이야기로 돌아가지."

"김재경?"

"그 여자는 사상범이야. 원칙대로 말하자면 그녀와 가까이 하지 말라고 말해야겠지만, 그녀는 나 못지않게 영어를 할 줄 알지. 무슨 소리인지 알겠나?"

"그녀가 제게 도움을 줄 거라는 말씀이신가요?"

"아니, 한국에는 제 코가 석 자라는 말이 있지."

윤 중위는 냉정하게 말했다.

"김재경은 서른다섯 살까지 여기 갇혀 있어야 할 거야."

"그게 무슨……."

"특이한 케이스는 아니야. 그녀 같은 여성 범죄자들은, 여기처럼 3등급들이 오는 부대에 같이 두기도 하거든. 여자용 교도소를 따로 짓는 것은 낭비니까 말이야."

"3등급?"

"설명 안 들었나? 자네도 3등급이지."

첫날, 군의관의 목소리가 떠올랐다.

"집안 환경이 무척 안좋거나 처녀가 아니거나 나이가 많거나…… 그게 아니면 국가를 전복할 만큼 위험하진 않지만 사람들에게 쓸데없는 소리를 지껄이는, 소위 아는 척 하는 여자거나. 자네의 경우는 대체로 다 해당되겠군."

"즉 여기선 똑똑한 여자는 3등급이 되는 거군요."

"아니, 유전자를 보존할 가치가 있을 만큼 똑똑한 여자라면, 다른 대책이 있지."

유전자를 보존할 가치라고?

그럼 3등급이 된 여자는 아이를 낳지 않아도 된다는 걸까? 나는 그의 말을 한 마디도 놓치지 않으려 애썼다. 하지만 다음 순간, 그는 생각지도 못한 대목에서 어이없는 말을 내뱉었다.

"하지만 어차피 자네에겐 해당 없는 일일 텐데? 아무리 이 나라 젊은 여자들이 대부분 중학교밖에 졸업하지 못한다고 해도, 고작 산업기술학교 레벨 정도로 특별 취급을 요구할 수야 없지."

나는 에콜 폴리테크닉이 대체 어디로 보아서 산업기술학교인지 묻고 싶었다. 하지만 그가 나를 빤히 쳐다보고 있어서, 나는 아무 말도 할 수 없었다.

"설령 착오가 있다고 해도, 여기서 그런 것을 논하는 건 자네에게 유리하지 않아. 그리고 자네는 학벌이 아무리 좋아도 3등급이야. 처녀도 아닌 데다, 과체중이니까."

과체중이라니.

갑작스러운 말에 기가 막혀서 뭔가 말하려는데, 그가 내 말을 자르며 바로 물었다.

"이제부터 해야 할 일에 대해서는 알고 있나?"

"어떻게 알겠어요? 훈련 하나 받은 게 없는데."

"훈련씩이나 필요한 일은 아니지. 특히 자네 같은 경우에는."

"참 신기하네요. 지금이 전시도 아니고, 국경에서 총알받이로 쓸 것도 아닌데, 군사 훈련도 없이 부대에 배치한다는 게."

"말을 아끼는 게 좋아, 세실 강."

윤 중위가 잠긴 문에 손을 대며 말했다.

"내가 자네에게 베풀 수 있는 친절은 그저, 자네가 여기서 이 년 동안 미치지 않고 무사히 복무를 하거나, 그게 아니면 하루빨리 아이를 낳을 수 있도록 돕는 것뿐이야. 알겠나?"

나는 더 이상 묻지 못했다.

문이 열렸다. 그리고 그곳에서 내가 본 것은, 거대한 매음굴이었다.

5

첫날, 나는 그 매음굴에서 세 명의 손님에게 차례로 강간을 당했다.

그중 두 명은 스무 살도 안 되어 보이는, 정확히 말하면 중학생이나 되었을까 싶은 어린애들이었다. 나는 그들이 콘돔도 쓰지 않고 사정하려는 것에 경악했고, 격렬하게 저항하다가 달려온 헌병에게 두들겨 맞고, 묶였다.

믿어지지 않았다. 동거했던 남자친구와도 콘돔 없이는 섹스하지 않았는데! 오늘 처음 보는 남자와 섹스하는데 콘돔을 요구했다고 두들겨 맞다니!

"*저년은 빨리 나가기 싫은 거야, 뭐야.*"

"*야, 쟤들도 이 짓 하느라 고생이니, 얼른 한 열 달 배부르게 잘 좀 해 봐라.*"

뒤에 줄을 서 있던 남자들이 낄낄거렸다.

체구는 작지만 거칠고 뻣뻣하며 좀비처럼 무표정한 얼굴의 낯선 소년들은 전희도 없이 내 몸 위에 올라가 대충 집어넣고 잠시 헉헉거리다 사정했다. 손발이 묶인 채 서로 다른 세 남자에게 강간을 당하는 것은, 지금까지 내가 상상해 본 어떤 일보다도 끔찍했다. 거칠고 서투르며 쾌감이라고는 손톱만큼도 없는 하찮은 섹스가 문제가 아니었다. 나는 내가 인간이 아니라, 그저 욕구 해소를 위한 구멍 한 개가 된 것 같았다.

반쯤 열린 문 너머에서, 나를 강간한 남자가 갈매기 같은 계급장을 단 남자에게 돈을 지불했다.

이따위 것이 '병역의 의무'라면, 저 돈조차도 이곳 여자들에게 돌아가지 않는다는 말이 된다.

설마 저 돈은 국고에 들어가는 걸까? 여자들을 강제로 가두어 놓고 몸을 팔게 한 화대가? 이건 무시무시한 인권 유린이었고, 착취이자, 횡령이었다. 세상에, 내가 미치지 않고 여길 나갈 수만 있다면!

"에바……."

나는 에바를 생각했다. 현명하고 자상하고 나를 걱정해 주었던 에바. 그녀의 말을 들었어야 했다. 내가 어리석었다. 나는 벽에 등을 기댄 채 천천히 주저앉았다.

에바는, 혹시라도 내 걱정을 할까.

예약한 숙소에 도착하지 못했다는 것을, 지금쯤은 알게 되었을까. 그렇다면 혹시, 나를 구해 줄 방법은 없을까. 나는 손으로 얼굴을 감싼 채 어깨를 잔뜩 웅크렸다.

그때 웬 여자가 욕설을 중얼거리며 내 옆에 다가와 앉았다.

"혼자 딸딸이를 치기에도 부실한 걸 들고 와서는, 어디서 애 낳은 아줌마라 헐렁해서 못 해 먹겠다고 지랄이야. 까지지도 않은 것들이 못된 것들만 배워서는."

나는 슬며시 고개를 들었다. 나보다 나이가 들어 보였지만, 정확히 몇 살이나 되었는지는 짐작할 수 없는 여자였다. 그녀는 허공에 대고 씩씩거리다가, 내 시선을 느꼈는지

나를 돌아보고 히죽 웃었다.

"맞다, 그러고 보니 소대장이, 외국에서 온 신참 좀 챙겨 주라고 하던데."

"……?"

"뭐야, 영어로 말하면 된다고 해서 그런 줄 알았는데. 영어 잘 못해? 어디서 왔어? 프랑스? 독일?"

"김재경 씨?"

"응, 맞아. 다행이다, 충격 받아서 말문이 막혔나 했네."

그녀는 내게 손을 내밀었다. 내가 머뭇거리자, 그녀는 내 손을 잡아 일으켰다.

"그냥 재경이라고 불러. 하여간 빠져서는, 자기가 귀찮다고 나 같은 사상범에게 신참을 맡겨도 되는 건지 모르겠지만."

재경은 구석에 걸려 있던 천 몇 장을 집어 들더니, 내 등에 손을 얹으며 걷기 시작했다.

"가자."

"예?"

"씻지도 못하고 손님부터 받은 것 아냐? 가자. 가서 씻자고. 자세한 이야기는 샤워실에서 하는 게 좋겠어."

* * *

북청은 본래 사자탈을 쓰고 춤을 노는 탈놀이가 유명했던 곳이라고, 재경은 말했다.

그녀는 스물아홉 살이었고, 여기 모인 여자들 중 가장 나이가 많았으며, 가장 과격하고 걸쭉한 욕설들을 쉬지도 않고 한 시간은 내뱉을 수 있었다. 한편 그녀는 아는 게 많고, 실제로도 공부를 많이 한 여자였다. 적어도 그녀는 내가 한국에서 만난, 프랑스어로 간단한 인사를 건넬 수 있고, 영어로 페미니즘에 대해 떠들 수 있는 유일한 사람이었다.

그랬다. 페미니스트. 세상에, 재경은 페미니스트였다. 당연하게도 인권 운동가이기도 했다. 그녀가 이곳에 갇혀 있는 것도, 그녀가 만들어 돌린 전단 때문이었다.

모든 인간은 평등하다고, 의무 이전에 인간으로서의 기본적인 권리가 있다고. 설령 죽을죄를 지은 사람이라고 해도, 이 천부인권을 빼앗을 수는 없다고. 그런 지극히 당연한 이야기를 한 것뿐인데도, 그녀는 십이 년형을 받았다.

"대체 어떻게 그런 게 가능한 거야."

하지만 그보다 더 놀라운 것은, 그녀가 그 당연한 이야기를 알고 있다는 것이었다.

"여기선 공부도 못 하게 하고, 네트 접속도 안 된다면서……."

물론 이론적인 면이나 여러 면에서, 그녀의 말은 좀 낡긴 낡았다. 한 이삼십 년 정도 전에 논의되던 이야기를 지금 다시 하고 있다고 해야 하나. 하지만 이런 꽉 막힌 세계에서 페미니즘에 대해 말할 수 있는 사람을 만나다니.

"대단해, 재경. 정말이야."

쓰레기통에 장미가 핀 것을 보면 이런 기분이 들까.

나를 사로잡은 것은 경이감이었다.

굴하지 않는 의지를 품은 인간에게서 느껴지는, 단단하고 빛나는 긍지. 재경에게는 그런 긍지가 있었다.

"나라면 이런 곳에서는 정말…… 아무것도 할 수 없었을 거야."

"과대평가 하지 마. 집에 있던 책을 읽은 것뿐이니까."

재경은 미소 지었다.

"우리 엄마가 가방끈이 좀 길었거든. 대학에서 강의를 하고 계셨어. 이 모든 일이 일어나기 전에는."

재경의 어머니가 교편을 잡고 계셨던 대학은, 한국에서 가장 역사가 오래된 여자 대학교였다고 했다.

백 년 전, 여자라도 배워야 한다는 뜨거운 사명을 안고 세워진 학교는, 그다음 세기에 먹물 든 여자들은 결혼도 하지 않고 아이도 낳지 않는데 여자에게 공부 따위가 무슨 소용이냐는 19세기스러운 이유로 폐교되었다.

"하지만 그 덕분에, 언니도 나도 처음에는 1등급으로 판정을 받았어. 그게, 아무래도 좋은 유전자를 갖고 있으면 좋은 등급을 줘야 한다고 생각하는 게 있어."

"무슨 그런 근거 없는 우생학이 다 있어. 나치야?"

"근거가 있는지 없는지는 난 몰라. 하지만 중산층에, 아이큐 높고, 부모님 학벌이나 직업이 괜찮으면 1등급으로 뽑힐 가능성이 높아졌어. 물론 여기에, 날씬하고 건강하고 어지간히 예뻐야 했지만. 자기들 말로는 우수한 유전자라고 대접해 주는 거였다지만, 글쎄."

"그런데, 처음에는 1등급이었다는 건 무슨 말이야."

"학교가 사라지긴 했지만, 우리 엄마는 다른 교수들과 함께, 배우고 싶어 하는 여자애들을 모아서 몰래 이것저것 가르치곤 하셨어. 하지만 그 사실이 발각되고, 그 일에 가담했던 교수들은 모두 체포되었어."

재경은 쓴웃음을 지었다.

"이런 일에 애써 낙관해 봤자 뭘 하겠어. 아마 즉결처분 당하셨겠지."

"재경……."

"그나마 위로가 되는 건, 이미 가임기는 지났으니까 이런 더러운 꼴은 안 보시지 않았을까…… 하는 정도일까. 여기선 가임기가 지난 여자는 산소나 축내는 폐물 취급이야. 뼈가 부서지게 일을 해도, 제대로 된 인간으로 인식조차 되지 않아. 세실, 너도 봤겠지만 여기 사람들이, 교수나 학자라고 인정해 줄 것 같진 않지?"

나는 고개를 끄덕였다. 여기 끌려올 때 차 안에서 들은 이야기가 떠올랐다.

그들이 삽으로 때려 죽였다고 이야기한 그 여자는, 나처럼 외국에서 태어나 자랐다가 뒤늦게 들어온, 그것도 촉망받는 학자였다. 그걸 알면서도, 시끄러워질까 봐 죽였다. 그걸 당연한 일처럼 여겼다.

사람 목숨이 누구는 더 귀하고 누구는 더 천할 것은 없다고 해도, 적어도 그런 일에 대해 한 번 심각하게 고민조차 해 보지 않았다는 말이었다. 대체 어떻게 하면, 제법 문명국가 흉내를 내려던 나라가 이렇게까지 될 수 있었을까. 나는 조심스럽게 재경에게 그 이야기를 했다. 재경은 무슨 말인지 이해한 듯 고개를 끄덕였다.

"있잖아. 우리 엄마는 그때까지 살아남아 있던 것을 '유예'라고 말씀하셨어."

"유예……?"

"그래. 남자들 중 이런 인권 유린에 반대하던 몇몇은 진작에 잡혀가서 처형당했거든. 여자 교수들을 살려 둔 이유는 무척이나 굴욕적이야. 여자들만 놔둬 봤자 울기밖에 더 하겠느냐고, 그런 이유로 살려 두었지. 뭐, 그런다고 정말로 앉아서 숨죽이고 울기만 한 건 아니었지만."

"재경……."

"우리 엄마를 비롯해서, 교수나 변호사나 인권 운동가

나, 여성 지식인들이 줄줄이 끌려간 뒤에, 그다음에는 책들을 불태우는 화형식이 이어졌어. 혹시 분서갱유라고 들어 본 적 있어?"

나는 고개를 끄덕였다. 그 말은, 중국의 고대 춘추전국시대의 한 무도한 황제가 자신에게 반대하는 사상가들을 죽여 땅에 파묻고, 책들을 불태웠다는 이야기였다.

"도서관의 책들을 모두 꺼내 사람들이 보는 앞에서 불태웠지. 나중에는 집에 있는 책들도 가져와 태우게 했어. 어린애들 학습만화 같은 것만 빼고. 대학 도서관이라고 상황이 나을 건 없었지. 책을 빼낸 서가에는 책상을 넣어 열람실을 만들었어. 어쨌든 남자들이 취직 준비를 할 공간은 필요했으니까."

나는 마른침을 삼켰다.

소름 끼치는 반지성주의자들 같으니.

어떻게 그들이, 불과 이십 년 만에 수십 년의 역행을 일으키는 데 성공했는지, 그리고 어째서 사람들이 그런 현실에 순응하고 살게 되었는지, 이해할 수 있을 것 같았다. 지식을 차단당하고, 선별된 정보에 제한적으로 노출되고, 입을 틀어 막힌 채 학문과 지성의 가치가 철저히 짓밟히는 세계에서 살아가게 만들면, 인간은 결국 그 상황에 순응해 버리고 만다. 재경처럼, 그럼에도 불구하고 고개를 쳐드는 '튀어나온 못'들도 있겠지만, 위정자들은 그런 이들을 주저

없이 망치로 내리칠 것이다. 편평하게, 손가락 거스러미 하나 걸리는 일 없이, 아무렇지도 않은 듯 살아가게 만들고 말 것이다.

그리고 교화할 수 없는 상대라면, 죽여 없앨 것이다.

"무슨 생각 해?"

"아니……."

나는, 병무청 직원도, 윤 중위도, 어째서 내게 입을 다물라고 말했는지 마침내 이해했다.

그들은 꽉 막힌, 이 체제의 꼭두각시들이긴 했지만, 적어도 내가 죽기를 바라진 않았다. 그게 사람에 대한 동정심이 아니더라도, 생산 도구를 아껴 써야 한다는 알뜰한 마음이었을지라도.

어쨌든 그들은, 내게 얌전히 순응하라고, 그래서 목숨만이라도 부지하라고 말했던 것이다.

"그런데 그 등급은 뭐야. 사람을 대체 뭘로 보고……."

"어떻게 임신하고 어떻게 낳느냐의 차이야."

재경은 내 어깨를 손으로 감싸며, 친근한 척 달라붙어 속삭였다.

"1등급은 나름대로 편하게 병역을 마치는 편이지. 그들은 따로 섹스를 하지 않고, 선별한 우수한 정자를 넣어서 수정한 뒤 제왕절개로 아이를 낳아."

"왜 제왕절개를?"

"그거야, 병역은 이행하더라도 처녀막 쪽의 순결은 장차 결혼할 남편을 위해 남겨 둔다는 의미지."

재경은 웃었지만, 나는 웃음조차 나지 않았다.

처녀막이라니, 대체 언젯적 단어야, 이게.

"……변태들 같으니."

"한국 정치가들은 대체로 변태야. 여하튼 정자도 난자도 품질이 좋다보니 애들이 똑똑해서, 1등급은 제대 후에도 자기 아이를 직접 키우는 경우도 많아. 그 애들은 결혼할 때 데려가거나 자기 호적에 넣을 수는 없지만, 자기 친정 호적에 넣을 수는 있다 보니까, 남자 형제는 없는데 태어난 아이가 아들이라면 그런 식으로 친정의 대를 잇게 하지."

그렇다면 여자아이들은 어떻게 되는 것일까. 묻고 싶었지만, 재경은 고개를 돌렸다.

"우리 집도, 남자 형제는 없었으니까. 언니는 이왕 이렇게 된 것 1등급으로 선발되어서 아들을 낳겠다고 했어. 하지만 엄마가 반역죄로 체포되셨고, 언니는 자동적으로 2등급으로 추락했지. 언니는 죽고 싶어 했어. 2등급 여자애들은 '신고식'을 통해 자기 짝을 지정받아. 여자에게 선택권은 없지만, 그래도 수가 적다 보니 어느 정도 거부권은 있지. 애들은 군복무하는 독신 장교들이나 독신 공무원들의 온갖 뒤치다꺼리를 하고, 복무 중에 임신을 하면 결혼할 권리를 얻어."

"임신을 못 하면?"

"일 년 동안 임신이 안 된 여자는 버릴 수 있어. 적어도 여기선."

나는 입을 딱 벌렸다. 재경이 내 머리를 쓰다듬었다.

"애초에 여자들을 병역이랍시고 이렇게 모아 놓는 이유도 짐작이 가지 않아? 피임조차 하지 못한 채 섹스를 하는데, 뭔가 느껴진 게 없었어?"

아니.

알 것 같았다.

1등급이든 2등급이든 3등급이든, 그 목적은 한 가지였다.

젊고 건강할 때, 일단 아이를 낳게 하는 것.

일 년 동안 임신이 안 된 여자는 버릴 수 있다는 것은, 그녀가 자신의 의무를 다할 수 없기 때문이라는 핑계로 정당화되었을 것이다.

하지만 이렇게 기술이 발달한 세상에서, 소위 '인적 자원'이 부족해서 여자들을 새끼 낳는 가축 취급까지 하는 주제에, 임신이 안 되었다고 사람을 그렇게 취급하다니.

이해가 갈 만한 구석이 손톱만큼도 없었다.

"여기선 대를 잇는 일이 무엇보다 중요해서 말야."

"믿어지지도 않아. 그럼 그렇게 '버려진' 여자들은 어떻게 되는데?"

"그래, 우리 언니가 바로 그런 여자였지."

재경이 한숨을 쉬었다.

"그렇게 버려진 여자들은, 이미 처녀가 아니니까, 딱히 그 여자를 원하는 남자가 없다면 3등급과 별다를 게 없는 취급을 받아. 물론 여기 와서도 누군가가 그 여자를 선택해 준다면 '아내'는 될 수 있는데, 보통 우수한 남자는 처녀가 아닌 여자를 아내로 삼진 않지. 누군가의 선택을 받더라도, 그런 경우에는 남자의 등급이 좋은 편이 아니니까 행복한 미래를 기대하긴 어렵다고 해야 하나. 이도저도 아니면 이런 쪽으로 보내지는 거고."

말을 하다 말고, 재경은 감정이 복받쳐 오르는 듯 입술을 깨물었다. 그녀는 나를 끌어안았던 팔을 풀고 얇은 모포 한 장만 깐 바닥에 벌렁 드러누웠다.

"언니는 결국 죽었어."

"아……."

"자살이었어."

"미안."

"아냐. 나에게는 늘 못되게 굴긴 했지만, 그래도 그런 식으로 죽을 사람은 아니었는데. 자기가 좀 더 나은 삶을 살 수 있을 줄 알았어. 어머니의 일이 있었지만, 그래도 어느 정도는 예전의 삶으로 돌아갈 수 있을 줄 알았어. 그런 사람이었지. 순진하고, 예민하고……."

나는 아무 말도 할 수 없었다. 그녀는, 마치 내가 그녀의 이야기를 기록할 빈 서판이라도 되는 것처럼, 천천히 한 마디씩 새기듯 말했다.

"세실, 난 그런 모습들을 보면서 생각했어. 만약 여자가 다른 직업을 가질 수 있고, 남자와 섹스한 적이 있더라도 평범하게 인간으로 존중받을 수 있었다면, 언니는 그렇게 죽었을까? 내가, 페미니즘이라는 것이 있고, 여자가 남자만큼의 권리를 가질 수 있다는 것을 내 또래의 여자들에게 알려야 한다고 생각한 건 바로 그때부터였어. 예전에 엄마의 서재에서 읽었던 책들, 엄마가 남겨 둔 노트 같은 것을 읽고 공부했고, 전단을 만들어 뿌렸어. 정신을 차려 보니 체포되었지. 남자였다면 쓸모가 없어서 즉결처분 했겠지만 여자라서 쓸모가 있으니 기회를 주겠다고 했어."

그 기회라는 것은, 감옥에 갇히거나 처형당하는 대신 병영을 빙자한 매음굴에서 온갖 남자들을 상대하는 것이었다.

서른다섯 살이 될 때까지, 자신이 낳은 아이들을 빼앗기면서.

"난 그런 기회 따위는 원하지도 않았는데."

* * *

웃기는 나라였다.

병역은 의무라고 사람을 가둬 놓은 주제에, 필요한 물건은 제대로 주지 않았다.

세제나 비누, 생리대 같은 것은 매점에서 따로 돈을 받고 팔았다. 아이를 낳으라고 사람을 잡아다 가둬 놓았으면, 적어도 생리대 같은 건 나라에서 줘야 하지 않나 싶었지만, 삶은 호박에 이도 안 들어갈 소리였다. 월급이 나오긴 했지만 생필품을 사는 데조차도 턱없이 부족한 돈이었다. 여기서는 늘, 돈이 필요했다. 몇몇은 집에서 송금을 받기도 했지만, 달리 돈을 구할 데가 없는 이들은 이곳의 부사관이나 장교들을 상대하기도 했다. 불행인지 다행인지 내게는 그럴 기회가 주어지지 않았다.

재경은 그런 가운데서도 요령껏 살아갈 방법을 내게 가르쳐 주었다. 나는 예전 같으면 상상조차 할 수 없었던 생활에 조금씩 익숙해졌다. 혼자서라면 턱없이 부족한 물자였지만, 둘이 함께 살림을 합치고 지혜를 짜내며 나누어 쓰면 의외로 크게 모자라지 않게 꾸려 나갈 수 있었다. 이런 데서도 규모의 경제가 적용된다는 것이 신기하고 놀라웠다.

하지만 내가 재경에게 받은 가장 큰 도움은, 그런 살림살이의 문제가 아니었다.

여기 끌려온 여자들은, 미치지 않기 위해 몰래 술을 마셨다. 술은 허가된 물품이 아니었고, 술을 손에 넣으려면 적지 않은 돈을 지불해야 했지만, 술을 찾는 사람들은 어디에나 있었다.

술보다 더 손쉽게 손에 넣을 수 있는 것은 약물이었다. 부사관들은, 순순히 이 일을 해내지 못하고 무너지는 여자들에게 강제로 약물을 투여하곤 했다. 그건 마치 옛날에 데이트 강간에 쓰였던 약물과 비슷해 보였는데, 그들은 약에 취해 축 늘어진 여자들을 방에 밀어 넣고 하루 종일 남자를 받게 했다.

하지만 나는, 술에도 약물에도 지지 않았다.

재경 덕분이었다. 나는 재경에게 의지하여, 이 지옥에서 간신히 제정신을 유지하며 견딜 수 있었다.

"생리라고?"

"예. 시작했던데요."

"확인해야지. 이리 와서 벗어 보라고 해."

"에이, 규정 위반인 거 아시잖습니까."

"김재경, 이 쌍년이 여기 오래 있었다고, 지금 나한테 규정을 운운해?"

"그럴 리가요."

이곳에서는 한 달에 사흘, 생리 휴가를 쓸 수 있었다.

"근데 저 친구, 프랑스에서 태어나서 자라서, 여기 일들은 전부 부당하다고 밤마다 울고 소리 지르는데, 제가 감당이 다 안 되지 말입니다. 규정에라도 딱 박혀 있는 일이

면 모르겠는데, 이거 생리 확인한 거, 소대장님께 가서 일러바치면 시끄럽지 않겠습니까."

"윤 중위 그 개새끼……. 알았다, 알았어."

다들 스트레스를 많이 받다 보니 날짜가 일정하지 않은 경우가 많았다. 그 시기가 아닌데도 생리를 하는 경우에는, 원칙적으로는 금지되어 있다지만 생리를 확인한다며 옷을 벗기고 희롱하는 일이 많다고 했다. 재경이 아니었다면 나 역시 같은 일을 당했을 것이다.

보통 나흘에서 엿새에 걸치는 생리를 수습하기에 사흘은 턱없이 짧았지만, 이곳에 여자들을 모아 놓은 목적 중 절반은 '인적 자원 생산'이었으니 생리를 조절하자고 피임약을 쓸 상황도 아니었다. 게다가 남자들 중에는, 생리 중인 여자와 굳이 하겠다고 그 시기에 맞춰 찾아오는 자들도 있었다. 나는 기분 나쁘고 축축한 낯선 남자의 존재와 내 몸에서 쏟아지는 비릿한 피 냄새를 견뎌 내며, 내일부터 사흘 동안 휴가라는 것, 그리고 재경도 함께 휴가를 쓸 수 있다는 사실을 상기하려 애썼다.

내 부모님은, 내게 이런 세상을 물려주지 않으려고 이 나라를 떠나 도망쳤다. 그분들이 그때까지 쌓아 올린 모든 것을 버리고.

그런데도 나는, 반쯤은 객기를 부리듯 여기에 왔고, 국가가 만들어 낸 거대한 매음굴에 갇혀 이런 꼴이 되고 말았다.

매일 아침 8시에 일어나, 칼로리가 제한된 식사를 한다. 체중 관리에 실패하면 혹독한 벌을 받는다. 오전에는 대통령과 집권당의 사상이 담긴 영상물을 시청하고, 오후에는 오전에 본 내용이 자연스럽게 녹아들어 있는, 프로파간다용 드라마를 시청한다.

주에 한 번, 월요일 아침식사 전, 임신 여부를 확인하기 위한 소변검사를 한다. 호르몬 수치가 정상보다 높으면 혈액검사를 하고, 임신을 판정한다. 제대 날짜가 반년 안쪽으로 남아 있는데도 임신하지 못한 여자들에게는 배란을 촉진하는 호르몬제가 처방된다. 어떻게든 아이를 낳아 나라에 바치라는 뜻이었다. 그리고 오후 5시부터 새벽 2시까지, 평균 예닐곱 명의 남자, 우리의 경우에는 여기 북청공단의 남성 노동자들과 강제로 섹스를 해야 한다. 이건 몸을 판다고 말하기도, 강간을 당한다고 말하기도 애매한 일이었다. 엄밀히 말하면 결혼이 거의 불가능한 이 지역 노동자들의 성욕을 해소하고, 동시에 아이를 낳아 인구를 재생산하라는 뜻이었다.

우리는 국가의 가축이었다. 아니, 여기를 찾아오는 그 남자들 역시도 입장만 조금 달랐을 뿐, 국가의 가축인 것은 마찬가지였을 거다.

그날의 할당량을 모두 채우고, 나는 헛구역질을 했다. 내 피 냄새에 속이 메슥거렸다. 재경은 그런 내 등을 두드리고, 나를 샤워실로 데려가 씻겨 주며 속삭였다.

“세실, 살아남아야 해. 무슨 일이 있더라도 여기서 살아남아 줘.”

“……그냥 빨리 죽는 편이 나을 것 같은데.”

“말했잖아, 넌 앰네스티 쪽 사람이라고.”

“인턴일 뿐이야.”

“그래, 인턴이든 뭐든, 넌 인권 단체 쪽 사람들과 인연이 있잖아.”

그래.

에바와 마리의 걱정스러운 표정이 떠올랐다.

“그 사람들이, 네가 한국으로 갔다는 걸 안다고 했지.”

지금은 마치 전생에 만났던 사람들처럼 멀고, 안타까웠지만.

“그 사람들이 널 포기하지만 않는다면, 어쩌면 여기서 도망칠 수 있을지도 몰라.”

재경의 말이 맞을 지도 모른다.

“제대한 다음이라고 해도, 남편이 없거나 아직 젊은 한국 여자는 나라 밖으로 나가는 게 거의 불가능해. 보호자가, 가부장이 없으면 이 나라에서는 아무것도 할 수 없어. 하지만 넌, 어쩌면 너는…….”

나는 이곳에서 벗어날 수 있을지도 모른다.

나는 그녀의 희망이 될 수 있을지도 모른다.

나는, 한 성별을 향해 저지르는 이 끔찍한 범죄에 대해, 증인이 될 수 있을지도 모른다. 나는, 어떻게든 미치지 않고 살아남아서, 이 현실을 증거할 수 있을지도 모른다.

나는 모든 것을 기록하듯 영상을 찍고, 끝없이 손가락을 움직이던 마리를 떠올렸다.

마리는, 그 급변하는 세계를 놓치지 않으려는 듯 살았다.

나 역시 그렇게 할 수 있을 것이다. 골전도 칩이 망가져서, 이 모든 것을 사진으로 찍고 녹음할 수 없는 지금이라고 해도.

사람의 기억은, 때로는 그 자체로 증거가 될 수 있다. 아우슈비츠의 생존자들이 그러했고, 일본군에게 성노예로 끌려갔던 여성들이 그러했듯이. 나는, 내가 만약 이곳에서 살아 나간다면, 에바와 마리가 나를 잊지 않는다면, 나 역시 그렇게 하겠다고 생각했다. 재경의 이야기를 듣고, 놓치지 않고 기억하고, 언젠가 이 어긋난 세상의 증언자가 되는 것으로서.

"재경, 내게 이야기를 들려 줘."

나는 그녀의 가슴에 머리를 기댄 채 속삭였다. 재경은 내 젖은 머리카락을 쓰다듬었다.

"여기 끌려오기 전에 산부인과 의자에 묶여서 검사를 받았다고 했지? 그건 성병 검사 같은 게 아냐. 처녀막 검사지."

나는 허탈한 웃음을 터뜨렸다.

"이런 데 와 있지 않았으면 믿지도 못했을 거야. 중세에야 초야의 침대 시트를 밖에 내걸어 혈흔을 내보였다는 이야기도 있지만, 요즘 세상에 이런 이야기를 들을 줄은……."

"사실이야."

"차라리 당 왕조처럼 앵무새 피를 묻혀서 처녀인지 아닌지 확인하라고 하지, 세상에."

나는 어깨를 들썩거리며 웃었다. 하지만 재경의 표정은 심각했다. 나는 어쩌면 재경도, 처녀막에 대해서는 잘 모를 수도 있다는 데 겨우 생각이 미쳤다.

"그건 진짜 꽉 막힌 막이 아니야. 그냥 입구에 물갈퀴처럼 나 있는 조직일 뿐이지. 거기가 아주 막혀 있으면 생리는 어디로 하겠어?"

"그렇게 말해 줘서 고마워."

재경이 한숨을 쉬었다.

"여기 사람들은 대부분, 그게 닫힌 막이라고 생각해. 첫 성관계 때는 피가 나야 한다고 생각하고. 피가 나지 않으면 제대로 된 결합을 한 게 아니라고 생각하고……."

"지금이 중세야? 세상에. 아니, 과학 시간에 뭘 배우는 거야?"

"여자에게 뭘 많이 가르칠 필요가 없다고 생각하니까. 고등학교에 갈 수 있으면 행운이지만, 그나마 고등학교에서도 남자들이 배우는 것과는 다른 내용을 가르치고. 그리고 남자들이 여자의 신체 구조에 대해 배우거나 생각하는 건…… 그런 해부학적인 문제가 아니니까."

재경이 말을 우물거리며 고개를 푹 숙였다. 나는 내가 그녀의 콤플렉스를, 더 배우고, 더 많이 생각하고 말하고 싶었을 그녀의 마음을 잘못 할퀴었구나 싶어 얼른 그녀의 손을 잡고 등을 토닥거렸다. 위로받던 사람이 위로하는 상황이 되자, 재경이 문득 웃음을 터뜨렸다. 나는 그녀가 웃는 것을 보고서야 슬며시 손을 놓고 투덜거렸다.

"왜, 아예 군에 입대하기 전까지 아무도 손 못 대게 꿰매버리지그래? 미개한 놈들."

"어디 가서 그런 말 하지 마. 그런 방법이 있다는 걸 알면 정말 그러고도 남을 테니까."

"미치겠다, 진짜."

"여튼 처녀막 문제는 꽤 중요해. 징병 검사 때까지 처녀막이 남아 있지 않으면, 무조건 3등급을 받게 되니까."

즉, 선천적으로 처녀막이 없거나, 혹은 범죄의 피해자가 되었다고 하더라도, 성인이 되었을 때 그 얇은 막이 보이지 않는다는 이유만으로 이런 데 끌려와서 어떤 안전장치도 없이 매일매일 낯모르는 남자들의 성노예 노릇을 해야 한다는 말이다.

"남자든 여자든, 병적(兵籍)은 평생을 따라다니지. 3등급으로 병역을 마친 여자와 결혼하려는 남자는 없어. 여기선 남이 손대지 않은 여자…… 아직 병역을 치르지 않은 어린 여자와 결혼하는 것을 이상적이라고 생각하니까. 1등급은 질의 순결이 남아 있고, 본인의 유전자가 좋으니까 결혼하는 데 지장은 없지만, 자기가 좋다고 결혼해 놓고는 이미 남의 아이를 낳은 태는 더럽다며 아내를 죽도록 두들겨 패는 남자들도 많아."

"그럼 이혼을 해야지!"

"못 해. 결혼하지 못했거나 이혼했거나…… 사별을 해도 마찬가지지. 남편을 잃은 여자는 임자 없는 개나 마찬가지야. 아무나 그녀를 때리고 강간하고 착취해도, 다들 쉬쉬하고 모르는 척할 뿐이야. 그녀를 대변해 줄 아버지나 남편이 없으면 어떤 권리도 찾을 수 없어. 여긴 그런 곳이야."

1등급이 될 수 있는 여자는 한정적이다. 의무를 다하면서도 질의 순결을 보존할 수 있으니까, 신붓감으로서의 가치는 잃지 않는다는 점에서.

2등급으로 병역을 치르고 아이를 낳은 여자에게는, 자기가 수발을 든 남자와 결혼할 권리가 주어진다고 했다. 하지만 나는 옛날에, 마르그리트 뒤라스의 소설을 원작으로 한 영화에서 그 중국인 남자가, 프랑스 소녀와 섹스한 뒤 했던 말을 어렴풋이 기억하고 있다. 자신의 신붓감은 처녀여야 하니까, 자신은 그 프랑스 소녀와 결혼할 수 없다고 말했지. 그 영화를 보며 20세기의 동양 남자들의 멍청하고 답답한 사고방식에 숨이 막히는 것 같았는데. 여기 남자들이라면 뻔히 자신과 섹스하고 자신의 아이를 낳은 여자에게 같은 생각을 하고 있을지도 모르겠다. 적어도 결혼식의 신부는 처녀여야 하지 않겠는가, 이미 아이까지 낳아 버린 닳아 빠진 여자 따위, 내 신부가 되기에는 턱없이 부족하지 않겠는가, 하는.

가장 하찮은 남자도, 3등급과는 결혼하지 않는다. 정상적인 남자라면 으레 그럴 것이라고 기대된다고 했다. 이곳에도 보육시설이라든가, 식당 같은, 전통적으로 여자의 일이라고 생각되던 직업들이 남아 있긴 하지만, 그런 일조차도 결혼을 한 여자들에게만 허락된다고 했다. 결혼하지 않은 여자는, 불완전하고 스스로를 돌볼 수 없는 존재였고, 그녀를 책임져 줄 보증인도 없으니 믿고 일을 맡길 수 없다고 했다.

그러니 3등급으로 제대한 여자들에게 주어지는 일은 뻔했다.

소위 말뚝을 박는다고, 공창에 들어가 몸을 파는 것이다.

드물게, 손재주가 있으면 봉제 공장에 들어가기도 하지만, 그 봉제 공장이라는 데를 아무리 상상해 보아도, 『레 미제라블』에서 팡틴이 겪은 일들보다 나을 것 같지 않았다. 일은 많고, 돈벌이는 한 사람이 먹고살기에도 부족하고, 사방에서 유혹과 희롱과 폭력이 이어지는 비참한 인생. 나는 그 이야기들을 잊어버리지 않으려 한 마디 한 마디 곱씹어 듣다가 문득 한숨을 쉬었다.

"전에 파리에서, 한국인 유학생을 만난 적이 있어. 물론 남자였는데……."

그래서 여자들이 병역을 피해 결혼한다고 했구나. 그런 상황을 뻔히 알면서도, 여자들을 욕했구나. 졸렬한 놈.

"군대 안 가려고 결혼하는 여자들을 욕하고, 심지어는 프랑스 사람인 내게까지 왜 한국에 돌아가 군대에 가지 않느냐고 비난을 했어."

"그래, 그리고 프랑스로 유학을 갈 정도의 배경이 있는 남자라면, 물론 자기 누나나 여동생은 병역을 피해 일찌감치 결혼을 했을 것이고, 자기도 유학 갔다가 돌아오면 갓 중학교나 졸업한 여자애와 약혼해서, 스무 살도 안 된 어린 처녀와 결혼하려고 하겠지."

"어떻게 그렇게 잘 알아."

"안 봐도 뻔한 일이니까."

재경은 대충 물기가 마른 머리카락을 뒤로 묶으며 하늘을 올려다보았다.

"전에 엄마 서재에서 봤는데, 예전에 전태일이라는 사람이 있었대."

처음 듣는 이름이었다.

"노동자들의 인권 유린이 심각하던 시절에 학교도 제대로 못 나오고 공장에서 노동을 하다가 근로기준법이라는 게 있다는 것을 알게 되었대. 노동자들을 위해 최소한의 권리를 정해 놓은 법이었는데, 회사들은 그런 걸 하나도 지키지 않았어. 노동자의 권리 같은 이야기를 하면 빨갱이라고 체포하던 시절이었다니까."

나는 고개를 끄덕이며 귀를 기울였다. 재경이 나를 돌아보았다.

"그때 그 사람이 노동자들, 특히 중학교도 졸업하지 못하고 공장에서 가장 하찮은 일을 하며, 상급자들에게 희롱까지 당하면서도 묵묵히 일하고 있는 어린 여공들을 위해 노동자의 권리를 지켜 달라고 주장하다가 그런 말을 했대. 자신에게 대학생 친구가 하나 있다면 얼마나 좋을까 하고."

"대학생?"

"그 사람은 학벌이 없던 공장 노동자고, 그 세계 밖으로 나오는 게 무척 어려웠으니까. 사람들도, 언론도, 정부도, 하나같이 그 사람이 하는 말을 들어 주지 않았으니까."

재경이 속삭였다.

"하지만 그 시절에 대학생이라면 지성인이었으니까, 사람들이 좀 더 말을 들어 주었거든. 전태일은 그 세계의 이야기를 밖에 들려줄 누군가를 만나기를 바랐던 것 같아. 나도 그래. 세실, 난 네게 희망을 걸고 싶어. 무슨 수를 써서라도 살아서 여길 나가. 이 모든 걸 다 보고 듣고 기억해서, 언젠가 바깥세상에 알려 줘. 아무도 듣지 않더라도, 여기서 이런 일이 벌어지고 있다고 말해 줘. 네가 일했던 그 인권 단체에라도 말이야. 응?"

나는 고개를 끄덕였다.

여기서 나갈 수만 있다면, 정말로 그렇게 할 것이다.

이곳의 모든 실상을 세계에 고발하고, 그리고 재경을 데리고 이 나라를 떠날 것이다.

문득 나는, 내가 한국에 도착하고 삼 주가 지났다는 것을 깨달았다.

가을이 다가오고 있었다. 새벽 공기에 서늘한 기운이 묻어났다.

6

당연하게도, 나와 재경이 지내는 내무반에는 다른 여자들도 많이 있었다.

"불쌍하기야 하지."

그들 중 반 정도는 나를 동정하고 있었다.

"도망친 거야 자기 부모인데, 갑자기 말도 안 통하는 나라에 뚝 떨어져서 이게 뭐야. 안됐어."

"안 되긴 뭐가 안 돼. 지금까지 낯선 나라에서 잘 먹고 잘 살았을 거 아냐."

"말을 왜 그렇게 해. 듣겠다."

"듣긴, 한국말 쥐뿔도 못 하는데."

그리고 나머지 반은, 나를 비난했다.

"망명자가 뭐야, 국가 반역자인데."

"그건 그렇다."

"그렇게 도망쳐서 호의호식하고 살았으면, 죗값 치르는 거야 당연하지."

내가 그 말을 알아듣지 못한다고 확신하기 때문일까. 그 여자들은 내 곁에서, 정말 친근한 척 생글생글 웃으면서 그런 말을 하고 있었다.

"게다가 왜 저 여자랑 어울리는지 모르겠어."

"영어를 할 줄 알잖아."

"그렇다고는 해도, 범죄자라고. 그런 여자랑 어울리는 걸 봐. 저쪽도 멀쩡한 여자는 아닐 게 분명해."

그녀들이 재경 때문에 내게 더 야박하게 굴고 있었다는 것을 알게 된 것도, 그 무렵의 일이었다.

나는 자연히, 무리에서 떨어져 나왔다. 어차피 한국어를 할 줄 모르는 것으로 되어 있었으니, 동정심을 품었던 이들과도 가까이 어울려 지낼 수는 없었다.

하지만 화가 치밀었다.

재경은 그냥, 평범하게 살아갈 수도 있었다. 2등급을 받았더라도, 그냥 눈을 내리깔고 고개를 숙인 채, 몸을 납작하게 엎드린 채로. 남들 다 참으며 살아가듯이 그렇게 살 수도 있었을 것이다. 그런 것을 옳다고 믿진 않지만, 알 만큼 다 알면서도 그런 식으로 비굴할 정도로 인내하며 살아가는 사람들도 얼마든지 있었을 것이다.

하지만 재경은, 전단을 만들어 뿌렸다. 자신의 인생이 망가질 것을 뻔히 알면서도.

생각을 하고 살아가는 사람으로서, 언제까지나 입을 다물고 엎드린 채 살 수만은 없었을 것이다. 어쩌면 그녀는 사람들을 구하고 싶었을 것이다. 여자들이 동등한 인간으로서 살아가기를 바랐을 것이다. 이곳의, 자신을 비웃고 조롱하는 그런 여자들에게도, 남자들과 마찬가지로 인권이 있다는 것을 믿었을 것이다. 그런 것을 생각하면 속이 상했다. 약자가 반드시 선(善)의 편이 아니라는 것을, 학교에서 배우고 들었으면서도 견디기 힘들 때가 있었다.

"괜찮아, 세실."

재경은 내 옆에 나란히 누운 채, 울상을 짓고 있는 나를 오히려 위로했다.

"여긴 꽉 닫힌 상자 속이잖아. 쟤들이 나쁜 게 아냐. 너나 나도, 평생 이 닫힌 상자 속에 갇힌 채로 나라에서 보여 주는 것만 보고 살았으면, 비슷한 감정을 가졌을지도 몰라."

"그렇지만……."

"세실, 내 말 들어 봐. 네가 태어났을 무렵에는 이미, 아이를 낳지 않으면 여자는 대학원에 갈 수도 없고, 외국에 유학도 갈 수 없게 하겠다는 이야기가 나오고 있었어. 그러면 인구가 늘어날 거라고."

"응, 그래서 우리 부모님이 도망치신 거야."

"정말 현명하셨어……. 우리 엄마도, 딸이 둘이니까 말이야. 외국으로 가는 게 좋을 것 같다고 생각하셨는데, 아버지가 반대하셨거든."

"그러고 보니 아버님은 지금……."

"잘 먹고 잘 살고 있겠지. 엄마를 밀고한 게 아버지였거든."

나는 재경의 손을 꽉 마주 쥐었다. 그녀의 속에서 딸꾹질 같은 게 잠시 올라왔다. 재경은 나를 돌아보지 않았다.

"내가 초등학교 5학년이 되던 해에, 갑자기 올해부터는 5학년 때 졸업한다고 그래서 우리 학년이 6학년하고 나란히 졸업을 했어. 학제가 변경되었거든."

"응? 그게 이 일과 상관이 있어?"

"그 전에는 십이 년 동안 공부하고 열아홉 살을 전후해서 대학 입시를 치렀는데, 갑자기, 초등학교 입학은 일 년 당기고, 과정도 일 년 줄이겠다는 거야. 다른 나라하고 대학 입시 시기가 맞지 않으니까, 유학을 가는 것도 어려워졌어. 한국에서 고등학교를 졸업해도, 외국에 나가면 고등학교를 더 다녀야 한다거나. 그렇게 하면, 인적 자원들이 밖으로 나가지 못할 거라고 생각했나 봐."

"이 나라를 갈라파고스로 만들 생각이었다면, 성공한 것 같네."

"그래. 그리고 열 살이 넘은 여자애들은, 딴엔 국가에서 여자애들의 건강을 지켜 준다면서 초경 여부를 국가에 등록해야 했는데."

"미친 거 아냐? 여자애가 아니라 여자애의 자궁을 걱정하는 거겠지!"

"그래, 그런데도 남자들이 그거 남녀차별이라고, 몽정 시작한 남자들은 왜 안 돌봐 주느냐고 시위하던 게 생각나."

재경은 한참 이야기를 계속하다가, 겨우 마음을 가라앉히고 나를 쳐다보았다.

"중학교 1학년 때, 엄마가 근무하시던 대학이 폐쇄되었어. 그리고 아이를 낳기 위해 국가에 고용되는 여자들이 생겼어. 일종의 대리모 같은 식으로 해서, 아이를 낳으면 성과급을 받았다고 해. 그리고 그것만으로는 부족하니까, 여자들을 이렇게 징집해다가 아이를 낳게 하기 시작했지. 그게 내가 중학교 3학년 때의 일이야."

서둘러 쌓은 것은 서둘러 무너지는 법이다.

다른 나라에서 백 년은 걸려야 이룰 일들을, 불과 삼사

십 년 만에 이루어 버렸다던가. 무너지는 속도는, 그보다 더 빨랐다. 빠르고 격렬하며 참혹했다.

재경은 어렸을 때 정말로, 여자들이 전 세계를 주름잡는 팝스타가 되는 것을 보았다. 재경이 살던 동네에는 여자 국회의원도 있었다고 했다. 재경의 어머니도, 교수였다. 그때에도 물론, 유리천장이 남아 있고 불평등한 일들이 셀 수 없이 많았다지만, 적어도 수많은 가능성들만은 있었다. 좀 더 시대가 변하면, 내가 커서 어른이 되면, 그때는 더 많은 가능성들이 보물상자처럼 열려 있을 거라고, 그렇게 확신하며 자랐을 것이다.

하지만 그 꿈들을, 재경은 빼앗기고 말았다.

"브렉시트 투표라는 게 있었어."

"응?"

"예전에 말이야. 영국이 유럽 공동체에서 남을 것인가, 빠져 나갈 것인가를 두고 투표를 했어. 그런데 말이야, 세상은 빠르게 변화하고, 미래를 살아갈 젊은이들의 숫자는 상대적으로 적은데, 그들의 미래를 결정할 표를 던지는 이들은 노인들이었어."

"아아."

우리는 손을 잡고 누운 채, 중얼거리다 탄식했다.

이 나라도 그랬을 것이다. 기득권은 노인들의 취향에 맞는 세상을 만들겠다 꼬드겼고, 노인들은 그들을 지지했고,

세상은 한없이 보수반동적으로 변했으리라. 아이들에게 자신들의 취향에 맞는 것만 가르치고, 인권이라든가, 평등이라든가, 프랑스 혁명 이후로 당연한 것이 된, 인간의 인간된 권리에 대해 말하는 자들은 입을 막고 감금하고 죽여 버렸을 것이다. 젊은이들은 수가 적고, 수가 많다 한들 자신들이 응당 가졌어야 하는 것에 대해 제대로 배우지 못했으며, 지금의 제도는 기득권에게 손톱만큼도 나쁠 게 없었다. 이런 상황에서, 살아서 이 나라에서 도망친들 무엇을 바꿀 수 있을까. 바꿀 수 있기는 한 것일까.

"내가 낳은 아이들은 모두 국가에 빼앗겼어."

재경의 나직한 속삭임에, 내 생각은 다시 현실로 돌아왔다.

"품에 안고, 무엇이 옳고 무엇이 그른지, 인간에게 무엇이 필요한지, 한 번 이야기를 들려 줄 기회조차 없었어. 쌍둥이였는데…… 낳자마자 애국부인회에게 빼앗겼지. 안 낳을 방법도, 지켜 낼 방법도 없었어. 임신하면 애국부인회에 끌려가니까."

"애국부인회?"

나는 몸을 일으키며 물었다. 하지만 재경은 대답하지 않았다. 그녀는 잔뜩 지친 표정으로, 마치 파도 속에서 휩쓸리며 살아남기 위해 지푸라기라도 붙잡은 듯, 내 손을 절박하게 붙잡은 채 깊이 잠들어 있었다.

* * *

"우웁……."

새벽부터 누군가의 헛구역질 소리가 났다.

내무실 창가 쪽 자리에서 지내던, 경선이라는 여자였다. 그렇지 않아도 입이 짧고 체구도 자그마하던 그녀는 맛없고 부실한 짬밥을 게워 내며 하루 종일 울었다. 울다가, 급식소의 음식 냄새, 내무실의 사람 냄새에 다시 구역질을 하기 시작했다.

"임신이래."

월요일까지 정기 검사를 기다릴 필요도 없었다. 그녀는 입덧을 하고 있었다.

소변에 담근 키트는 뚜렷하고 선명한 붉은 선 두 줄을 드러냈다.

"잘됐네. 여기서 나갈 수 있잖아."

"에이, 나가 봤자 뻔하지. 몸 파는 것밖에 할 것도 없는데."

"그래도, 어차피 할 임신이면 빨리 하는 게 낫지. 제대할 때 다 되어서 애국부인년들에게 끌려가 봐. 그거 억울해서 어떻게 해."

애국부인회가 뭘까.

전부터 궁금했지만, 물어볼 데가 없었다. 재경에게 물어봐야겠다고 생각했지만, 그녀도 하루 종일 보이지 않았다.

나는 공식적으로는 한국말을 못 하는 상태였으므로, 그냥 아무것도 보고 듣지 못한 듯 구석에 앉아 고개만 갸웃거렸다.

그리고 그날이 지나기 전에, 분홍색 미니버스가 두꺼운 철문 안으로 들어왔다.

우리 내무실의 모두는 손님을 받는 대신 그 버스를 마중하러 나갔다. 분홍색도 쨍하도록 형광빛이 도는 오페라 핑크에다, 뒤쪽에는 손바닥만 한 연분홍색 무궁화 스티커가 잔뜩 붙어 있는, 어디로 보아도 촌스럽기 그지없는 버스에서, 푸른색 깡통치마에 허리까지 오는 붉은 저고리를 입은 중년 여자가 내렸다.

아니, 한 명이 아니었다. 같은 복장을 입고 얼굴을 새하얗게 칠한, 미소까지 화장품으로 그려서 붙인 듯한 도합 여섯 명의 중년 여자가 버스에서 내려, 나란히 줄을 섰다. 경선은 부사관들에게 붙잡혀, 그녀들 앞으로 끌려 나갔다. 그 여섯 명 중 유일하게 머리에 무궁화 장식이 달린 금비녀를 꽂은 여자가 과장된 표정으로 경선에게 꽃목걸이를 걸어 주었다. 버스에서 낮은 음질의 피아노 반주 소리가 울려 퍼졌다. 나머지 다섯 여자들이 입을 맞추어 노래를 부르기 시작했다. 한국어로 대화는 할 수 있어도 노래까지 바로바로 알아들을 수 있는 것은 아니었지만, '당신이야말로 이 나라의 어머니'라는 얼토당토않은 후렴만은 알아들을 수 있었다.

노래가 끝나자, 무궁화 비녀를 꽂은 여자는 갑자기 괴상한 어조로 연설을 시작했다.

"사명을 다하여 국가의 동량이 될 새 생명을 잉태한 당신의 노고에 깊이 감사하며……."

그녀는 어머니에 대한 찬가라며, 듣고 있는 것만으로도 절로 부끄러워지는 한심한 문장들을 한참 읽어 나갔다. 그리고 그 연설이 끝나자, 경선은 부사관들과 저 촌스러운 '애국부인'들에게 붙잡혀 미니버스 뒷좌석으로 밀려들어갔다. 경선은 꽃목걸이가 망가지는데도 유리창에 바짝 붙은 채, 주먹으로 유리창을 콩콩 치며 우리를 바라보았다. 미니버스는 그대로 출발했다.

"여길 떠난다고 행복해질 수 있는 건 아니지."

재경이 내 등 뒤에서 속삭였다.

"어디 갔었어."

"경선과 함께 있었어."

재경은 내 팔짱을 끼며 말했다.

"아무래도 여기서, 저 애국부인들에게 끌려갔다 돌아온 건 나뿐이니까."

"뭐라고 그래?"

"겁먹었지. 당연한 일이야. 임신이라는 게, 보통 일은 아니니까. 아프기도 많이 아프고."

"아프다고?"

"당연하잖아. 애 낳는 게."

"마취는?"

"그게…… 안 했던 것 같아. 맞아, 안 했어."

"아니, 몇 시간 동안 사람 몸이 이만큼 벌어지는 건데, 마취를 안 했다고?"

"일단 그런 건 들어 본 적도 없어. 그리고 그런 게 있다고 해도 아마, 안 해 줄 거야."

"대체 어째서?"

"전에 듣기엔 1등급들이 제왕절개를 해도, 상처가 아무는 동안 진통제 같은 것은 주지 않는다고 했어. 진통제를 먹으면 아이에게 먹이는 젖에 약 성분이 들어가니까, 훌륭한 어머니는 그런 것은 쓰지 않는다고 하던걸."

"훌륭한 어머니가 될 사람을, 이런 데서 매일매일 강간이나 하는 놈들이."

"그렇구나. 몰랐어. 난 정말…… 아이를 낳을 때 마취 같은 것을 할 수 있다고는 꿈에도 상상하지 못했는데."

재경이 더듬거리며 말했다.

"무척 아팠어. 죽을 뻔했거든. 쌍둥이였는데, 한 아이는 거꾸로 있었어. 만약에 아이가 제대로 나오지 않는다면, 내가 죽을 수도 있다고 말하던걸."

"21세기에!"

"그래, 21세기에."

"여기선 수술할 때 마취 해 주는 것만으로도 감사하다고 절을 해야 하는 거야? 애 낳는데 여자가 죽게 내버려 두지 않은 것만으로도 고마워해야 해?"

"그래도 아기를 낳는 것이 생각만큼 끔찍한 경험은 아니었어. 끔찍한 건…… 저 애국부인들이었지."

애국부인회. 그래, 애국부인회.

나는 그녀들에 대해서도 이야기를 들어야 했다.

"우리가 아기를 낳으면 모두, 저 애국부인회에 빼앗기지. 우리가 낳는 건 국가의 아이들이라고, 애국부인들은 3등급이 낳은 아이들은 모두, 당시의 대통령 성을 붙이고 한 곳에 모아 놓고 키워. 난 내 아가들을 그저 한 번씩 안아 본 게 고작이었어. 그대로 끌려갔고, 다시는 만날 수 없게 된다는 것도 알고 있었고."

"낳자마자 바로 빼앗아 간다고?"

"2등급은 아기 아빠와 결혼하겠다고 하면 자기 아이를 키울 수 있어. 1등급은 자기가 원하면 아이를 데려갈 수 있으니까, 삼 주까지는 생각할 시간을 주고. 그 안에 결정을 해야지. 3등급은 무슨 수를 써도 자기 아이를 못 키워. 엄마가 누군지도 모르고, 아빠에 대해서는 당연히 모르고."

"아이들을 데려다가 대체 뭘 어떻게 하려는 건데?"

"저기, 담장 너머에 북청공단이 있지?"

재경이, 아까 분홍색 미니버스가 빠져나간 저 철문을, 그리고 높디높은 잿빛 담장을 가리켰다.

"우리한테 오는 남자들이 저기 북청공단 애들이잖아. 그 애들, 이런 데 오기에는 좀 어리지 않았어?"

"기껏해야 중고등학생처럼 보였는데……."

"맞아. 그 애들이야."

"뭐가?"

"그 애들이, 십육 년 전 여성 징집으로 태어난 첫 세대야. 애국부인들이 길러 낸 '산업의 역군'들이지."

재경이 낄낄 웃었다.

"나라라는 게 굴러 가려면, 높으신 분들만으로는 부족하잖아? 높으신 분들이 하기 싫어하는 일을 하는 사람들이 필요하잖아? 공장에서 기계를 돌려 돈을 벌어 오고, 농사를 짓고, 물고기를 잡고, 그리고…… 쓰레기를 치우고 분뇨를 퍼내고……."

"여기서 태어난 아이들이 그런 일을 하게 된다고?"

"응. 3등급들이 낳은 아이들은 공부도 많이 시킬 필요 없다고, 딱 열세 살 때까지 의무 교육만 가르치고는 바로 공장에 보내. 명목상으로는 실업학교에 진학했다고 하지만, 실업학교가 아니라 공짜로 노동을 시키는 거니까."

"힘든 일이 있으면 보상을 더해 주면 되는 거잖아. 사람이 하기 위험한 일은 기계를 쓰면 되는 거고!"

나는 언성을 높였다.

"지금이 19세기야? 21세기잖아! 사람이 부족해서 이런 짓까지 한다는 나라에서, 그저 일꾼으로 쓰기 위해 사람을 낳는다고? 무슨 게임에서 자원 뽑는 것도 아니고……!"

"자원 맞아. 인적 자원."

재경은 고개만 빼 들고 나를 바라보며 쓴웃음을 지었다.

"보상을 하거나, 사람 대신 기계를 쓰면 돈이 많이 들잖아. 높으신 분들이 싫어하나 보지."

공장의 부품으로써, 사람을 낳는다.

공창에서 성과급을 주어 가며 낳고, 나중에는 젊은 여성들을 병역의 의무라며 징집해서 낳은 아이들을, 3D 업종에 종사하는 기층민으로 만든다. 돈을 써서 새로운 기술과 장비를 도입하고, 사람들의 노동력에 충분한 보상을 쥐여 주는 대신, 죽든 다치든 학대를 당하든, 그 누구도 신경 쓰지 않을 싸구려 목숨들을 찍어 낸다. 제대로 가르치지도 않고 권리를 알려 주지도 않아, 그렇게 머리 숙이며 사는 것이 당연한 인생들을.

배움은 짧고, 우리가 아침저녁으로 듣는 프로파간다 영상 같은 것을 어릴 때부터 강제로 시청한 덕분에 국가를 맹신하고, 인권 같은 말은 들어 본 적도 없고, 한 사람 먹고 살기도 빠듯한 최저임금으로 한 주에 70시간씩 노동을 강요당하면서, 결혼을 하거나 자식을 낳는 것은 꿈도 꿀 수 없는, 젊다고 말하기도 민망할 만큼 어린, 열넷, 열다섯, 열여섯 하는 사내애들이, 다시 군부대에 와서 여자를 사고.

그렇게 태어난 아이들이 또다시, 애국부인회로 끌려가고, 언젠가 이런 공단으로 다시 끌려오고.

"그럼, 여자애들은?"

물어보는 것뿐인데도, 입 안이 바싹 말랐다.

재경은 이를 갈았다.

"망할 애국부인회."

"재경."

"너도 조심해. 젊은 여자와 배운 여자들을 제일 싫어하는 작자들이야. 알았어?"

"김재경."

그때 등 뒤에서 남자의 목소리가 들렸다. 나와 재경은 화들짝 놀라 돌아보았다.

윤 중위였다.

"너 영어 할 줄 안다고 함부로 떠들지 마라."

"……."

"쟤들이야 네 말 못 알아듣지만, 우린 네 말 알아들어. 알겠냐."

"예에, 예에."

"또 기율대에 가고 싶나."

"그럴 리가 있나요. 천부당만부당하죠."

재경은 비꼬듯 말했다.

“그건 그렇고 소대장님도 참 대단하세요. 그런 일을 당해 놓고도 국가와 민족을 위해 이렇게 불철주야 일하시는 것을 보면.”

“함부로 입 놀리지 마라, 김재경.”

윤 중위가 그녀를 빤히 쳐다보았다.

“너에 대해 보고서들이 올라와 있어. 내 윗선으로 안 올라가게 열심히 막는 중이다.”

“부사관들이 또 뭐라고 한 모양이죠? 안 대준다고 아주 갖가지로 지랄하고 자빠졌네.”

“말조심하라고 했다. 이번에 기율대 끌려가면, 나도 못 도와주니까.”

“아아, 예에. 물론이죠.”

윤 중위가 그녀를 위아래로 훑어보다가, 바닥에 가래를 뱉으며 지나쳤다.

재경은 한숨을 쉬며 내 품에 어깨를 기댔다.

“기율대?”

“응, 기율대. 가면 아주 사람이 미치기 직전까지 괴롭히는 곳이야. 사실 그들은 나를 미치게 만들고 싶어하거든.”

재경은 내 품에서 깔깔 웃었다.

“이미 한 번 회까닥 미친년이니까, 한 번 더 미치면 양순해질 줄 아는 모양이야.”

나는 재경의 어깨를 끌어안은 채, 그녀의 머리카락을 만지작거렸다. 끝이 파삭파삭 갈라지기 시작하는, 긴 머리카락이었다.

"초등학교 때 보던 교과서에 그런 말이 있었어. 이 나라는 자원이 부족하기 때문에 인적 자원을 육성하는 것이 무척 중요하다고."

재경이 가만히 울먹였다.

"난 그 말이, 자원이 부족한 만큼 사람들을 훌륭하게 교육시켜서, 자기 능력을 백 퍼센트 발휘할 수 있게 도와주고, 그 교육의 힘으로 국가 경쟁력을 이끌어 낸다는 뜻이라고 배웠어. 근데 사실은, 그 말이 교육의 중요성을 강조하는 게 아냐. 문자 그대로야. 이 나라 국민은 그냥 자원이다, 사람 취급을 하지 않는다, 그 뜻이었어. 그리고 지금 자원이 부족하니까, 새끼 치라는 거지. 여자들을 계속계속, 어떤 식으로든 임신시켜서!"

"사람이 부족하면, 이민자를 받으면 되잖아! 문호를 꽁꽁 닫아 놓고서……."

"너, 못 들어 봤구나? 여기 굉장히 민족주의도 강하고, 인종차별도 심한 거."

아니, 들었어.

인권 조사관에게 깜둥이 소리를 했다는 말도 들었고.

하지만 나는 재경에게 아무 말도 할 수가 없었다.

그저 그녀의 어깨를 감싼 팔을 당겨, 그녀의 이마에 입맞추는 게 고작이었다.

이런 곳에서, 이렇게 사람을 온 사방에서 미치게 만드는 곳에서, 부족한 이론과 그 모든 트라우마에도 불구하고 생각의 끈을 놓지 않고 꽉 붙잡고 있는 그녀에게, 그런 식으로라도 경의를 표할 수밖에 없었다.

인간이 인간이 아니라 자원이 되고, 여자가 여자가 아니라 아기 공장이 되어 버린 이곳에서는.

7

그리고 나흘 뒤, 재경은 기율대에 끌려갔다.

"걱정할 것 없다. 늘 있던 일이니까."

나는 윤 중위의 부름을 받았다. 윤 중위는 권태로운 얼굴로 서류를 들여다보다, 내게 그때까지 먹어 본 것 중에서 가장 맛없고 들쩍지근한 커피 한 잔을 건네주었다.

"기율대에 끌려가는 게 늘 있던 일이라고요?"

"김재경이 헛소리를 하는 것 말이다. 하루이틀 일이 아니지. 솔직히 그만하면 우리가 많이 봐 준 거야."

나는 그의 호의에 딱히 감사를 표하지도 않은 채, 그가 권하는 대로 철제 의자에 앉았다.

"……언제쯤 나옵니까."

"말을 알아들은 것 같아서 기쁘군. 이번 건은 한 주쯤 걸린다는 것 같던데."

나는 윤 중위를 빤히 쳐다보았다. 윤 중위가 서류를 덮어 놓으며 나를 쳐다보았다.

"내가 보고한 게 아니다. 여긴 어디에나 눈이 많아."

"그렇습니까."

"이 모든 상황을 이해하라고는 말하지 않겠다. 하지만 문화상대주의라는 게 있지. 풍요로운 선진국의 시각으로, 네 멋대로 네 잣대로 재단하지는 마라."

"대체 몇 년이나 이랬다고 이게 문화라는 겁니까."

"이 나라에는 이 나라의 방식이 있어."

"이 나라의 방식이요? 여자들을 이렇게 가두어 두고 성노예로 부리는 것이 이 나라의 방식이에요? 고려시대? 조선시대? 대체 어느 시대에 국가에서 여자들에게 이런 짓을 했습니까?"

"입 다물어라, 세실 강."

"설마 식민지 시대의 점령자들을 본받기라도 하시는 건가요? 생각해 보니 일본이 태평양 전쟁 때 아시아 여자들을 성노예로 끌고 갔던 것과 크게 달라 보이진 않는데요. 그런 거예요?"

윤 중위는 자리에서 일어났다. 그는 내게 가까이 다가와,

내 턱을 그 손가락으로 들어 올렸다. 나는 두려워하지 않으려 애쓰며 그의 시선을 가만히 받아쳤다.

“이건 개인이 옳고 그름을 판단할 수 있는 문제가 아냐. 이건 국가의 판단이고 국가의 명령이다. 알겠나?”

“국가의 명령이라는 게 아주 절대적이라는 듯이 말씀하시네요?”

“모든 자원이 부족한 이 나라에서는 어쩔 수 없어!”

“아뇨. 말 나온 김에 중위님도 바깥세상을 좀 봐요. 전에 보니까 프랑스로 유학도 오던데. 남자들은 네트에 접속하고, 외신도 볼 수 있는 것 아니었어요?”

“있기야 있지.”

“다른 나라에서 어떻게들 사는지 한번 진지하게 들여다본 적이라도 있어요? 제발 세계를 좀 봐요!”

나는 언성을 높였다.

“여긴 말이죠, 다른 나라들이 인공지능의 도움을 받아 복지를 강화하고, 임금을 올리고, 인간의 힘으로 하기 힘든 일들을 자동화하고, 좀 더 공정하고 인권이 보장된 세상을 만들려고 하는데, 대체 뭘 하고 있는 거예요? 젊은 아이들을 질투한 노인들, 여자들과 경쟁하는 것을 두려워한 남자들, 그리고 그들을 부추겨서 가급적이면 기업과 국가에서 돈을 안 쓰는 방향으로 국민을 쥐어짜기로 작정한 정치가들이 하나 되어 최악의 길을 택한 것뿐이에요. 대체, 이런 식으로 나라가 굴러갈 수 있다고 생각해요? 이 체제가 무너진 다음에, 그다음에는 여기서 태어난 아이들은 어떻게 살아갈 거예요? 인간이 아니라 그저 자원으로 태어난 애들 말이에요!"

"지금 네가 여기서 한 발언들만으로도, 너는 기율대에 한 달 넘게 갇혀 있을 수도 있어."

"그것도 나쁘지 않겠네요! 재경이 없어서 심심하던 차였는데, 같은 데로 보내 주세요!"

"웃기지 마라, 세실 강. 넌 지금 여기가 지옥이고 바닥이라고 생각하겠지만, 기율대에 가서 두 시간만 있으면 그건 순진한 착각이었다는 것을 깨달을 거다."

윤 중위는, 누가 엿들을세라 내 귀에 가까이 입술을 대고 속삭였다.

"하지만 난 너를 기율대에 보내지 않을 거다."

설마, 이 남자가 나를 원하기라도 하는 건가? 기율대에 보내지 않을 테니 여기서 몸이라도 바치라고 협박하는 거야? 나는 나도 모르게 소매 끝을 힘주어 구겨 쥐었다. 그때 그가, 예상하지 못했던 이야기를 꺼냈다.

"너를 찾는 외국인들이 있더군."

고개를 돌렸다. 바로 코앞에, 그의 눈동자가 있었다.

"상부에서 네 위치를 파악해 두라고 했다."

"제가, 돌아갈 수 있다는 뜻인가요."

"글쎄."

"그게 아니라면, 이곳의 비밀을 지키기 위해 죽이실 건가요."

"그렇군. 그런 선택지도 있겠지."

"순진한 척하지 마세요. 그 정도 상상력은 있으니까. 그래서, 어떻게 죽이실 건데요? 이왕이면 좀 덜 아픈 쪽으로 죽고 싶은데, 혹시 제가 방법을 고를 수도 있나요?"

"허세 부리지 마라."

윤 중위는 내 뺨을 손으로 툭 치고, 자리에 돌아가 앉았다. 그는 나를 쳐다보지도 않고 말했다.

"어차피 널 죽이든 살리든 내 재량대로 할 수 있는 일은 없다. 어떤 처분이 내려질지는 기다려 봐야 알겠지."

"살 수도 있다는 건가요?"

"각서를 백과사전 두께만큼 쓰게 하고 돌려보낸 사례가 없는 건 아니다."

"살아서 돌아갈 수 있다고요?"

"모르는 일이지. 내 이야기는 여기까지다. 내무반으로 돌아가라."

* * *

나는 내무반으로 돌아왔고, 고참에게 한참 잔소리를 들

었다. 그녀는 내게 한참 맥락 없는 욕설을 퍼부어 댔고, 다른 이들은 한참 못 본 체하다가, 한참 만에야 한국말도 못하는 애 붙들고 뭐 하냐며 그녀를 말렸다. 그녀는 나를 발로 밀어내며 어디 안 보이는 데 가서 짱박혀 있으라고 했다. 따로 원한을 산 기억은 없으니, 재경과 사이가 좋지 않은가보다 하고 넘겨짚을 수밖에. 나는 구석에 웅크려 앉아 얇은 모포를 뒤집어 쓴 채, 있는 듯 없는 듯 며칠을 보냈다. 벨이 울리면 밥을 먹고, 벨이 울리면 나가 남자들을 상대했다. 멍한 얼굴을 하고 있었지만, 나는 생각의 끈을 놓지 않으려 필사적으로 애썼다.

재경은 지금 뭘 하고 있을까.

지금 여기도 지옥인데, 대체 어떤 일을 당하는 것일까.

하루 일과를 마치고, 나는 재경의 모포를 끌어안고 잠을 청했다. 하지만 잠을 청할수록 의식은 또렷해졌다. 나는 재경을 생각하고 있는 게 아니었다. 나는, 내 앞날에 대해 생각하고 있었다.

나를 찾는 외국인들이 있다.

그건 에바와 마리가 나를 위해 움직여 줬다는 뜻이다. 어쩌면 그들 개인이 아니라 아예 앰네스티가 움직였을 수도 있다.

그렇다면 나는, 정말로 여기서 나갈 수 있을까. 그들이 나를 찾아내기 전에 살해당하지만 않는다면, 어쩌면 프랑스로 돌아갈 수 있을지도 모른다.

그렇다면 재경은 어떻게 될까. 같이 갈 방법은 없을까.

한숨이 나왔다. 그냥 복무 중인 것도 아니고, 교도소 대신 여기 갇혀 있는 거라고 했다. 함부로 빼낼 수 있을 리 없었다. 재경을 여기서 데리고 나가는 게 가능했다면, 지난 이십여 년 동안 진작 누구라도 도망쳐서 여기의 현실을 알렸겠지.

한국 국적을 갖고 있다는 것은, 그렇게 여기서 도망칠 수 없는 족쇄를 피부 아래, 발목뼈 어딘가에 단단히 조여 고정시켜 놓은 것이나 다름없는 이야기일 테니까.

만약 내가 여기서 나갈 수 있다면, 그것은 나를 억류해 놓은 이 상황 자체가 불법적이기 때문이겠지. 나는 한국 국적자도 아니고, 내 부모님은 진작에 망명했으며, 적어도 우리 부모님이 망명하실 때는 망명자의 아이도 입국하면 한국인으로 취급하는 이 괴상한 법률이 없었던 것만은 틀림없으니까. 말도 안 되는 법률을 소급하여 적용하는 것 자체가 무리다 보니, 일말의 가능성이라도 생긴 것일지 모른다.

사흘이 지났다. 나는 왜, 누가 나를 데리러 오지 않는지 궁금했다.

한 주가 지났다. 나는 재경의 일은 거의 잊고, 하루 종일, 담장 밖을 향해, 철문 쪽을 향해 목을 빼고 있었다. 에바나 마리, 혹은 다른 누구라도 좋으니 한국인이 아닌 사람이 나타나지 않을까. 그런 사람이 저 묵직하게 닫힌 문을 열고 들어와, 세실 강은 어디 있느냐고 말해 주지 않을까 생각했다.

두 주가 지났다. 어느 정도 마음은 가라앉았지만, 이번에는 재경이 걱정이었다.

이왕 연락이 늦어지는 것, 재경을 만나고 떠나야 한다고 생각했다. 재경이 보고 싶었다. 정말로 나갈 수 있는 것이라면, 떠나기 전에 이곳의 이야기를 더 들어야 했다. 더 들어서, 살아서, 여기를 나가서, 이곳의 참상을, 이곳의 진실을 세상에 알려야 했다. 재경은 왜 돌아오지 않는 걸까. 일주일이면 올 거라고 했으면서. 기율대에서는 내보낼 날짜도 정하지 않고 사람을 끌고 가는 것인지. 재경에게 무슨 일이 생긴 것은 아닌가 걱정되었다.

그리고 십육 일째 되던 월요일.

그날은 한 주에 한 번 있는 정기 검사 날이었다. 아침식사 전 소변을 컵에 받아 제출하자, 부사관은 내가 보는 앞에서 임신 진단 키트를 집어넣었다.

"세실 강."

부사관이 나를 쳐다보았다. 그는 한참 생각하다가, 어설픈 영어로 말했다.

"너, 임신했다."

그는 내게, 붉은 선 두 줄이 선명한 임신 진단 키트를 보여 주었다.

"고맙…… 아니, 축하한다."

임신 양성 반응이었다.

보건실에서는 곧바로 혈액을 채취해 갔다. 24시간 안에 임신 확정이 날 것이고, 그러면 애국부인회가 나를 데려갈 것이라고 했다.

나는 울지 못했다. 웃을 수도 없었다.

"안 돼……."

여기서 나가게 된 것만은 분명했지만, 이런 식으로 애국부인회에게 끌려갈 수는 없었다.

"시간이 없어……."

누군가가 나를 이 지옥에서 꺼내려 해도, 남은 시간은 24시간뿐이다. 일단 애국부인회에게 끌려가고 나면, 어쩌면 다시는 돌아갈 수 없을지도 모른다. 마취도 없이, 사람 몸으로 아이를 낳는다고? 상상만 해도 끔찍했다. 어쩌면 분만을 핑계로 날 죽여 버릴 수도 있을 것이다. 마취도 없고, 수술하고도 약도 제대로 주지 않는 상황이라면, 아이를 낳다가 죽어도 전혀 이상하지 않을 테니까!

운명이 다가오고 있다. 파멸인지 구원인지 아직은 알 수 없지만, 그조차도 24시간 안에 결판이 날 것이다. 나는 두 팔로 내 몸을 단단히 끌어안아 손으로 어깨를 감싼 채 내무반 구석에 숨어 있었다. 사람들의 발소리, 화석연료로 돌아가는 구형 엔진이 달린 자동차 소리, 시계의 초침이 돌아가는 소리조차 아찔하도록 오싹했다. 임신 양성 반응이 나왔으므로 저녁 시간의 노동에서는 열외가 되었다.

그리고 그날 저녁, 윤 중위가 나를 불렀다.

* * *

"좋아할 줄 알았는데."

윤 중위는 나를 불러, 맛없는 짬밥 대신 어디서 구해 왔는지 모를 스테이크 한 조각과 필라프가 담긴 도시락을 내주었다.

"어쨌든 여길 나가게 된 것은 확실해진 게 아닌가."

"지옥에 끌려갈지도 모르는데, 축하 인사를 듣고 싶진 않아요."

"애국부인회가 지옥이라고 누가 그러던가. 하긴, 재경이 있었지."

"그런 꽃분홍색, 제 미적 감각에는 구역질만 나요. 이런 식으로 아이를 낳을 생각도 없고, 그 촌스러운 아줌마들에게 잡혀가고 싶지도 않아요. 그래서, 상부에서는 저를 어떻게 하겠다고 하던가요? 설마 이 도시락에 독이라도 발라 넣었나요?"

"먹는 것 갖고 장난치진 않는다."

윤 중위가 한숨을 쉬며 도시락을 내 손에 억지로 쥐여 주었다.

"입덧하면 어릴 때 먹던 게 생각나지 않나? 외국에서 나고 자랐으니 이런 게 당기겠지."

나는 도시락의 투명한 뚜껑을 벗겨 내었다. 빨간 밥통에 투명한 뚜껑, 초록색 풀잎 모양으로 자른 비닐 조각이 반찬의 구획을 나누고 있는 것이 영 촌스러웠고, 고기도 영 푸석해 보였지만, 냄새만은 제법 그럴듯했다.

"한국에도 이런 게 있을 줄은 몰랐네요."

"군부대에서 차로 조금만 나가도, 얼마든지 있어."

"나라 수준이 2차 세계 대전 이전이라서 그런 건 없을 줄 알았죠."

독이 들었을지도 모른다.

하지만 죽일 거라면, 이런 식으로 수를 쓸 것 같진 않았다. 적어도 윤 중위라면. 나는 포크를 집어 들었다. 윤 중위는 내가 먹는 모습을 물끄러미 바라보았다.

"왜요, 한입 드려요?"

"그런 느끼한 건 입에 맞지도 않아."

"허세 부리시긴."

솔직히 말하면 그다지 맛있는 건 아니었다. 하지만 나는 일부러 보란 듯이 게걸스럽게 음식을 먹었다. 윤 중위가 낮을 찌푸리며 목소리를 낮추었다.

"내일 그 프랑스 여자들이 여기 올 거다."

"……!"

"아무 말 하지 말고 들어. 앰네스티 조사관이라고 하더군. 네 소원대로 된 것 같은데."

나는 말을 잇지 못했다.

세실이, 마리가, 나를 찾아냈다.

그 애국부인들에게 끌려가기 직전에!

기적 같았다.

"그래서 넌, 지금 이 시각부터 다른 사람들과 접촉하는 것이 금지된다. 네 소지품이며 여권이며, 저기 다 꺼내 놓았다. 내일 그 여자들이 오면 돌려주지."

"그……."

"널 데려갈 거야. 대사관은 물론 전 세계에서 정부를 압박한 모양이다."

윤 중위가 의자에 앉아 등받이에 힘껏 몸을 기대며 한숨을 쉬었다.

"귀찮게 되었지. 너 같은 애는 그냥 입국 심사 때 걸러서 돌려보내든가, 적어도 끌고 오진 말았어야 하는 건데."

"……애초에 여자를 징집해다 강간해서 인적 자원을 늘리는 데 쓴다는 발상 자체가 잘못된 것이라는 생각도 좀 하시면 참 좋겠는데요."

"그런 건 국가가 판단할 일이다."

윤 중위가 눈살을 찌푸렸다.

이제 돌아갈 수 있다. 이제 이곳의 누구도 나를 해칠 수 없다. 나는 이제 자유다.

그 생각이 들어서일까, 나는 조금은 대담해져서, 그에게 빈정거렸다. 가해자이자 국가의 괴뢰인, 그래도 여기에서 만난 사람 중에서는 그나마 배운 축인 그를 향해서.

"소대장님은 그냥 제복 입은 인형이에요? 머리 없어요, 머리?"

"이제 볼 일 없다고 막 나가는군. 더 해 봐라, 어디."

"전 소대장님도 뭔가 할 말이 있었을 것 같은데요."

"헛소리하지 마."

"마음만 먹었다면 일이 시끄러워지기 전에, 소대장님 선에서 절 처리할 수도 있었겠죠."

윤 중위가 순간 머뭇거렸다. 나는 그를, 기껏해야 이십대 후반일, 나와도 몇 살 차이 나지 않을 그를 똑바로 노려보았다.

"외국인을 여기다 가둬 놓고, 장장 석 달 동안 하루 평균 예닐곱 명에게 윤간을 당하게 한 게 이 나라가 한 일이죠. 아니, 외국인이 아니라 자기 나라 국민에게도 이러면 안 되는 거지. 그런데 그 외국인을, 인권 단체에서 찾아내라고 난리를 치고 있단 말이죠. 어차피 그 사람들이 들어

와서 군부대를 하나하나 조사할 것도 아니고, 죽여서 어디 야산에 파묻어 버리면 간단한 일이었겠죠. 그렇지 않나요?"

"자기에게 떨어진 행운에 감사하며 입 좀 닥치면 좋겠군. 목숨이 서너 개쯤 되는 모양이지."

"궁금해서 그래요. 그렇게 말끝마다 국가, 국가 하시는 분이 어떻게 날 아직까지 살려 두셨나, 신기하기도 하고. 재경의 일도 그래요."

"……."

"처음에는 당신이 재경을 기율대에 보낸 게 아닌가 생각했지만, 역시 아무래도 그건 아닌 것 같았단 말이죠."

"입을 닥치는 게 좋겠다고 몇 번을 말해야 알아들을지 모르겠군."

"프랑스 사람은 원래 말이 많거든요."

필라프에 독이 들었다면 여기서 죽을 것이고.

"그래서, 그 '그런 일'은 뭐예요?"

그렇지 않으면 내일, 살아서 이 나라를 떠날 수 있겠지. 나는 그의 얼굴을 빤히 쳐다보았다. 처음으로 그가, 그냥 내 또래의 인간으로 보였다. 그의 얼굴이 한순간 흔들리듯 뒤틀렸다.

"재경이 그랬잖아요? 그런 일이 있어도 국가와 민족을 위해 일하시다니 대단하다고."

"너희 같은 여자들에게 무시당할 일이 아니야."

"말씀이나 해 보세요, 궁금하니까. 절 살려 둔 것도, 결국 그 일과 뭔가 관련이 있는 것 아니에요?"

"……."

"아닌가요?"

"한국말을 할 줄 아는군."

나는 고개를 끄덕였다.

"역시, 너같이 위험한 생각을 가진 여자는……."

"죽여 버렸어야 했다고요?"

"……."

"제가 여기서 뭔가 입을 여는 게 더 골치 아픈 것 아니었나요?"

"그래, 그랬겠지."

윤 중위가 대답했다.

"그래……. 우리말로 지시할 때, 네가 무심결에 움직이는 것을 보긴 봤던 것 같은데도."

"제가 한국말을 할 줄 안다는 게 알려지면, 더 나쁜 상황에 처했을 것 같았거든요."

"아마도 그랬겠지."

그는 솔직하게 고개를 끄덕였다.

"현명한 판단이었다, 세실 강."

나는 더 이상 묻지 않고, 천천히 도시락을 먹었다. 그는 나를 바라보다가, 초조한 듯 이리저리 몸을 움직였다.

"……여동생이 있었다."

한참만에야 그가 입을 열었다.

"난 국민은 당연히 국가의 결정에 따라야 한다고 생각했고, 그래서 중학교를 졸업하고 결혼시켜서 병역을 피하는 건 국가의 의무에서 도망치는 일이라고 생각했어. 적당히 혼처를 구하려던 여동생을, 강제로 군에 보냈다. 집안도 좋았고, 제법 괜찮은 고등학교를 나왔고, 제 오빠가 사관학교를 나와 장교 임관을 앞두고 있었으니 1등급은 따 놓은 당상이었다. 좋아하던 남자아이가 있었지만, 순결을 지키고 있었다고 알고 있었다."

"그런데요?"

나는 빈 도시락의 뚜껑을 덮으며 물었다.

"제대하고서 그 좋아하던 남자애랑 결혼하면 되잖아요? 1등급이라면서."

"1등급인 아이들 중에 특히 예쁜 아이들은, 좀 달리 차출이 되지."

윤 중위의 얼굴에 그늘이 졌다.

"그 애는 여당 의원의 시중을 들게 되었다. 뭐, 남들은 부러워하더군. 덕분에 내 출셋길도 훤히 열린 게 아니냐고."

"시중을 든다는 것은, 그러니까……."

"내 입으로, 내 동생이 어떤 일을 했는지까지 말해야 하나?"

소대장은 불쾌한 듯 눈을 감았다.

"그 애가 남편에게 총애를 받는 것을 보고, 질투한 의원 부인이 그 애의 얼굴에 산을 부었다. 얼굴이 타 버린 것도 문제였지만, 영영 앞을 못 보게 되어 버렸지. 그 지경이 되었으니 의병제대라도 시키고 싶었는데, 거부당했다.

"어째서요."

"똑똑하고 예쁜 여자애였으니까, 그 애의 아이들도 그러할 것이라는 이유였지. 인공수정으로 아이를 셋 낳았고, 모두 다 빼앗겼다. 미쳐서 자살했지."

"1등급이었는데도 아이를 빼앗겼다고요?"

"장애를 얻은 생모가 아이를 기를 수는 없을 테니까."

그는 담담하게 말했다.

"1등급이 우수한 정자를 사용하여 낳은 아이니까, 단순 노동자로 키워지진 않겠지."

"그런 일을 겪고도 잘도 이런 짓을 하고 사는군요."

나는 혀를 찼다.

"플라코스 시스템이라고 들어는 보셨어요? 요즘은 그 고리타분하다는 영국 왕실의 황태자비도 그걸 써서 아이를 낳는 판이라고요. 비싸지도 않아요. 적어도 이 많은 여자들을 여기 가둬 놓고 먹이고 재우는 비용보다는 싸게 먹힐걸요? 그런데도 인적 자원이 부족하다면서, 여기 가둬 놓은 여자들은 인간 취급도 안 하고."

"그만 입 다물어라."

"당신 여동생을 죽인 것도 결국은 이 나라예요, 소대장님."

"아니, 그렇지 않아."

그는 음울한 표정으로 나를 노려보았다.

"넌 외국인이고, 네가 여기서 본 게 전부가 아니야, 세실."

"그거, 대단한 애국심이네요. 국가가 틀렸을 가능성은 한 톨도 없다, 이건가요?"

"아이만 필요하다면, 네 말대로 플라코스인지 뭔지, 그 인공자궁을 이용해도 되겠지."

"그럼 아이 때문이 아니라고요?"

"여자가 부족하니까."

나는 귀를 의심했다. 머릿속이 멍했다.

"남자에게는 여자가 필요한 법이지. 욕구를 풀어 주고 생글생글 웃어 주고 저녁 밥상을 차려놓고 자기 아이를 낳아 줄 여자 말이다."

"뭐라고요?"

"여자들에게 자유를 주었더니, 그 여자들은 남자를 필요로 하지 않았다더군."

생각해 본 적 없는 이야기였다.

고작 그런 이유로 여자들을, 이 지경으로 만들었다고?

"순결의 가치를 높이고, 남자에게 절대적으로 복종하게 만들고, 어느 정도의 수준을 갖춘 남자는 누구든 원하면 결혼할 수 있도록 제도를 보장하고…… 그 수준 이하의 남자들에게까지 여자를 한 명씩 공급할 수는 없으니, 안정적으로 욕구를 풀 수 있도록 제도를 마련하고. 이해하지 못하겠지만, 필요한 제도였다. 나라를 안정시키기 위해서는 여자들이 멋대로 살게 내버려 둘 수는 없으니."

"세상에."

나는 의자에 등을 기댄 채 쓰디쓰게 웃었다.

영어를 할 줄 아니까, 조금은 이야기를 나누어 봤으니까, 어쩌면 조금은 말이 통할지도 모른다고 생각했던 것은 완전한 착각이었다.

"언제까지나 이런 정책으로 나라를 유지할 수는 없겠지. 이건 과도기일 뿐이다."

"무슨 과도기요."

"여자들에게 제자리를 찾아 줄 때까지의 과도기. 내 동생은…… 제멋대로 사는 여자들 때문에 희생된 것뿐이다. 국가가 죽인 게 아냐. 국가는 틀리지 않았어."

치밀어 오르는 분노 속에서, 그가 조금 가엾다는 생각이 들었다.

그런 식으로 여동생이 죽었는데도 여전히 국가에 맹종하는, 저 고장 난 장난감 같은 남자가 한심하기 그지없게 느껴졌다.

하지만 나는 곧, 그 연민을 지웠다. 그런 연민은, 이곳에 끌려와 인간 이하의 취급을 받다가, 더러는 목숨을 잃기까지 한 여자들에 대한 모욕처럼 느껴졌다. 그때 남자가 테이블을 손으로 짚으며 일어났다. 그는 반쯤 돌아서며 내게 사무적인 태도로 말했다.

"그리고 김재경이 죽었다. 기율대에서 사고가 있었어. 자세한 것은 나도 모른다."

* * *

거짓말이야.

나는 넋이 나간 채 몇 번이나 중얼거렸다.

재경이 죽다니, 그럴 리가 없었다.

이런 땅에서 페미니스트로 살아가다 체포되고, 이런 곳에 끌려와 누구 자식인지도 모를 아이들을 임신하고, 마취도 없이, 그것도 한 아이는 거꾸로 자리를 잡았다는 쌍둥이를 낳고도 살아남은 여자였다.

그런 재경이 죽었다.

나에게는 친구이자 선생님 같았던 그녀가.

밤새, 나는 비어 있던 장교 숙소에 갇혀 있었다. 장교 숙소라고 해도, 창문에는 쇠창살이 달려 있었다. 문 앞에는, 부사관 둘이 감시를 하고 있었다. 도망칠 수 없었다. 누구든 붙잡고 사실이냐고, 거짓말하지 말라고 따져 물을 수조차 없었다. 가슴이 찢어졌지만 울 수도 없었다. 어딘가 고장이라도 난 것처럼, 울음이 밖으로 새어 나오지 못한 채 애먼 심장만 계속 찔러 대고 있었다. 죽고 싶었다. 하지만 죽을 수조차 없었다. 목을 매달기 딱 좋은 높이의 쇠창살을 올려다보다, 나는 문득 재경의 목소리를 떠올렸다.

무슨 수를 써서라도 살아서 여길 나가.

이 모든 걸 다 보고 듣고 기억해서, 언젠가 바깥세상에 알려 줘.

아무도 듣지 않더라도, 여기서 이런 일이 벌어지고 있다고 말해 줘.

나는 창문을 올려다보며 소리 없이 울었다.

창밖의 하늘은 조금씩 붉은 보랏빛을 띠어 갔다. 멀리, 자동차 엔진 소리가 들렸다. 문이 열렸다. 인천 국제 공항에 도착하자마자 빼앗겼던 내 짐과 여권들과 함께, 깨끗한 군복 한 벌이 주어졌다. 나는 씻고, 옷을 갈아입고 나왔다. 문 밖에서 못 보던 장교 세 명이 나를 기다리고 있었다.

문 밖에는 군용 지프가 대기하고 있었다. 중대장이 서류에 사인을 해서 장교들에게 넘겼다. 나는 지프의 뒷좌석에 탔다. 윤 중위의 모습은 보이지 않았다.

이런 나라에 태어나지 않았다면, 어쩌면 좋은 사람이 되었을지도 모르겠다.

아니, 좋은 사람이 아니면 어떤가. 자기 여동생이 그렇게 죽었는데도 태연히 나라에 충성하고 살 만큼 무딘 사람인데, 알아서 잘 살겠지. 내가 걱정할 일이 아니었다. 지프는 천천히, 그 담장 밖으로 빠져나갔다. 건물과 건물 사이로 내가 살던 내무반 건물이 슬쩍 엿보였다.

문득 눈물이 흘렀다.

나는 손등으로 눈물을 훔치며 창밖을, 한 번도 제대로 걸어 다녀 보지 못한 바깥세상을, 민낯의 '조국'을 바라보았다.

화려하게 꾸며 놓은 인형의 집 같은 나라를.

그 안에서, 사람은 살지 못할 것 같은 그런 나라를.

8

나는 용산에서 기다리고 있던 마리와 장 뱅상에게 인계되었다. 그리고 그대로 한국을, 내 부모님의 조국이자, 내겐 지옥이었던 그곳을 떠났다.

파리 드골 공항에 도착하자마자, 나는 마중 나온 에바의 차를 타고 부모님 댁으로 향했다. 그리고 일 년이 넘도록, 부모님 댁에서 한 걸음도 밖으로 나가지 못한 채 숨어 지냈다. 한 달에 한두 번 에바가 놀러왔고, 바쁘지 않을 때는 마리도 초콜릿이나 마카롱 같은 달콤한 것들을 들고 함께 찾아왔다. 그들은 다행히도 내게 그곳에서의 일에 대해 구체적으로 따져 묻지 않았다. 그저 내가 드문드문 꺼내 놓는 그곳에서의 일들을 묵묵히 들어 주고, 내가 알고 지내던 사람들의 소식을 전해 줄 뿐이었다.

그들은 아무 말도 하지 않았지만, 나는 한국 정부에 의해 납치당한 학생의 이야기가 꽤 큰 뉴스거리였다는 것을 알고 있었다. 프랑스뿐 아니라 미국 출신의 한국계 과학자가 한국에 들어갔다가 영영 실종되었던 일이 있었다는 보도도 이어졌다. 나는 그녀가, 삽으로 때려 죽였다는 그 여자일 것이라고 생각했다.

때로는 우리 집 문을 두드리는 기자도 있었다. 프랑스는 물론, 여러 나라에서 이 일에 관심을 갖고 있다고, 그곳에서 어떤 일이 벌어졌는지, 왜 납치를 당했는지 밝혀야 하지 않느냐는 질문들이 이어졌다. 그들 모두의 질문에 답하고 싶었지만, 나에게는 그 질문에 대답할 힘도, 용기도 남아 있지 않았다.

내 뜻과 상관없이 내 안에 자라난 아이를 지웠다.

몇 번인가 자살을 기도했다. 그때마다 어머니는 겨우 정신을 차리고 깨어난 나를 붙잡고 흐느끼셨다.

겨우, 동네 성당에 다시 나가며 죽은 재경을 애도하기 시작했다. 내가 자궁이자 공공재가 아니라 인간이라는 것을 다시 상기하기 위해 필사적으로 애써야 했다. 그렇게 계절이 세 번을 더 바뀌었다.

"이제 죽지 않기로 했어요, 에바."

내가 구출된 지 일 년이 되던 날, 내 부모님은 나를 구해 준 앰네스티 사람들과 내 친구들을 불러 조촐한 파티를 여셨다. 두 분은 그날을, 내 두 번째 생일로 여기겠다고 말씀하셨다. 술과 음식들이 오가고, 모두가 내 무사 귀환을 기뻐해 주었다.

그리고 나는 마침내 에바에게 말했다.

"글을 쓸 거예요. 그때 있었던 일들에 대해서."

나는 죽지 않았다. 살아서 그 지옥을 벗어났다.

그리고 그 참상을 바깥세상에 알리고 싶어 했던 내 친구는, 살아남지 못했다.

"도와주세요, 에바."

내가 그곳에서의 일들을 전 세계에 알린다고 해도, 변하는 것은 없을지도 모른다. 어쩌면 그 나라를 섬처럼 둘러싼 그 장벽들은, 더욱 하늘 높이 솟아오르며 사람들의 눈과 귀를 막으려 들지도 모른다.

하지만 나는 할 수 있는 일을 해야만 했다.

보고 듣고 기억해서, 혈관에 새기고 영혼에 새긴 그 일들을, 바깥세상에 알려야 했다.

그날의 일을, 그 생지옥의 참상들을, 더 잊기 전에 한 줄 한 줄 적어 나가야 했다.

"괜찮겠어?"

"예, 괜찮을 거예요."

한국을 떠날 때 분명 그 일에 대해 발설해선 안 된다는 각서 같은 것에 지장을 찍었던 것 같았지만, 상관없었다. 어차피 위력에 의한 계약은 불법이고, 그들이 이제 와서 나를 어떻게 할 수는 없을 것이다.

쫓아와서 죽일 수도 있다는 말도 들었지만, 나는 설령 죽더라도 인간으로 죽고 싶었다.

* * *

에바와 마리는 지난 일 년 동안 그랬듯 한 달에 두어 번 찾아와, 나와 이야기를 나누고 내 원고들을 읽어 보곤 했다. 그녀들은 내 손을 잡고 위로를 건넸고, 기억이 희미해져 선후 관계가 혼동되는 부분들을 지적했으며, 사람들이 알고 싶어 할 만한 부분을 미리 짚어 주기도 했다. 에바는 내 안전에 대해서도 걱정했는데, 다행히 협박 메일을 두어 통 받은 것 외에는 별다른 일은 일어나지 않았다.

내 정신과 의사는 내가 글을 쓰는 것이 내 트라우마를 극복하는 데 도움이 될 거라고 말했다. 나는 그의 말이 맞다고 생각한다. 나는 그때의 일들을 기록하며, 계속 내 마음 속에 살아 있는 재경에게 질문을 던졌다. 그때 내가 뭐라고 대답했지? 당신은 내게 뭐라고 설명해 주었지? 나는 내가 겪은 일들과 재경이 들려준 이야기들을 하나도 빼 놓지 않고 기억하려 애썼다. 그 글 속에서 우리들은 시녀 이야기의 시녀들이었고, 생각을 할 줄 아는 자궁들이었으며, 국가를 위한 아기 공장이었다. 우리는 그곳에서 인간이지 못했다.

내가 이 이야기를 세상에 알릴 수 있다면, 재경도 기뻐해 줄 것이라는 생각도 들었다. 내게는 이 글을 쓰던 몇 달 동안이, 죽은 그녀를 애도하고 떠나보내는 의식과도 같았다.

마침내 그 글을 끝냈을 때, 나는 이제야 인간으로서 살아갈 수 있겠다고 생각했다. 나는 새 운동화를 샀다. 매일 집 근처를 달리기 시작했다. 에바의 도움을 받아, 유력한 언론사에 그 수기를 보냈다. 글은 우선 요약되어 기사로 나갔다. 내 수기에, 앰네스티에서 그동안 한국의 징병제에 대해 모아들인 자료를 첨부하여 책도 내기로 했다. 수익금은 전액, 아시아의 여성 인권 운동을 위해 기부하기로 했다.

나는 머리를 길렀다. 그때의 재경처럼, 거의 허리까지 내려오도록 길러, 뒤로 하나로 묶었다. 건강을 회복하기 위해 운동을 했다. 말끔하게 옷을 입고, 다시 학교에 다니기 시작했다. 그때 테이저에 망가졌던 골전도 칩도 새것으로 바꿔 넣었다. 사람들을 만나고, 전화를 걸고 수다를 떨고 웃기도 했다. 술을 마시고, 춤을 추고, 책을 읽었다. 삶의 기쁨들에서 눈을 돌리지 않기로 했다. 내 자신을, 지옥으로 끌어내리는 기억들과 단둘이 두지 않기로 했다. 재경이 있었다면 함께 누렸을 그 모든 것들을, 나를 위해 하나하나 해 주기로 했다. 혼자서라도, 눈을 똑바로 뜨고 이 찬란한 생을 살아가도록. 그곳에 갇힌 이들이 갖지 못했던 그 모든 순간들을, 놓치지 않고 끌어안을 수 있도록.

나는 그렇게, 살아가기로 했다.

* * *

내 수기는 생각보다 크게 이슈가 되었다. 유럽은 물론 미국과 아시아 여러 나라들에서도 나를 인터뷰하고 싶다는 연락이 왔다. UN의 인권 위원회에서도 이 문제를 심각하게 다룰 예정이라고 했다.

내가 그곳에서 탈출했을 때, 기자 회견 요청이 있었다고 들었다. 하지만 내 부모님은 물론 마리도 강력하게 반대했고, 회견은 성사되지 않았다. 나를 보호하기 위해서였다.

하지만 지금은 다르다.

"정말 괜찮겠어?"

"예."

나는 이 일을 전 세계에 알리겠다고 약속했다.

설령 아무도 들어 주지 않더라도, 진실을 말하겠다고 맹세했다.

그리고 지금, 모두가 나의 이야기, 그리고 재경의 이야기에 귀를 기울여 주겠다고 말하고 있었다. 거절할 이유는 없었다.

"부담스러우면 의체를 써도 돼."

에바가 내게 자상하게 말했다. 나는 고개를 저었다.

"괜찮아요."

"얼굴이 드러나는 거잖아. 위협이라도 받으면."

"괜찮을 거예요."

나는 화장을 하고, 거울 속의 내 모습을 바라보았다. 에바가 내 어깨에 손을 걸쳤다. 나는 그녀와 함께 회견장으로 나갔다.

회견장에는 기자들이 가득했다. 그들은 프랑스어와 영어로 내게 질문을 하기 시작했다. 나는 질문 하나하나에 시간을 들여 차분히 대답했다. 그건 내가 겪었고 기억하는 일들을 나의 목소리로 세계에 알릴 수 있는 흔치 않은 기회였다. 나는 지옥에서 구사일생으로 생을 얻었고, 구출되지 못한 모든 이들을 위해 진실을 알리는 것은 내게 주어진 신실한 의무였다.

그리고 마침내, 한 기자가 손을 들었다.

"한국 조동일보의 한민국 기자입니다."

한국인이었다.

이제 서른 살이나 되었을까. 재경 또래의 젊은 남자였다. 촌스러운 뿔테 안경에 어색하게 가르마를 넘긴 채, 슈트만 어울리지 않게 비싼 것을 걸치고 있었다. 나는 그를 관찰하며 고개를 끄덕였다.

"예, 이 수기에 대해 한국 언론에서도 관심을 가져 주실 줄은 몰랐네요. 감사합니다, 말씀하세요."

"당신이 돈으로 병역을 회피하고 도망친 것으로 알려져 있는데……."

"잠깐, 애초에 전제가 잘못되었어요. 내 부모님은 내가 태어나기도 전에 이 나라에 망명하셨고, 나는 프랑스인이죠. 외국인에게 병역의 의무를 지우는 게 옳다고 생각하나요?"

"한국에서는 한국 법률을 따르는 게 옳은 것 아닙니까."

남자가 트집을 잡았다.

"한국에서는 망명자든 이민자든, 한국에 들어오면 병역법을 따르게 되어 있어요. 그래서 당신은, 의무를 회피하고 도망친 사람이죠. 그렇죠? 의무를 다하지 않고 권리만 요구하다니, 너무 뻔뻔한 것 아닙니까."

이 사람은 자기가 무슨 말을 하는 건지 알고는 있는 것일까.

이 남자는 애초에 내게 질문을 할 생각이 없는 듯 보였다. 어쩌면 그저 나를 꾸짖고 싶었던 것뿐일지도 모르겠다.

그런 것으로 무슨 기사를 쓰려는 것인지는 모르지만, 적어도 그가 뭔가에 도취되어 있다는 것만은 분명했다. 그것이 윤 중위 같은 애국심에 도취된 것인지, 그게 아니면 하찮고 비천한 계집 따위가 이런 자리에서 조국을 욕하고 있는데 말 한 마디 못 하게 일침을 놓고 있는 자기 자신의 모습에 도취된 것인지는 모르지만. 적어도 세계에서 가장 먼저 인권 선언문을 내놓은 나라, 그 나라의 심장부에서 기자라는 자가 하는 말치고는 우습고 가소로워서 들어 주기 민망할 정도였다.

"그래 놓고서, 이런 책을 써요? 나라 망신도 분수가 있지."

"제 수기에서, 잘못된 부분이 있었나요?"

"당신 같은 사람 때문에 한국 여자들의 위상이 낮아지고 있다고 생각하진 않습니까?"

"……잘못된 부분은 없었나 보네요. 다행이네요. 개인적인 경험담이라 부족한 점이 많을까 봐 걱정했는데."

"처음부터 끝까지 다 잘못되었죠!"

그가 언성을 높였다.

"당신은 그 모든 일이 마치 중대한 범죄라도 되는 것처럼 굴고 있는데, 그건 국가가 결정한 겁니다. 옳고 그름을 개인이 판단할 문제도 아니고, 하물며 외국에다가, 일러바치듯이 이런 식으로 책을 내고 기자회견을 할 일이 아니란 말입니다. 문화상대주의라는 말도 못 들어 봤어요?"

나는 그를 바라보았다.

그리고 그의 어깨 너머로, 나의 소대장이었던 남자를 떠올렸다.

그는, 그들은 아마도 악인들은 아니었을 것이다.

그들은 지독하게 성실하고, 나라를 사랑하며, 똑똑하고 부지런하고 순종적인 이들이었으리라. 어쩌면 그들은, 개인적으로는 그렇게 나쁜 사람들은 아니었을지도 모른다. 아니, 어쩌면 좋은 사람이었을 수도 있다.

하지만 그렇다고 해서 그들의 말과 행동이 정당화될 리는 없다.

아니, 눈앞에 진실을 두고도, 뻔히 보이는 차별과 인권유린을 보고도, 아무렇지도 않은 척 국가에 책임을 돌리며, 그 문제를 지적하는 모든 이들을 적으로 돌리는 사람은, 농담으로라도 좋은 사람이라고는 말할 수 없다. 이제는 확신을 갖고, 제대로 고개를 들고 말할 수 있다. 나는 능숙한 한국어로 그를 향해 말했다.

"*닥쳐, 이 멍청한 새끼야.*"

지금이 무슨 자리인지 잊고, 자신의 입장도 잊고, 다짜고짜 내게 언성을 높이려던 남자는 순간 고장 난 장난감처럼 머뭇거렸다.

"*들어 줄 수가 없네, 정말. 어디서 사람을 가르치려고 들어?*"

"그……"

"눈이 박혔는데 보이는 게 없어? 무슨 박물관에 처박힌 윈도98이야 뭐야, 공부도 많이 해서 해외 특파원이라고 나온 주제에, 아직도 그따위 소리나 하고 있어? 바보 아니야?"

남자는 뭔가 말을 하고 싶은데 말이 나오지 않는 표정으로 나를 바라보았다. 그는, 설마 이런 식으로 역습을 당할 것이라고는 상상조차 하지 못했는지, 창백하게 질려 있었다. 나는 생긋 웃으며 다시, 정돈된 나의 모국어로 대답했다.

"기자라면 그래도 지성인에 속한다고 생각했는데, 한국 정부가 얼마나 사람들의 눈을 억지로 감겨 놓았는지, 당신이 산 증인 노릇을 하고 있군요."

나는 웃었다.

내게, 세상으로 이 모든 진실을 안고 살아서 도망치기를 바랐던 재경의 마음을 담아서.

나를 품은 채, 가졌던 모든 것을 버리고 이 나라로 도망쳤던, 내 젊은 어머니의 마음을 담아서.

"여긴 프랑스 혁명 이후로 천부인권에 대해서는 가장 많은 이야기가 오갔던 나라 중 한 곳인데, 아무래도 이 자리에서는 저 사람만 그걸 모르는 것 같네요. 혹시 여기, 인권이란 무엇인가에 대해 추가 설명 필요하신 분?"

나는 살아가기로 했다. 떳떳하게, 아주 잘, 아주 행복하게.

내 발 아래 드리운 어두운 그림자만큼, 찬란하게 밝은 하늘 아래에서.

감겨진 눈 아래에

1판 1쇄 펴냄 2019년 8월 8일
1판 2쇄 펴냄 2022년 4월 22일

지은이 | 전혜진 외
발행인 | 박근섭
편집인 | 김준혁
책임편집 | 장은진
펴낸곳 | 황금가지

출판등록 | 2009. 10. 8 (제2009-000273호)
주소 | 06027 서울 강남구 도산대로 1길 62 강남출판문화센터 5층
전화 | **영업부** 515-2000 **편집부** 3446-8774 **팩시밀리** 515-2007
홈페이지 | www.goldenbough.co.kr

도서 파본 등의 이유로 반송이 필요할 경우에는 구매처에서 교환하시고
출판사 교환이 필요할 경우에는 아래 주소로 반송 사유를 적어 도서와 함께 보내주세요.
06027 서울 강남구 도산대로 1길 62 강남출판문화센터 6층 민음인 마케팅부

ISBN 979-11-5888-563-2 03810

㈜민음인은 민음사 출판 그룹의 자회사입니다.
황금가지는 ㈜민음인의 픽션 전문 출간 브랜드입니다.